RIVAGE DE LA COLÈRE

De la même autrice

Évelyne Pisier et Caroline Laurent, *Et soudain, la liberté*, Les Escales, 2017 ; Pocket, 2018.

Caroline Laurent

RIVAGE
DE LA COLÈRE

Roman

LES ESCALES
DOMAINE FRANÇAIS

© Éditions Les Escales domaine français, un département d'Édi8
12, avenue d'Italie
75013 Paris – France
Courriel : contact@lesescales.fr
Internet : www.lesescales.fr

ISBN : 978-2-36569-402-5
Dépôt légal : janvier 2020

Imprimé en France
Couverture : Hokus Pokus Créations
Mise en pages : Nord Compo

À ma mère

À tous les Chagossiens en exil

« Des îles où le temps s'écoulait sans hâte… »

Shenaz Patel, *Le Silence des Chagos*

« Car enfin au combat qui pour toi se prépare,
C'est peu d'être constant, il faut être barbare. »

Racine, *Bérénice*

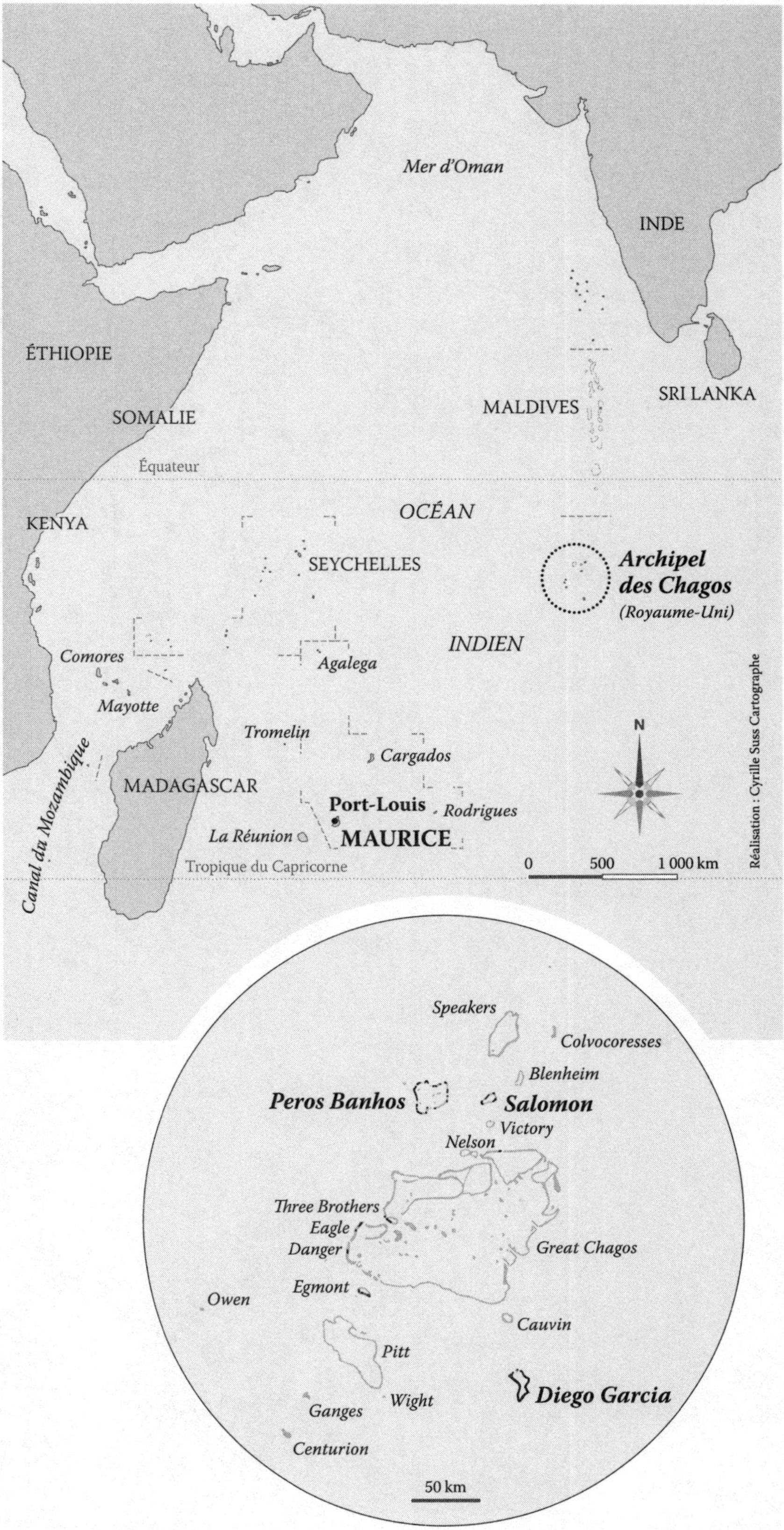

Mer d'Oman
INDE
ÉTHIOPIE
SOMALIE
MALDIVES
SRI LANKA
Équateur
KENYA
OCÉAN
SEYCHELLES
Archipel
des Chagos
(Royaume-Uni)
INDIEN
Comores
Agalega
Mayotte
Tromelin
Cargados
Canal du Mozambique
MADAGASCAR
Port-Louis
Rodrigues
La Réunion
MAURICE
Tropique du Capricorne
N
0
500
1 000 km
Réalisation : Cyrille Suss Cartographe
Speakers
Colvocoresses
Blenheim
Peros Banhos
Salomon
Victory
Nelson
Three Brothers
Eagle
Danger
Great Chagos
Egmont
Owen
Cauvin
Pitt
Diego Garcia
Wight
Ganges
Centurion
50 km

I

Ce n'est pas grand-chose, l'espoir.

Une prière pour soi. Un peu de rêve pilé dans la main, des milliers d'éclats de verre, la paume en sang. C'est une ritournelle inventée un matin de soleil pâle.

Pour nous, enfants des Îles là-haut, c'est aussi un drapeau noir aux reflets d'or et de turquoise. Une livre de chair prélevée depuis si longtemps qu'on s'est habitués à vivre la poitrine trouée.

Alors continuer. Fixer l'horizon. Seuls les morts ont le droit de dormir. Si tu abandonnes le combat, tu te trahis toi-même. Si tu te trahis toi-même, tu abandonnes les tiens.

Ma mère.

Je la revois sur le bord du chemin, la moitié du visage inondée de lumière, l'autre moitié plongée dans l'ombre. Ma géante aux pieds nus. Elle n'avait pas les mots et qu'importe ; elle avait mieux puisqu'elle avait le regard. Debout, mon fils. Ne te rendors pas. Il faut faire face. Avec la foi, rien ne te sera impossible… La foi, son deuxième étendard. Trois lettres pour dire Dieu, et Dieu recouvrait sa colère, son feu, sa déchirure, la course éternelle de sa douleur.

Je n'ai pas la foi. Je préfère parler d'espoir. L'espoir, c'est l'ordinaire tel qu'il devrait toujours être : tourné vers un ailleurs. Pas un but ni un objectif, non, un *ailleurs*. Un lieu secret dans lequel, enfin, chacun trouverait sa place. Un lieu juste.

Le mien existe.

Une île perdue au large de l'océan Indien, une langue de sable exagérément plate, et vide, et calme ; une certaine transparence des flots. La mer comme un pays. Cette île que personne ne connaît, c'est chez moi, c'est ma terre.

Tu vois, ton absence n'y change rien. Même sans toi, Maman, je continue. Je suis prêt.

Douze heures de vol jusqu'à Paris. Puis un train pour La Haye, changement à Rotterdam. Je n'aurai pas le temps de visiter la tour Eiffel. J'aurais aimé pourtant. Grimper au sommet et que pour une fois, ce soit moi qui regarde les autres de haut.

Pardon.

Je ne pars pas en touriste. Je n'ai jamais été un touriste. C'est quoi un touriste ? Un Blanc en bermuda et en tongs qui vient oublier à Maurice qu'il gagne de l'argent ?

Pas de promenade non plus à La Haye. Des Pays-Bas je ne verrai que la Cour internationale de justice. Le monde posera ses yeux sur nous.

Un duel.

La justice est la méchante sœur de l'espoir. Elle vous fait croire qu'elle vous sauvera, mais de quoi vous sauvera-t-elle puisqu'elle vient toujours après le malheur. Un verdict, ça ne répare rien. Ça ne console pas. Parfois tout de même, ça purge le cœur. La seule délivrance que je vise est celle-là : la purge. Mettre à terre les coupables. Renverser l'ordre établi. Tu n'en demandais pas tant, Maman. Cette colère-là, c'est seulement la mienne.

Quand les gens devant moi s'émerveillent – Ton courage vraiment, ta force, depuis toutes ces années… –, je ne sais que répondre. Le courage est l'arme de ceux qui n'ont plus le choix. Nous serons tous, dans nos pauvres existences, courageux à un moment ou un autre. Ne soyez pas impatients.

Mars 1967

Vise l'œil et tu transperceras la tête.

Le lagon était immobile, lisse comme une plaque de verre. Les alizés qui avaient secoué les vagues noires de nuit retenaient à présent leur souffle. Marie fixa une dernière fois sa proie, leva sa foëne bien haut et l'abattit d'un coup sec entre les coraux.

Vise l'œil et tu transperceras la tête. Oublie le reste autour. Pique-le !

Les mots de sa mère étaient passés dans ses gestes – mémoire insulaire, mémoire de feu, transmise aux filles depuis tant de siècles. Son corps savait. Bientôt, c'est à Suzanne qu'elle léguerait ça.

Marie sentit une résistance au bout de son harpon. Le poulpe lâcha un nuage d'encre. Trop tard ; il était pris. Elle hissa la bête hors de l'eau en poussant un cri de victoire, engagea un fil de fer dans son bec. Avec un bruit mat, la tige transperça le cerveau flasque.

Au loin, l'air se teintait déjà d'or et de blancheur. Elle avait traqué la bête trop longtemps. Il devait être 6 heures et le travail sur la plantation de coprah allait commencer. Marie pesta contre elle-même. Une fois de plus, Josette serait obligée de justifier son retard auprès du vieux Félix. Elle imaginait d'ici le regard de sa sœur, ah te voilà toi, je t'écoute... Avec un sourire désolé, elle lui avouerait : l'appel de la mer, violent, irrépressible, la proie enroulée dans les anfractuosités de la roche, le temps qui s'efface alors. Elle prendrait sa place sur la parcelle, sortirait son coupe-coupe et après avoir fendu le premier coco, glisserait à l'oreille de Josette : « Je vais cuire une fricassée délice pour toi... » Sa sœur lui mettrait une petite claque sur l'épaule – fin de l'histoire.

La pieuvre jetée dans son dos, Marie s'apprêtait à regagner le rivage quand une ombre l'arrêta à l'horizon. Elle plissa les yeux, devina une tache grise tout au nord de la passe. Parfois, elle le savait, les désirs sont si puissants qu'on discerne avec précision le contour de choses qui n'existent pas. Et ce qu'elle désirait par-dessus tout, dans l'aube de Diego Garcia, c'était voir la première le cargo. Depuis quelques jours, l'île tout entière palpitait, le *Sir Jules* avait quitté Port-Louis et sillonnait l'océan Indien. Le vieux Félix avait relayé le message de l'administrateur : qu'on décore l'église, qu'on prépare les entrepôts, le navire n'allait plus tarder.

Chaque fois que le *Sir Jules* ou le *Mauritius* faisait halte sur l'archipel des Chagos, Marie oubliait son labeur quotidien. Un royaume se déversait sur les plages de l'île. Des denrées introuvables à Diego, comme le riz, la farine ou le sucre, envahissaient la jetée ; du vin, du tissu, du savon, des médicaments, des produits de beauté rejoignaient les réserves et des hommes venus de loin leur apportaient distractions et nouvelles – le curé, le capitaine, plus rarement un docteur. Tant de rêves. Marie regarda droit devant elle. À l'autre bout du monde des gens vivaient dans la neige. La neige... Le mot seul la faisait frémir. Il fallait se représenter un grand manteau blanc tendu sur le corps du monde, lui avait-on expliqué. Mais l'unique manteau blanc qu'elle connaissait était la plage de Diego Garcia, aussi immaculée que la coquille des œufs de tortue.

Dans sa ligne de mire, la tache grise se fit plus précise. Lorsque des points lumineux, rouges, puis verts, se mirent à clignoter, elle comprit qu'elle ne s'était pas trompée. Elle regagna la rive à la hâte, brouillant le nuage d'encre de la pieuvre ; de violette, l'eau devint mauve pâle, pareille aux fleurs du jacaranda. Il fallait qu'elle prévienne Josette, qu'elle prévienne les autres. Personne ne travaillerait plus aujourd'hui, le *Sir Jules* était là ! Sur le sentier, emportée par l'excitation, elle se mit à courir, indifférente au poulpe valsant dans son dos, à sa jupe trempée et aux cailloux qui lui cisaillaient la plante des pieds, soulevant derrière elle une fine écume de terre.

*

« Bateau là ! »

Les hommes sortirent de l'entrepôt, intrigués, elle ne s'arrêta pas, fila jusqu'à la parcelle où les femmes écalaient les cocos. Sa sœur était courbée en deux, occupée à tourner la chair blanche des noix vers le soleil. « Josette ! » La silhouette se redressa, déploya son corps rond de bonbonnière, posa les poings sur les hanches. Le coupe-coupe suspendu, toutes les femmes tournèrent la tête vers Marie. Son cœur battait vite après cette longue course. Elle se laissa tomber sur le muret, savoura l'instant. Ce sentiment d'être celle qui savait, celle qui avait vu – celle, aussi, qui apporterait la joie –, la grisait comme une lampée de rhum. « Bateau là... » répéta-t-elle dans un souffle. Josette ouvrit grand la bouche. Vrai ? Le *Sir Jules* ? Marie acquiesça en brandissant le poulpe. L'expression de doute sur le visage de sa sœur céda la place à un franc sourire.

Elle traversa la parcelle, se hissa gaiement par-dessus le muret. « Alalila ! » Toutes les femmes l'entourèrent en chantant et frappant dans leurs mains. Josette minaudait – le navire ferait d'elle la reine de l'île, l'élue éclatante. « Prête ? » lui demanda Marie en pressant son bras. Elle jeta à nouveau le poulpe sur son épaule et entraîna Josette. L'odeur forte et iodée, semblable à celle des entrailles de poisson en décomposition, se mêla aux effluves sucrés du coco.

Sur la terre face à elle, les noix s'accumulaient comme des seins coupés qu'on aurait vidés de leur lait.

*

« Rangez ça là ! Non, là-bas ! » Dans le chaos des chaloupes, les sacs de jute, les bidons et les barriques donnaient à la jetée des airs de convoi militaire. Mollinart distribuait les ordres. « La farine, dans l'entrepôt. » Les hommes chargeaient les paquets sur leurs épaules, la peau à vif, le front barré d'un sillon creusé par l'effort. Marie aperçut Henri et Jean-Joris, torse nu tous les deux, en sueur. Elle les salua d'un geste ; attarda son regard sur l'un, sur l'autre. Henri faisait des allers-retours nerveux entre la jetée et l'entrepôt, des caisses en équilibre instable sur la tête, tandis que Jean-Joris avançait d'un pas lent, les bras chargés de bidons. Tous deux se ressemblaient malgré leurs différences. Elle les connaissait par cœur. Sympathiques, légers. Absents.

Une nouvelle chaloupe accosta, croulant sous les sacs de sucre. Un homme à la tignasse épaisse, la carrure solide, aida au déchargement. « Christian ! » Josette se précipita vers lui. Sourire pur d'enfant – il lui donna un baiser. Marie ferma les yeux. De mauvaises pensées pressaient son cœur, bourdonnantes, qu'il valait mieux repousser.

Le bonheur de sa sœur était un bonheur rare à Diego Garcia. D'ordinaire les hommes aimaient sans s'attarder – de simples passants, de paisibles fuyards.

« Alors ? Lui-même, ça ? » La voix de Josette dérailla presque d'émotion. « Non, répondit Christian. Mais sûr il est près d'arriver, là... » Il l'embrassa encore, chargea le sac de jute sur ses épaules et fit signe à Mollinart qu'il ne s'arrêtait pas plus longtemps.

Josette mit ses mains en visière, le visage tourné vers les chaloupes. Henri, Jean-Jo et les autres îlois allaient et venaient, suivant les indications de l'administrateur dans un grand fracas d'eau, de cris et de labeur. Le bruit montait comme une vague vers la clarté du ciel avant de retomber dans la mer, presque blanche sous les premiers rayons. Un bruit attira soudain l'attention de Marie. Un canot approchait avec des hommes à son bord. Josette s'agita. « Tu crois c'est lui ? » On y voyait mal encore, mais il y avait fort à parier que... La chaloupe buta contre la jetée, faisant enfler la rumeur qui éclata d'un coup : le prêtre ! C'était bien lui ! Josette se mit à sauter sur place, impatiente, échauffée – une petite fille de vingt-cinq ans. « Christian ! cria-t-elle à nouveau. Faire vite ! Dépêche, dépêche ! » Il la rejoignit en courant et tous deux se ruèrent vers la barque.

Marie demeura en retrait, le poulpe à la main, le bout des tentacules caressant le sable. Avec la chaleur naissante, l'odeur devenait plus écœurante. Elle alla rafraîchir la chair dans l'eau de mer, et du rivage observa le spectacle. Il ne lui restait plus rien de son plaisir matinal – elle, seule face au *Sir Jules* au loin. Détentrice d'un secret. Il lui aurait suffi de quelques pas pour se mêler aux autres, applaudir l'arrivée des chaloupes, attendre le prêtre avec sa sœur et Christian, mais c'était toujours la même chose : elle se sentait exclue d'un groupe duquel elle se retranchait elle-même, comme sa mère autrefois qui se plaignait de solitude alors qu'elle n'invitait personne. Elle fit tourner le poulpe dans l'eau pour tromper sa contrariété sans objet. Devant, à côté de Mollinart, Josette, Christian, Henri, Jean-Joris, Félix et les autres formaient un ruban mouvant autour de la barque. Elle garda les yeux fixés sur eux, scrutant la jetée et la silhouette du curé qui émergeait lentement.

Ce n'était pas le curé.

L'homme qui venait d'apparaître avait vingt ans tout au plus, un corps longiligne, une allure folle. Sa peau couleur thé au lait paraissait assortie à son veston beige, mais aussi – elle fronça les sourcils – à ses souliers blancs. Elle eut à peine le temps de le détailler que la foule l'avala, recrachant à sa place le père Larronde.

Une barbe de missionnaire, un grand sourire aux lèvres, quelques cheveux clairsemés sur un crâne rosé, il n'avait pas changé depuis son dernier passage aux Chagos. « Mon père ! » Josette et les autres s'enroulaient autour de lui. Une femme lui baisa la main, une autre tira un morceau de sa soutane. « Mon père ! » Christian glissa une épaule dans la masse et se faufila avec Josette au plus près du curé. C'était bien, ils pourraient tout de suite faire leur demande – cette idée allégea Marie d'un poids. Le sentiment qui l'assaillait si souvent n'était pas de la jalousie ; plutôt une attente, un désir, comme un trou dans le ventre que rien ne venait combler.

« Poussez-vous, s'il vous plaît... Un peu de calme ! » Mollinart tentait de frayer un chemin au curé. Marie chercha du regard le jeune homme au complet beige, mais les îlois se tassaient en pelote autour des visiteurs. À ses pieds, le poulpe s'était ouvert en corolle dans l'eau. Elle le frotta avec du sable pour enlever le gros de la colle, le rinça, puis remonta sur la plage. L'inconnu était là, une cigarette allumée entre l'index et le majeur. Mauricien, sans doute. Un homme de la ville.

Ses cheveux parfaitement coiffés luisaient au soleil. Il avait un profil d'oiseau, des lèvres fines, le nez busqué. Des traits qui alliaient curieusement dureté et finesse. Elle s'immobilisa, transpercée par l'évidence : cet homme était beau. Henri et Jean-Joris lui avaient paru désirables bien des fois, parce qu'ils étaient là, parce qu'ils étaient jeunes, mais aucun n'avait éveillé en elle ce sentiment doux et violent, si limpide, de la beauté. Elle fit un pas vers lui, troublée, avec un sourire auquel il ne répondit pas.

L'odeur du poulpe sur ses mains, sur sa nuque ; sa jupe trempée ; ses cheveux décoiffés ; sa peau noire perlée de sel ; ses pieds trop grands – elle s'arrêta net, honteuse d'elle-même. Ravala son sourire. Cela importait peu, de toute façon. L'inconnu regardait au-dessus d'elle, vers la mer devenue verte. À ses yeux, elle était invisible.

Mars 1967

Des embruns chargés de sève pénétrèrent sa cabine. Enfin. Sur le *Sir Jules*, l'océan avait perdu son odeur, étouffée par les relents de soupe, de graisse de moteur et d'intestins détraqués. Cinq jours de traversée dans un chaudron. Malade du début à la fin ! Quand le vent iodé avait empli ses narines, il s'était senti renaître ; les flots retrouvaient leur parfum d'algue et de sel, le ciel sa transparence. Ils étaient arrivés. Gabriel grimpa sur le pont supérieur, tangua jusqu'au bastingage.

Au bout du lagon, timides, se détachaient une jetée et un ruban de sable piqueté de cocotiers. Quand il avait quitté Port-Louis, il avait tourné le dos à un port agité, containers sur les docks, immeubles en construction, route bruyante, marchands ambulants en tout genre. Il était temps de fuir Maurice. Partir, s'éloigner de soi-même. Mais part-on jamais vraiment ?

Lui qui rêvait de Londres et d'après-midi paresseuses entre des murs tapissés de bibliothèques allait poser là ses valises de petit secrétaire. Un désert au milieu de l'océan. « Quand tu rentreras, tu seras si vieux que tu n'auras plus qu'à mourir » avait proféré Évelyne avant son départ. Sa petite sœur resterait à Beau-Bassin, seule sous le joug paternel ; il l'abandonnait. Avec la franchise de ses quatorze ans, sa peine s'était transformée en venin. Peut-être n'avait-elle pas tort, du reste ; il rentrerait des Chagos vieilli, déshabitué de la vie urbaine, sans aucun souvenir de ses rêves londoniens. Il suffisait de promener ses jumelles au large pour s'en rendre compte : il n'y avait rien d'autre que du sable et des cocotiers – pas la moindre maison, pas la moindre construction, pas la moindre route. Les prisons ne sont pas toujours armées de barreaux.

*

« Bétail ! » s'égosilla le capitaine. Gabriel s'avança sur la plage aux côtés du père Larronde et de Marcel Mollinart. Chauve, en bermuda kaki, l'administrateur de l'île, qui possédait également la plantation de coprah, devait avoir une quarantaine d'années. Affable, il avait la nonchalance des hommes que l'autorité rassure. « Mon garçon, vous n'allez pas être déçu du spectacle ! C'est le moment tant attendu... » Le ravitaillement suivait un ordre invariable. Après les vivres, les objets et les hommes, le cheptel. « Les îlois n'ont pas souvent l'occasion de manger de la viande, vous savez... » Ânes, chèvres, vaches, cochons : autant de corps nourriciers et de force de travail pour le moulin à huile.

Glissant sur le miroir de l'eau, les premières bêtes surgirent à l'horizon. Un chant s'éleva du rivage. Les Chagossiens marquaient le rythme de leurs mains, leurs voix se perdaient dans des accents païens, lointains, semblables à ceux des Malgaches lors du Famadihana – une fête éternelle pour réunir les vivants et les morts.

« Papa bœuf sur canot ! » cria soudain un îlois aux cheveux broussailleux. Mollinart eut un sourire. À Port-Louis, Gabriel avait été sidéré par le nombre de matelots nécessaire pour hisser l'animal à bord. Après avoir enroulé précautionneusement ses cornes de chiffons, les hommes s'y étaient repris à deux fois avant de l'attacher dans la cale.

Les chants redoublèrent d'intensité.

Les îlois avaient la peau très noire, des corps de travailleurs, des vêtements simples, jupes de toile pour les femmes, pagnes de tissu améliorés pour les hommes. Gabriel serra les mâchoires. Quelles conversations pourrait-il entretenir avec eux ? Quels échanges ? Il suffisait de les regarder pour deviner qu'ils étaient analphabètes. Mais leurs voix avaient une profondeur hypnotique, quelque chose qui touchait à l'essence même de la vitalité. Pas d'artifices. Une force nue.

« Quel bestiau ! » s'exclama Mollinart, l'arrachant à ses pensées. Gabriel fit un pas.

Impavide, dressé comme une idole sur les vagues, l'animal défiait les humains. Son pelage d'or étincelait, jetant des reflets de plus en plus éclatants au fur et à mesure qu'il approchait ; le silence se fit. Un silence religieux.

La chaloupe allait accoster quand, tout à coup, une roche dévia sa trajectoire. Un raclement de bois. Une ondulation. En moins d'une seconde, tout vacilla. Le bœuf voulut sauter du bateau, le cordage l'entrava et il bascula dans le lagon.

« Alala ! » Ce fut un seul cri, comme poussé par une seule gorge. La bête chercha à se relever mais retomba aussitôt dans l'eau. « Dépêchez-vous ! hurla le capitaine. Il va se noyer ! » Les matelots tirèrent à cinq sur le licol. En vain. L'homme aux cheveux broussailleux se précipita vers lui. « Christian ! Attention ! » L'un des chiffons venait de se dénouer, laissant apparaître une corne menaçante. Il s'écarta à temps pour éviter un mauvais coup. Le bœuf se débattit encore quelques secondes. Puis, quand sa tête trouva enfin le sable du rivage, il cessa de lutter et se mit à gémir.

Gabriel contemplait le colosse renversé dans l'écume. Ses meuglements ressemblaient à des prières ; il appelait à l'aide. Le père Larronde, entouré de femmes et d'enfants qui piaillaient, se signa. Un murmure parcourut la foule. Christian enroula sa main sur la corne dénudée et s'agenouilla dans l'eau. Alors ? cria Gabriel pour lui-même ; l'écho résonna jusqu'au fond de son crâne.

Au bout de quelques secondes, le Chagossien se releva : « Sa patte devant... Elle est cassée-cassée ! » Il ponctua son commentaire d'un geste du poignet, qu'il tordit plusieurs fois. Les applaudissements éclatèrent aussitôt. Des cris de joie, de fureur. Mollinart et le capitaine tournèrent autour de la bête, un bref conciliabule, « Christian ! Viens par là... », encore des discussions. Secoué de tremblements, le bœuf pleurait à présent. Mollinart finit par lever le bras, « Il est à vous ! », et la foule exulta.

Immobile, Gabriel luttait contre le vertige. Une grappe d'hommes ruisselant de sueur le frôla. Il vit briller des outils dans leurs mains épaisses. Les pulsations de son cœur accélérèrent. Ils n'allaient tout de même pas...

Les reflets métalliques l'obligèrent à fermer les yeux.

*

Au premier coup de marteau, la bête hurla, furieuse, lança ses pattes vers l'avant pour se défendre, secoua la tête, mais un deuxième coup, asséné pile entre les yeux, fit gicler le sang et la statufia. Gabriel sentit son estomac se contracter. Ils allaient tuer le bœuf au marteau. Un troisième coup dans la plaie ouverte. Un quatrième. Les hommes, tous chagossiens, se relayaient pour cogner au même endroit, là où l'os est le plus tendre, le plus friable. Gabriel ouvrit la bouche, en quête d'oxygène. À chaque impact, il avait l'impression que se broyait son propre nez, son propre front, son propre crâne. « Vas-y ! Encore un coup ! » Et le bœuf suppliait, implorait. Le son de la chair qui éclate était plus insupportable encore que son spectacle. Tout autour, les enfants se serraient contre leurs mères, leurs grands-mères, et ne bougeaient plus. Les hommes, encouragés par des femmes aux hanches larges, prenaient des poses guerrières. Un vieillard en uniforme colonial reculait à chaque coup porté, avant de se rapprocher à nouveau. Plus loin sur sa gauche, une femme jeune, mal peignée, se détournait ostensiblement du carnage, une chose grise et molle dans les mains, le visage pointé vers lui. Il faillit s'approcher d'elle, mais un nouveau hurlement l'arrêta. Le son était différent. Il se força à regarder, découvrit le marteau enfoncé dans la paroi du crâne : l'arme avait atteint les régions molles du cerveau. Il y eut une seconde de silence, puis des vivats traversèrent la foule, comme un long frisson sur le dos d'une bête monstrueuse.

Gabriel se laissa tomber sur la plage, hagard, se rendit compte que le soleil était haut à présent, et l'air irrespirable, il observa la meute traversée par une excitation bruyante, le goût de la viande déjà sur la langue.

« C'est ce qu'on appelle un comité d'accueil... » Mollinart avait pris un ton paternel. « Allez, venez, vous en avez assez vu pour aujourd'hui. Ils vont dépecer la bête. Autant que je vous montre la villa. » Gabriel se leva, un automate, et suivit l'administrateur après un dernier regard au sacrifié.

Sur le sable d'une blancheur de lait et dans l'eau claire du lagon, le sang déposa sa couleur.

Sauvage. Sagouin. Nègre-bois. Voleur. Crétin. Crevard.

Fils de rien.

Chagossien, ça voulait dire tout ça quand j'étais enfant. Notre accent ? Différent de celui des Mauriciens. Notre peau ? Plus noire que celle des Mauriciens. Notre bourse, vide. Nos maisons, inexistantes.

Méprise-les, oublie-les, me répétait ma mère. Mais comment oublier la honte ?

Un jour, je dois avoir quinze ans, j'aperçois une fille sur la plage. Rousse. Grand-Gaube n'est pas un coin à touristes. Une rousse ici, ça veut dire Grand-Blanc, ça veut dire Grand-Genre. C'est ainsi à Maurice : Blancs, créoles, mulâtres, les variations sont infinies, la folie et la méfiance aussi. J'observe le hors-bord devant moi, les plaisanciers affairés – une partie de pêche au gros se prépare. La fille me sourit. Sa beauté me fait regretter de ne pas être plus vieux, plus homme. Ses cheveux, une coulée de lave.

Je m'approche. Alors un type jaillit des rochers. Il se plante devant moi, ridicule avec son slip de bain et sa peau brûlée, passe un bras devant la fille. Terrain privé.

Je ne sais pas ce qui lui a pris. Ou je ne le sais que trop. Il pousse un grouinement soudain et hurle : « Cochons marrons dehors ! »

J'ai ce geste, tourner la tête, regarder qui vient derrière moi. Personne, bien sûr. Je suis seul. J'ai eu la faiblesse de croire que le cochon marron, ce n'était pas moi.

Le Blanc éclate de rire.

Pas la fille. Non, pas la fille.

Elle ignore le type et monte sur le hors-bord sans un mot.

Je fuis.

Aujourd'hui je sais une chose. Si la rousse avait ri cette fois-là, si elle avait eu cette cruauté, jamais je n'aurais été capable de tenir une femme dans mes bras. J'aurais payé très cher la bêtise d'un Blanc.

Mars 1967

Au premier coup de marteau donné par Christian, Marie avait entendu sa sœur remercier Dieu. Cette viande était inespérée, un vrai cadeau de noces. Le père Larronde avait fixé la messe de mariage au lendemain 17 heures. Depuis, c'était le branle-bas de combat. Josette repoussa sa gamelle de fricassée. « Si je finis pas ma robe là-même, demain je mets un sac à pommes de terre... » C'était au moins la dixième fois qu'elle revenait sur le sujet. Marie soupira. « Josette. On casse une pause, là... Après le manger on fait la couture, promis. »

Christian remplit l'assiette de son fils, une platée de poulpe noyant le riz, des lentilles, du piment, de quoi reprendre des forces. Sans jamais se plaindre, Nicolin avait aidé au déchargement du *Sir Jules*, portant des caisses, des bidons. Il n'avait que dix ans. « Makine ? Suzanne... ? » Les petites ignorèrent Christian, s'intéressant davantage à la conversation qu'au contenu de leur écuelle. « Quand tu tournes, Tatie, ta robe, elle fait le soleil ? » Le trou dans son sourire – Suzanne venait de perdre une dent de lait – la rendait plus adorable encore. Josette porta les mains à son visage ; le buste n'était pas terminé, peut-être même manquerait-il du tissu, il fallait s'y atteler au plus vite.

Marie soupira et replongea sa cuillère dans la fricassée. « Et toi Mamita ? » Suzanne la fixait de ses deux billes noires. « Moi quoi, chouchou ? — Quand c'est que tu fais le mariage ? »

*

Quelques années plus tôt, Marie avait été attirée par Henri : l'esprit vif, le corps noueux, il avait cet air canaille auquel succombent volontiers les adolescentes faussement naïves, en veine d'amour et de drame. Et à dix-sept ans, qu'était-elle sinon cela ? Vers 3 heures de l'après-midi, lorsque son travail sur la parcelle s'achevait, elle allait le retrouver dans l'entrepôt, près du calorifère. Les pelletées de coprah crépitaient sous les flammes. Elle plongeait sa timbale dans le réservoir d'eau et la vidait d'un trait en le regardant, sa jupe relevée sur les cuisses. Il y avait eu un premier baiser, une première caresse. Elle s'était donnée à lui le jour où il l'avait blessée. Un mot. « Tes pieds y font comme deux pirogues. »

Depuis l'enfance, Marie se savait jolie, très jolie même. Partout elle allait pieds nus, libre, battant la terre de ses talons, épousant la vague et le vent. Et voilà qu'un mot gâchait tout, voilà qu'un simple mot l'enlaidissait. Des pirogues. Presque des pieds d'homme. Cela n'avait pas empêché Henri de se frotter sur son ventre en soufflant, l'air béat, les muscles saillants. Piquée, elle s'était tournée vers Jean-Joris, ouvrier lui aussi au calorifère. Jean-Jo était un paisible géant. Des yeux ronds, le front large. Ne disant jamais non. Elle voulait croire qu'il dissimulait un autre homme en lui, plus éclatant ; s'était trompée. Sa gentillesse se confondait avec l'apathie ; sa bonté avec l'ennui.

Henri, Jean-Jo ; Jean-Jo, Henri. Au bout de quelques mois d'alternance grise, Marie était tombée enceinte.

En donnant naissance à Suzanne, elle avait dû se résigner : son enfant ne ressemblait ni à l'un ni à l'autre de ses amants. « C'est trop tôt, l'avait encouragée Josette, petit-petit comme ça, les bébés c'est tout même pareil. » Sa fille avait aujourd'hui quatre ans et Marie ne voyait toujours rien, sinon que le nez, les yeux frangés de longs cils, la bouche ourlée venaient d'elle et d'elle seule. C'était l'éternelle histoire des hommes de Diego Garcia : ils n'étaient pas des pères, presque jamais des maris. Au mieux des souvenirs ; au pire des regrets. Que ni Henri ni Jean-Joris ne réclame la paternité de Suzanne ne l'avait pas surprise. S'accommodant du flou de la situation, ils avaient poussé le vice jusqu'à devenir les meilleurs amis du monde : à se partager la même femme, des liens ne finissent-ils pas par se nouer ?

*

Marie caressa la joue de sa fille. « Tu veux savoir pourquoi je fais pas le mariage ? » Elle marqua une pause. « Parce que je fais aller sans les hommes. » Un reflet brilla sur les deux billes noires. Christian s'étrangla avec son verre de vin et Josette lui donna un coup de coude. Marie les ignora, gardant les yeux fixés sur sa fille. Rassurée par le calme de sa voix, Suzanne lui fit un grand sourire et se mit à manger.

Je fais aller sans les hommes.

Dans son esprit, pourtant, s'imprima la silhouette d'oiseau sur la jetée. Elle revit l'élégant complet beige, la cigarette rougeoyante, le regard indifférent – comme une épine très fine se fichant sous la peau.

*

L'air marin se mêlait aux vapeurs des fleurs de frangipanier. Marie s'élança dans les vagues. L'eau, presque rosée sous les rayons de fin d'après-midi, était chaude, accueillante. Elle fixa un point au loin, une bouée de pêcheur, et décida de ne pas s'arrêter avant de l'atteindre.

La mer. Le bonheur de nager jusqu'à en perdre le souffle, parfois la raison. À Diego Garcia, rares étaient ceux qui s'y risquaient. On se méfiait du lagon trop paisible. Des creux au bleu profond pouvaient vous aspirer d'un coup, et plus personne n'avait jamais de vos nouvelles – votre corps livré aux crabes, aux esprits et aux murènes.

Marie ne craignait pas la noyade. Il y avait eu cette sortie en bateau avec sa mère et sa sœur un dimanche, elle devait avoir cinq ans, peut-être six. Dans l'eau transparente, elle avait vu une ombre ondoyer. Un poisson d'argent. Alors qu'elle se penchait pour mieux l'admirer, une vague plus haute que les autres l'avait projetée pardessus bord. L'eau fraîche l'avait engloutie d'un coup, l'entraînant vers le fond. Il n'y avait plus de poisson, seulement le sel dans la gorge, les narines brûlées, et cette piqûre terrible dans les poumons... Son corps pourtant avait repris le dessus. La mer elle-même lui avait soufflé les gestes du miracle, les bras qui dessinent des ailes de papillon, les jambes qui battent comme un moteur à l'arrière, et elle était remontée à la surface. En jaillissant des flots, elle avait aspiré tout l'air du ciel dans sa bouche étonnée. Depuis, elle se sentait libre dans les courants, invincible ; elle avait passé un pacte avec les vagues.

Marie allongea un bras, puis l'autre, fit un dernier mouvement lent et sa main agrippa la bouée gluante d'algues. Elle reprit son souffle, la tête à moitié immergée, ses cheveux flottant autour d'elle comme de longs tentacules. Le soleil entamait sa descente et bientôt, il se transformerait en point rouge qu'avalerait l'horizon. Elle repensa aux lumières du *Sir Jules* à l'aurore. À l'affolement de la journée, depuis l'arrivée du curé jusqu'à la panique de sa sœur lorsqu'elle avait découvert qu'il manquait du tissu pour fermer la robe au niveau de la poitrine. Leur tante Angèle avait réglé ça en deux heures, plaçant au centre du corsage un triangle de coton jaune qui ferait l'affaire, et très bien même.

Elle s'enfonça sous l'eau, retint sa respiration une minute. Quand elle sortit la tête, la main toujours accrochée à la bouée, le visage de l'inconnu dansait devant ses yeux. Que venait-il faire aux Chagos ? Si jeune… Souliers et cigarette, les lèvres pincées ; un prince échoué. Elle ferma les paupières, les rouvrit aussitôt. Il ne fallait pas qu'elle s'imagine quoi que ce soit. Le jeune homme repartirait avec le père Larronde à la fin de l'escale. Dans trois ou quatre jours au mieux. Que ferait un homme comme lui à Diego Garcia ? Mollinart et sa femme étaient les seuls Mauriciens installés sur l'île, parce que c'était leur rôle, leur statut, mais lui ? Elle le revoyait tituber devant le bœuf ensanglanté. Alors se mêler à eux ! Elle lâcha la bouée et repartit vers la rive. Les alizés la poussaient dans le dos et elle retrouva vite le sable cuivré par les derniers rayons.

Quand même, c'était bien dommage.

Un si beau garçon.

Mars 1967

Des meubles laqués incrustés de nacre, quatre rocking-chairs en rotin, un guéridon, des vases ornés de fleurs fraîches, le parquet ciré aux odeurs de miel et de poivre, tout dans le salon de l'administrateur composait un décor familier. Au fond, la table était déjà dressée – porcelaine et couverts rutilants sur la nappe blanche empesée. « Ah ! Notre jeune ami est là ! Entrez, mon cher. Geneviève a fait préparer l'apéritif » s'exclama Mollinart. La femme s'avança, main tendue devant elle. Gabriel fut déstabilisé : ils s'étaient rencontrés quelques heures plus tôt, l'avait-elle déjà oublié ? Puis il comprit. Elle attendait un baisemain. Il se pencha sur la peau claire parsemée d'éphélides. À son contact, songea à une couenne de porc grattée.

« Le secrétaire de mon mari est-il bien installé ? » demanda-t-elle, précieuse. « Parfaitement, je vous remercie. » L'administrateur s'enfonça dans son fauteuil. « Tant mieux, tant mieux… Comme je l'expliquais à mon épouse, le père Larronde et le capitaine nous retrouveront au dîner. Avec le déchargement du bateau et cette histoire de mariage… sans parler de la viande à débiter, ils ont pris un peu de retard. » Geneviève Mollinart fit la moue.

« Ces gens sont vraiment… » Elle agita la main, dans un mouvement qui fit tinter ses bracelets en or.

Un vieil homme, que Gabriel avait déjà repéré sur la plage, les interrompit pour déposer sur la table basse des rafraîchissements et de l'alcool. Il portait un uniforme blanc aux boutons luisants, qui tranchait sur le noir de sa peau. Des sillons creusaient son front et lui descendaient en rigoles le long des yeux. Malgré l'âge, il conservait une allure enfantine. « Gabriel, je vous présente Félix, le doyen de Diego Garcia. » Le minuscule vieillard se rengorgea, avant de s'effacer. « Il était déjà au service de mon prédécesseur… C'est l'un de mes hommes de confiance, je l'ai nommé commandeur. » Geneviève leva les yeux au ciel. « Commandeur ? — Une sorte de garant de l'ordre, si vous voulez, mais rassurez-vous, les îlois sont tout à fait pacifiques, il n'y a jamais de problèmes. La prison derrière l'entrepôt abrite à peine cinq cellules, et elles sont toutes vides. Je n'ai jamais eu à faire la police. Pour être tout à fait honnête, c'est le moulin qui occupe l'essentiel de mon temps. Allons ! Vous m'accompagnerez bien au scotch, mon cher ? » Un haut-le-cœur. Ici aussi, on se noyait dans le whisky. « Juste un doigt, s'il vous plaît. Avec la fatigue du voyage, je préfère… Merci, merci ! » Son verre était déjà rempli à moitié. Mollinart se servit une triple dose avec un soupir de satisfaction. « Racontez-moi un peu. Quelles sont les nouvelles à Maurice ? »

Les nouvelles ? Gabriel réprima un rictus. Mauvaises. Préoccupantes. Il ne se faisait aucune illusion. Lorsqu'il était parti, les premières manifestations avaient commencé. Le pays allait se déchirer. D'ici six mois il n'y aurait plus que des camps adverses, des communautés dressées les unes contre les autres, des vainqueurs et des vaincus. « Vous savez, dit-il, l'indépendance fait rêver une bonne partie du peuple, tous les Indiens sont derrière

Ramgoolam. Les créoles résistent, mais… Le référendum risque d'être mouvementé. » Mollinart piocha dans l'assiette de gâteaux piments et goba deux croquettes d'un coup, le regard vide.

« Mon Dieu, intervint Geneviève, j'ai la politique en horreur ! » Elle jeta un regard en coin à son mari qui mastiquait avec un bruit de succion. « Parlez-nous de vous, plutôt… Les Neymorin sont connus à Port-Louis, des gens très bien, évidemment. Mais votre mère, de quelle famille vient-elle ? » Gabriel fit tourner le whisky dans son verre. « Ma mère ? » L'administrateur eut un geste amical envers lui, quelque chose qui pouvait signifier « ne vous sentez pas obligé » comme « à quoi bon ? ». « Ma mère s'appelait Viviane Petitjean. — *S'appelait* ? » La femme cligna des paupières, pressentant le drame avec gourmandise. « Oui. Elle est morte brutalement quand j'avais dix ans. »

*

Gabriel alluma une cigarette et perdit son regard dans les ombres du rivage, cherchant les contours du badamier sur lequel donnait sa chambre. C'était la première chose qu'il avait remarquée en entrant dans la pièce, à l'étage de la villa. Un arbre immense aux feuilles brillantes. Pour le reste, un bureau en bois, une chaise, un lit de célibataire protégé par une moustiquaire, une étagère vide et une armoire constituaient tout l'ameublement. Il n'avait pas mis vingt minutes à ranger ses affaires. Du linge, une trousse de toilette et des médicaments, des livres, des cahiers, des crayons et quelques photos, dont un portrait de sa mère, resplendissante dans sa vingtième année. Il l'avait aussitôt posé sur l'étagère ; quand il la regarderait de son lit, elle lui sourirait. Bientôt, le compteur serait à égalité : autant d'années vécues avec elle que sans elle. Il écrasa sa cigarette dans le cendrier en coco et referma la fenêtre.

Il se déshabilla, enfila un caleçon propre et s'allongea enfin. De cette première journée aux Chagos, il tirait un sentiment confus, mêlant soulagement et dégoût, fatigue et malaise. Il revit le marteau s'enfoncer dans le crâne tendre du bœuf. Un sacrifice. Une transe.

Un bruit le fit sursauter. Ça venait du dehors. Il se rassit sur le lit, retourna à la fenêtre. Avec la nouvelle lune, aucune lueur ne filtrait. Le bruit recommença. Il tendit l'oreille, finit par comprendre. C'étaient les cocos qui tombaient, secoués par la brise. Il lâcha un rire nerveux et se recoucha.

À la Jalousie, enfant, des bruits similaires l'avaient arraché au sommeil. Un manguier planté par son arrière-grand-père ombrageait sa fenêtre et hurlait les jours de tempête. Gabriel s'était pris de passion pour l'arbre, guettant au fil des saisons ses métamorphoses : le plumeau de la fleur se desséchait à l'éclosion du fruit, à peine plus gros qu'une amande ; puis cette amande grossissait jusqu'à se transformer en cœur lourd, orange et vert, gorgé d'un sucre qui faisait craquer la peau. Mais que l'on oublie de cueillir la mangue et la chair se tassait, devenant exagérément molle, brunâtre. Un jour, elle finissait par s'écraser au sol. La naissance et la débâcle. La pourriture attaquait même les fruits les plus beaux. Gabriel ferma les yeux. N'en allait-il pas de même avec toutes les familles ?

Au moment où l'avion s'élance, saluant le sphinx vert de la montagne du Lion et les serpents de macadam, je songe à tout ce que tu n'as pas connu, Maman. À ce que tu ne connaîtras jamais.

La puissance des moteurs ; le ciel au-dessus des nuages et les anges qui ne nous y attendent pas ; les prochaines élections ; la dynastie des Ramgoolam ; de père en fils, le pouvoir ; les pommes importées d'Europe ou d'Afrique du Sud quand on croule sous les litchis, les papayes et les ananas ; le dernier Bollywood ; notre combat avec les avocats, l'issue du procès, la justice peut-être. Pierrine.

Comment appelle-t-on la mémoire de ce qui vient ? Il faudrait inventer un mot, *oracle* et *divination* ne conviennent pas, inventer un mot pour dire cette mémoire compacte qui embrasse le futur. Se souvenir de ce qui va arriver et qu'on ne vivra pas.

Toi, si maigre les dernières semaines, ton souffle court, une agonie déjà. J'aurais voulu t'ouvrir la poitrine pour que l'air y entre et te soulage. Tiens bon. Bettina est enceinte, tu vas avoir un petit-enfant. L'éclat dans tes yeux, Maman, et ce visage de jeune fille que tu m'as soudain offert. Cette lumière que j'aurais voulu capturer. Mais la tristesse t'a rattrapée. Tes larmes étaient chargées de vérité.

Je ne la connaîtrai pas. Je vais le rater.

Lui ? Elle ? Ton hésitation m'a broyé le ventre. Elle ou lui, je l'ignorais moi-même.

L'amour vient toujours trop tard. On se manque d'un sourire. On se donne rendez-vous à deux endroits différents, pas fait exprès, désolé, la prochaine fois ? Il n'y a pas de prochaine fois.

Qu'est-ce que je raconte. Bien sûr que si. Des milliers de prochaines fois ! Mais en vieillissant, on n'a plus le droit à l'erreur. À chaque tour de manège, le prix augmente. Il ne faut plus se tromper de combat, de personne ou de sentiment.

Tu disais vrai, Maman. Tu ne l'as jamais connue, Pierrine. Ta petite-fille.

Mars 1967

Sur le perron de l'église, un tourbillon de chapeaux. Marie trépignait. Elle avait relevé ses cheveux en un chignon piqué de grosses fleurs, massé sa peau à l'huile de coco – envie de plaire, d'attirer le regard. Sa robe orange vif, cousue par Angèle elle aussi, mettait en valeur son décolleté.

« Allez mes enfants ! » Le père Larronde ouvrit les portes et fit entrer les invités. Elle poussa Suzanne jusqu'au premier rang, fébrile. Lorsque tout le monde fut installé, un chant de fête emplit la chapelle. Christian, dans une chemise et un pantalon blancs impeccables, s'avança vers l'autel les yeux humides, Makine devant lui, une corbeille à la main. Une odeur d'encens baignait le chœur et Marie se signa. Le curé salua Christian avant de faire un geste aux musiciens, qui entamèrent un nouveau chant. Sous le portail de l'église, Josette fit alors son apparition.

Les cheveux tressés en couronne, elle resplendissait dans sa robe blanche au corset jaune. Les applaudissements éclatèrent et la mélodie se fit plus entraînante. Son bouquet d'anthuriums dans les mains, elle remonta la nef d'un pas tremblant, Nicolin fermant le cortège avec un grand cierge. Avec ses yeux ronds, accentués par la finesse des sourcils, Josette avait le même regard que leur mère disparue.

Marie baissa la tête. Fixa ses pieds nus que rafraîchissait la dalle de l'église.

*

« Marie-Gros-Pieds ! »

C'était il y a si longtemps... L'année de sa première communion coïncidait avec son septième anniversaire. Pour l'occasion, sa mère avait échangé avec un artisan de Nouva un vivaneau frais contre une paire de sandales. Tous les enfants portaient ce genre de modèle pour aller à l'église. Au moment où Thérèse avait essayé de lui glisser les pieds sous la bride, Marie avait eu un geste de rejet et s'était débattue violemment. « Et toi, là ! Tu fais le diable ! » Sa mère lui avait donné une petite tape sur les fesses, sans plus de succès : c'était impossible, c'était non, Marie ne mettrait pas de chaussures.

Elle se souvenait encore des regards des gens lorsqu'elle était entrée pieds nus dans l'église, en robe blanche, des nœuds dans les cheveux ; elle se souvenait de la honte de sa mère, de l'indignation du jeune père Larronde, du sourire de sa sœur, des moqueries, des murmures, des méchancetés. Rien de cela pourtant n'avait valu le sentiment nouveau qui l'avait traversée, et qui signifiait quelque chose comme « j'existe ».

« Marie-Gros-Pieds », l'avait rebaptisée sa mère, partagée entre l'agacement et la tendresse. Marie l'avait chéri, ce surnom, jusqu'à Henri, jusqu'à la honte. Le corps qui change. Le regard des hommes. Aujourd'hui, elle aurait tout donné pour pouvoir mettre des souliers assortis à sa robe. Car sur le bas-côté de l'église, les traits fermés, se tenait le jeune voyageur. Inabordable.

*

À la sortie de la messe, le soleil déclinait déjà. « Te voilà Grand Madame Tasdebois, maintenant... » Marie enlaça sa sœur. Christian avait ce drôle de nom, Tasdebois, dont elles avaient ri si souvent. Josette devrait désormais le porter le restant de ses jours. Il fallait se méfier des tours que réserve la vie.

« Ah ! Les voilà ! » Mollinart fonçait vers eux, accompagné de sa femme et de l'inconnu. Marie sentit son pouls accélérer. L'administrateur embrassa Josette et serra chaleureusement la main de Christian, pendant que Madame marmonnait du bout des lèvres une formule d'usage. « Gabriel ! Laissez-moi vous présenter les mariés. Josette, Christian... Leurs enfants Nicolin et Makine... Et ici, Marie-Pierre Ladouceur, la sœur de Josette. Voyons, approchez ma fille, nous n'allons pas vous mordre. Marie-Pierre, je vous présente Gabriel Neymorin, mon nouveau secrétaire. »

Il y eut un bref silence durant lequel leurs yeux se croisèrent. Il lui tendit la main sans sourire. Gabriel. Des pensées confuses se bousculèrent en elle – surtout, qu'il ne voie pas ses pieds ; elle portait sa plus belle robe ; il avait les yeux effilés, la peau d'un brun doux ; sa fleur tenait-elle dans son chignon, aurait-elle dû mettre du rouge sur ses lèvres ? Quand elle toucha sa paume, elle crut rêver une seconde. Mais elle ne rêvait pas : il avait la paume moite. Henri et Jean-Joris aussi avaient eu les paumes moites. Son cœur battit plus fort. « Où est Suzanne ?... » demanda Mollinart. Elle indiqua du doigt sa fille qui se cachait dans les jupons d'Angèle. Une ombre fila sur le visage d'oiseau.

*

Sur la plage brûlait un grand feu. Les marmites crachaient leur fumée aux étoiles. Le cuisseau de bœuf exhalait déjà une odeur riche de rôti. On lança des grillades de poisson en débouchant du rhum. Mollinart et le capitaine offrirent aux mariés un bidon de vin rouge. « Attention, mes enfants, n'exagérez pas » dit le curé en trinquant avec eux. Quelques notes de tambours s'élevèrent du rivage, attirant les couples près du feu. Le séga allait commencer.

Discrètement, Marie observait Gabriel Neymorin. Il était plus jeune qu'elle, sans doute pas de beaucoup, mais plus jeune quand même ; son visage avait conservé quelque chose de l'adolescence, la finesse du menton, une indécision dans les traits. Elle le vit qui aidait les hommes à préparer le buffet, maladroit, trop élégant pour retourner les poissons sur le feu, ne voulant pas se tacher peut-être.

Les musiciens commencèrent à battre les ravanes, doucement, pour se chauffer les poignets. Les corps se rapprochèrent des flammes. Josette et Christian prirent place au milieu du cercle et esquissèrent les premiers roulements de hanches, les bras levés, les poings comme des fleurs qui tombent. Marie se rapprocha d'eux et claqua dans ses mains pour les accompagner, aussitôt imitée par Angèle et les autres. Le vieux Félix, de ses inflexions rocailleuses, entonna le séga des mariés, et les enfants, poussés par les adultes, mêlèrent leurs voix à la sienne. Autour, les hommes et les femmes croquaient dans des pilons de poulet brûlants, déchiraient de leurs dents le poisson grillé au coco, avalaient le sang du bœuf rôti. Angèle se régalait de la fricassée de crabe, on se léchait les doigts, le menton dégoulinant de sauce, les verres se vidaient et se remplissaient, la tête tournait, c'était un délice. Les ravanes accélérèrent leur cadence. Josette lui fit signe et Marie, entraînée par la musique, se planta près du feu pour danser. Dans son champ de vision, Gabriel se tenait en retrait. Elle renversa la tête, gonfla sa poitrine, battit la mesure de ses pieds nus sur le sable. Plus loin des enfants jouaient, Makine et Suzanne imitaient les mouvements des femmes, Nicolin courait après un ballon. Marie décida d'oublier sa fille, d'oublier Henri et Jean-Joris qui venaient d'entrer dans le cercle, de tout oublier pour suivre le mouvement des ravanes. « Roulez ! Dansez ! » siffla une voix stridente, et le rythme redoubla d'intensité. Ondoyante, voluptueuse, elle dansa comme on aime parfois, pour elle et pour elle seule, elle sentait sa chair palpiter, juteuse, et sa taille roulait, ses seins ondulaient, la terre tremblait sous ses pas. Contaminé par la fièvre générale, noyé sous le vin et le rhum, Mollinart rejoignit la ronde. Le capitaine titubait en cadence. Et quand le père Larronde osa quelques pas maladroits, ce fut une explosion de joie.

Seul Gabriel ne bougeait pas.

Emportée par la transe, Marie fut prise d'impatience devant son inertie. Elle se rapprocha de lui, releva sa jupe à mi-cuisse et se déhancha plus vigoureusement encore. Quand elle vit qu'il la contemplait, elle continua plus fort, la jupe remontée, un peu plus haut, encore un peu plus, le dos cambré. Ivres, Henri et Jean-Joris se mirent à tourner autour d'elle, de Gisèle, d'Anne-Lise, de Becca, ne cachant plus leur désir. La musique continuait à défier les flammes, les voix s'élevaient vers les comètes, et les chants, et la ravane, et le mouvement endiablé prenaient possession des corps. Gabriel se leva enfin, abandonnant son chapeau sur le sable. Il s'approcha d'elle. Marie pouvait déjà sentir ses mains sur ses seins, son haleine contre ses lèvres. Mais au dernier moment, il la salua de la tête et tourna les talons.

Dépitée, elle le regarda s'éloigner dans la nuit. Autour du feu, Christian et Josette s'enlaçaient. D'autres couples se formaient ici et là. Henri bécotait une voisine, les yeux vitreux. Lorsque Jean-Joris se colla contre elle, elle ne le chassa pas.

Mars 1967

Elles sont assises autour de la parcelle, paisibles comme des oiseaux de mer. Les mains plongent dans les paniers tressés, en tirent une noix de coco qu'elles posent devant leurs jupons. Toujours les mêmes gestes. Lever le coupe-coupe, fendre le fruit d'un mouvement net, écaler chaque moitié avant de la déposer sur la terre, la chair offerte au soleil. Les hommes porteront ensuite le coprah au moulin. De la meule tirée par les ânes coulera l'huile épaisse, tandis que les coques brûleront dans le calorifère.

« Les journées sont rythmées par les cloches, expliqua Mollinart. Le travail commence à l'aurore, vers 6 h 15, et s'arrête en début d'après-midi. Les îlois vont ensuite pêcher, cuisiner, ou alors ils s'occupent à je ne sais quoi… Venez. » Ils se rapprochèrent des ouvrières.

Elle avait beau lui tourner le dos, Gabriel la reconnut aussitôt. Marie-Pierre Ladouceur.

À la voir danser au milieu des flammes, deux jours plus tôt, il avait été pris de vertiges. La fille était une splendeur. Peau noire aux reflets dorés. Un visage rond. Un corps souple, des hanches déliées. Trop ! Cette jupe retroussée, remuante, ces cris, ces hommes autour d'elle… Et son nom ! On aurait dit un de ces sortilèges que vous jettent les faiseurs de romans.

« On exporte des tonnes de coprah chaque année vers Maurice et le reste du monde. L'une de vos tâches, mon cher, consistera à veiller avec moi sur la production. » L'administrateur leva un bras vers les femmes pour les saluer. Marie-Pierre se retourna à son tour. Quand elle l'aperçut, elle eut un mouvement de recul qui le troubla. Gabriel s'inclina rapidement.

Le fichu qui enserrait ses cheveux dégageait son front bombé et lisse. Ses lèvres s'arrondissaient dans une petite moue boudeuse. Mais ce fut un détail qui l'alarma. Au bas de ses joues, des fossettes lui creusaient deux minuscules puits d'amour. Il se sentit mal, emboîta le pas à Mollinart pour s'éloigner d'elle.

« Hormis la Pointe de l'Est où nous nous trouvons, et qui constitue le cœur de l'île, n'est-ce pas, il y a deux autres villages. Enfin, des villages, vous me comprenez ! Des allées bordées de cases… Pointe-Marianne au sud et Nouva au nord. Sur l'île principale et les îlots qui composent Diego Garcia, il faut compter environ mille habitants. » Gabriel hocha la tête et suivit Mollinart. Il découvrit une salle où une quinzaine d'enfants de tous âges jouaient entre eux. Il reconnut dans un coin Makine Tasdebois. L'administrateur stoppa net sa marche. « Vous voyez ? Je n'ai même pas un maître d'école pour eux. De toute façon, dès qu'ils sont en âge de travailler, les gamins aident leurs parents à la pêche ou au moulin. »

Mollinart lui présenta encore la forge, le dispensaire médical – trois lits alignés sous une petite case en tôle, deux caisses de médicaments à même le sol et un vieux stéthoscope qui prenait la poussière –, le cimetière attenant à l'église, protégé par des banians centenaires, et le garage de sa villa, transformé en bureau de télécommunications.

« C'est d'ici que vous pourrez envoyer des télégrammes à vos proches. » Gabriel remercia. « Bon, je crois que vous avez tout vu. Si on passait aux choses sérieuses maintenant ? »

*

Dans la pièce obscure, des montagnes de registres menaçaient de s'écrouler. Gabriel les sortit un à un pour les classer par ordre chronologique. C'étaient avant tout des registres de comptes, compilant les transactions commerciales entre Diego Garcia et Maurice. Dessous, des livres beaucoup plus anciens, tous rédigés en anglais, recensaient les transferts d'esclaves déportés de Madagascar vers les Chagos. Il en ouvrit un au hasard.

Date : 17 December 1819
Name of the vessel : Ship Constance
Name of the owner : Mr E. Fouquereaux
Domestic servants accompanying their Masters or Masters family : 5 Males – 9 Females
Place of destination : Diego Garcia
Permanently transferred : 5 Males – 7 Females

Des historiens se délecteraient de ces ouvrages terriblement précis. Il les mit de côté dans une armoire qui fermait à clef, puis rangea tous les livres de comptes, à l'exception du plus récent. Assis à son petit bureau, il pointa la liste du ravitaillement du *Sir Jules*, ainsi que le lui avait demandé Mollinart. En face de la case « bétail », il suspendit son crayon. Le soir du mariage, les îlois s'étaient jetés sur la viande du malheureux bœuf ; même le père Larronde n'avait pas boudé son plaisir, mais il lui avait suffi de voir le sang perler pour se sentir incapable d'en goûter ne serait-ce qu'un morceau. Il n'avait d'ailleurs pas été capable de grand-chose ce soir-là. Il avait fui devant Marie-Pierre Ladouceur.

Pris d'une soudaine bouffée de tristesse, il referma le registre. Son existence ressemblait à ce jeu d'adresse auquel Évelyne réclamait toujours de jouer petite : après avoir laissé tomber sur la table une poignée de baguettes enchevêtrées, il fallait les retirer une à une sans faire bouger les autres. Il y parvenait mieux dans le jeu que dans la vie. Que pouvait bien faire sa sœur à Beau-Bassin pendant qu'il s'échinait à consigner les marchandises dans ce gros livre épais ? Il lui enverrait un télégramme dès que possible.

« Alors, mon garçon ! Ça avance ? » Mollinart ne regarda même pas ce qu'avait noté Gabriel, se penchant tout de suite vers un petit meuble duquel il sortit une carafe de whisky et deux verres massifs. « Discutons entre hommes ! » Encore. À Maurice ou Diego Garcia, on ne parlait bien que devant une bouteille. L'administrateur tira une chaise près de lui.

« Ma femme… Bon, vous avez compris que ma femme vient d'une famille très… Comment dire…

— Tenue ?

— Voilà ! C'est ça. Très tenue. Parler politique à table n'est pas convenable. Mais ici, nous ne sommes pas à table, n'est-ce pas ? »

Mollinart avait un talent certain pour mettre ses interlocuteurs à l'aise, et cette pointe de désinvolture n'était pas pour déplaire à Gabriel. « J'ai besoin que vous m'en disiez plus sur le référendum. » Il lapa l'alcool tourbé. « Disons, comment vous sentez les choses, vous qui étiez encore sur place la semaine dernière. Je ne vous cacherai pas que je suis assez proche de Gaëtan Duval… » Évidemment. Le chef du Parti mauricien. Comme toute la bourgeoisie créole. « … Si Maurice devient indépendante, il y aura des secousses partout, y compris ici, aux Chagos. J'ignore ce que feront les Anglais, mais une chose est à peu près certaine. » Son regard se fit plus sérieux. « Le commerce du coprah risque de s'en ressentir. »

*

Malgré la fenêtre grande ouverte, Gabriel étouffait. Pas le moindre souffle ne rafraîchissait la pièce cette nuit. Il tournait dans son lit depuis une heure au moins, la nuque brûlante. La mousse de son matelas exhalait une infecte odeur de sueur tiède. Il passa une main sur son torse : trempé. Tout, dans la journée, l'avait oppressé. La moue de Marie Ladouceur, la bibliothèque qui menaçait de s'effondrer, l'image d'Évelyne, jusqu'à sa conversation avec Mollinart. Pour couronner le tout, une mouche lui agaçait les oreilles. Il agita sa moustiquaire mais rien n'y fit, l'insecte vrillait l'air, son bombillement amplifié par le calme de la nuit. Gabriel se rassit d'un coup sur le lit. Ce souvenir. Une gifle.

*

Avachi sur la table de la cuisine, il observait la mouche, détaillait ses reflets irisés, bleu-vert, bleu pétrole. Elle malaxait entre ses pattes une miette du gâteau coco qu'il avait acheté sur le chemin en rentrant du lycée. Sa trompe crachait un liquide transparent sur le sucre avant de l'aspirer. Il la chassa d'un revers de la main. Avec un bruit sec, l'insecte se colla à la vitre.

Après avoir vidé sa tasse de thé, Gabriel s'appuya sur la table et se leva. C'était le moment. Il se dirigea vers le salon. Dans son fauteuil club, un verre de Chivas à la main, le père lisait le journal en maugréant. Gabriel s'assit face à lui. Il était prêt. Dix fois il s'était repassé son argumentaire dans la tête : Londres était la capitale du monde, on y formait les avocats les plus réputés ; Benoît se trouvait déjà à Cambridge et pourrait l'aider à s'installer ; il promettait de travailler dur pour honorer le nom familial ; sa maîtrise de l'anglais était incontestable... Le père tourna la page du journal, l'air toujours aussi absorbé. Dans le verre taillé en biseau, les glaçons avaient fondu, donnant au whisky une couleur pâle.

« Bon sang ! s'emporta soudain Léon. Écoute ça, Gabriel : "*1967 sera une année déterminante pour l'avenir de Maurice, a déclaré en ce 5 janvier 1967 le gouverneur sir John Rennie. À la demande de S.A.R. Élisabeth II, le peuple mauricien sera appelé aux urnes le 7 août prochain pour décider si, oui ou non, Maurice doit devenir indépendante après 157 ans de présence coloniale britannique sur le territoire. Le gouvernement de Sa Majesté n'ignore pas qu'un grand vent de changement souffle sur le monde. L'Inde, le Nigeria, le Kenya ont déjà...*" »

Il jeta *Le Cernéen* sur la table. « L'indépendance ? Mais on marche sur la tête ! » Gabriel récupéra le journal, parcourut les gros titres. Ainsi les rumeurs disaient vrai : Maurice aurait bientôt la possibilité de se séparer du Royaume-Uni. Un référendum. L'histoire tendue sur un fil. Et peut-être un argument de plus pour partir.

Le père descendit son whisky d'un coup. « Ludna ! » La bonne accourut. « Un autre » ordonna-t-il, ses doigts nerveux extirpant une cigarette de la poche de sa veste. Ludna fila en cuisine et revint avec un verre plein. « Et les glaçons ?... Il faut tout lui dire à cette grosse Mozambique. » La nénène noire alla chercher un seau de glace et une pince. Leur père avait toujours parlé ainsi aux domestiques et aux jardiniers. Les « gros créoles », comme il disait, étaient les moins épargnés. Gabriel fit un sourire d'encouragement à Ludna, oh, un sourire infime, presque un rictus, auquel la pauvre s'accrocha avant de s'éclipser.

« Maurice indépendante ! Franchement ! ruminait le père. Ce serait une catastrophe. Autant donner tout de suite les clefs du pays aux Indiens... » Gabriel fit un effort pour balbutier : « Mais Gaëtan Duval ne le permettra pas, non ? — Tu as raison. Le Parti mauricien ne tolérera jamais ça. » Il reprit une lampée de whisky et Gabriel entrevit une brèche. C'était maintenant ou jamais.

« Salam, vous autr' ! »

Évelyne se tenait sur le seuil du salon, un livre à la main, ravie de son entrée fracassante. Gabriel serra les dents. Leur père détestait quand elle prenait l'accent populaire ; à la Jalousie, seul le personnel était autorisé à parler créole. « On peut savoir pourquoi tu rentres si tard ? » Sa sœur était toujours en uniforme du collège de Lorette, une robe à carreaux bleu ciel et bleu foncé sur un chemisier blanc, qui lui donnait des allures de petite fille alors qu'elle allait fêter ses quinze ans. « J'ai pris le bus pour raccompagner une amie. » Elle cherchait la guerre. Avec ce genre de phrases, son père pouvait s'embraser en moins d'une seconde. La riposte ne tarda pas. « Une amie ? Quelle est le genre d'amie qui t'oblige à t'afficher dans le bus ? » Évelyne balança son cartable dans le salon et se laissa tomber sur le sofa, les yeux brillants. « Savita Balasamy. »

Gabriel l'aurait mordue pour qu'elle se taise. Le père ouvrit la bouche plusieurs fois d'affilée, comme s'il refusait d'y croire. « Tu fréquentes une Indienne ? » Il bondit et la claque partit toute seule. Un choc. Évelyne posa une main sur sa joue en feu, se forçant à ne pas pleurer. « J'en étais sûre ! dit-elle en fuyant. Sûre que tu réagirais comme ça ! » Les cris de rage du père redoublèrent et il la poursuivit dans le couloir. « Arrête, Papa, arrête ! » hurla Gabriel en le retenant par la manche. Évelyne disparut dans sa chambre, et le père tonna : « Ma fille ne traîne pas avec les Indiens ! C'est bien clair ? » Puis il fit demi-tour jusqu'à la cuisine où il se resservit lui-même, les mains tremblantes, une rasade de scotch.

Cela faisait quelques mois que les scènes de ce genre se multipliaient ; l'atmosphère familiale était devenue irrespirable. Gabriel baissa les yeux. C'est alors qu'il remarqua, sur le tapis en sisal de la cuisine, une tache brune. À y regarder de plus près, on aurait dit une tache de sang, de la forme d'une larme. Les poings serrés de son père cognant la table le forcèrent à relever la tête. « Une Neymorin qui traîne avec une Malbar, ah ça, jamais… » Gabriel se força à le suivre au salon, où chacun reprit sa place. « Papa…
— Je ne veux plus rien entendre ! » Le père avait le regard mauvais. Voilà, c'était fichu. L'Angleterre s'éloignait de lui pour toujours. Un silence de mort s'abattit sur la pièce.

Pendant qu'il ruminait la scène – qu'avait-elle eu besoin de parler de Savita, aussi ? –, un bourdonnement léger résonna dans la pièce. Cette foutue mouche. Après un ou deux tours, elle se posa sur le journal. Son corps velu frôla la photo de sir John Rennie. Et soudain, comme prise de folie, elle se mit à gratter l'œil torve du gouverneur.

Ça veut dire quoi, l'indépendance ? Qui est indépendant ? L'êtes-vous vous-même ?

J'ai longtemps cru en ce rêve. Liberté, autonomie. Applicable aussi bien en politique que dans l'intimité. Je t'aime, je ne t'aime plus, si je ne t'aime plus je pars, ma vie ouverte aux quatre vents. Je crois que je me trompais. L'indépendance, je veux dire la pure, la véritable, l'absolue, n'existe pas.

On est toujours le colonisé d'un autre.

Ce constat nous oblige.

Les Chagos dépendaient de Maurice, qui dépendait du Royaume-Uni, qui dépendait de l'Europe, qui dépendait des Nations unies, qui dépendaient du monde démocratique. Qui a entendu parler de nous ? Diego Garcia, Peros Banhos ? Non, connais pas. Qui sait ce que *le monde démocratique* nous a infligé ?

Croyez-moi. Notre sort vous concerne tous, et sans doute bien au-delà de ce que vous pourriez imaginer.

Mars 1967

Coincée entre deux cases, une chienne venait de mettre bas. Le poil ras, jaunâtre, elle tirait la langue pour se rafraîchir le museau, les mamelles étirées par ses chiots. Les cris de Suzanne mirent fin au calme de Pointe-Marianne. « Un chien ! Un p'tit chien ! Si te plaît Mamita, donne-moi un p'tit chien ! — Regarde Tatie, surenchérit Makine, y sont jolis-cocasses ! »

Les filles tiraient sur le tissu de sa chemise de nuit. Dire qu'elles l'avaient réveillée un dimanche pour ça. Une portée de bâtards, vilains comme des rats. « Si te plaît Mamita ! » Marie éleva la voix. « J'ai dit non, Suzanne. Non, c'est non ! » Elle pivota sur ses talons et traversa l'allée pour retourner se coucher, quand elle aperçut au loin une silhouette – chapeau, complet beige, chaussures de ville. Gabriel la saluait déjà.

Deux flèches. Suzanne et Makine se jetèrent sur lui et le tirèrent par la manche. Marie fulmina. Pas coiffée, en chemise de nuit, pieds nus. Elle n'avait pas revu Gabriel depuis une semaine et il fallait qu'elle le recroise dans cet état. Elle prit sur elle et s'avança pour lui dire bonjour à son tour, quand il s'immobilisa. Elle eut à peine le temps de surprendre son regard sur elle qu'il tournait la tête, gêné. Sous le voile fin de sa liquette, elle était absolument nue.

*

« Celui-là... » Gabriel pointait le doigt sur un chiot plus frêle que les autres, qu'elle n'avait pas encore remarqué. Il cherchait les mamelles en poussant de petits gémissements, son museau rose tendu vers le ciel. Chaque fois, la mère le rejetait d'un coup de tête. Gabriel claqua sa langue. « Vous savez ce qui va se passer ? La chienne va le tuer. Il est trop faible. » Les gamines piaillèrent. « Mamita ! C'est lui-même je veux ! Sinon il meurt ! » Marie lança un regard de reproche à Gabriel. « Votre fille n'a pas tort. Désolé, vraiment... » dit-il avec un aplomb qui démentait ses paroles. De guerre lasse, Marie se pencha sur le chiot et le fit rouler doucement dans ses mains. Suzanne et Makine l'entourèrent aussitôt, attendries, pour caresser son duvet. Le chiot miaulait plus qu'il n'aboyait. « Il faut lui donner du lait, dit Gabriel. — Et qui va faire ça ? » Il la regarda, penaud, et elle sentit de nouveau ses yeux percer la cotonnade de sa chemise, hésiter, revenir à elle, fuir. Il bafouilla une excuse. Frôla son bras. Sa peau électrique. Alors elle sut. Il la désirait. Marie avait beau être assommée de torpeur nocturne, elle n'avait plus de doutes. Oui, il la désirait. Il était fébrile, il s'était trahi.

« Venez » lui dit-elle soudain.

Dans l'enclos, où la chèvre broutait la terre sèche, elle lui confia le chiot et récupéra un tabouret. Elle s'assit près du cabri, plaça le seau entre ses jambes, glissa ses mains sous le pis. Il y avait le chien et il y avait Gabriel. Tous deux attendaient. Elle prit son temps, faussement ingénue, et fit gicler le lait, blanc, odorant, contre les parois métalliques. Le récipient se remplit rapidement.

Elle fit signe à Gabriel d'approcher. « Pas bouger, hein ! » Elle plongea un doigt dans le lait, le tendit dégoulinant au chien. L'animal s'y trompa et se mit à sucer l'index comme une mamelle. La petite langue lui léchait la peau, la chatouillait. Le soleil montait vers le zénith et les tempes de Gabriel se mouillèrent de sueur. Elle fit mine de ne rien voir, répéta l'opération plusieurs fois. Lui ne parvenait plus à contenir ses tremblements. « M'sieur Gabriel... On dirait vous êtes malade ? — Non, ça va... C'est la chaleur... » Les paumes moites. Les lèvres entrouvertes. Il la regardait d'un air douloureux. Et soudain sa douleur à lui fut sa douleur à elle. Elle se leva brusquement, lui arracha presque le chien des mains pour le remettre aux filles. « Allez à la case Angèle. Sûre elle va gâter ce p'tit cabot-là... » Dehors ; qu'elles partent maintenant, qu'elles partent vite. Le sang battait dans le creux de ses cuisses. « Je fais le café, d'accord ? »

*

Elle tâcha d'oublier sa robe de travail jetée par terre la veille, la vaisselle sale sur la table, les affaires de Suzanne, la bassine d'eaux usées près du réchaud. « Vous voulez le sucre dedans le café ? » demanda-t-elle en tirant la casserole du feu. « Oui, merci... » Il avait les mâchoires contractées, la veine du cou gonflée. Elle s'assit près de lui ; la veine pulsa plus fort. Elle aurait voulu qu'il ose, un premier geste, un premier mot, mais son corps de jeune homme bien élevé semblait pétrifié. Fondu dans les vapeurs de café, un parfum riche et rare émanait de sa peau, qu'elle associa à des matières nobles, des fruits lointains, fabuleux. Il porta la timbale à ses lèvres, risqua un sourire. Il s'était brûlé. Marie n'y tint plus. Posa une main sur la sienne. Il ne la retira pas. Alors elle se leva ; il se leva aussi. Elle s'approcha de lui. Le vertige. Sa bouche qui se tend ; la sienne qui répond. Peau contre peau. Elle guida sa main dans l'échancrure de sa chemise de nuit, emplit sa gorge, son nez, ses poumons de son parfum. Le serra contre elle. Promena ses lèvres sur sa barbe naissante, s'arrêta sous son oreille droite. Juste derrière le lobe se cachait un grain de beauté, minuscule nuage. Une pulsion la saisit ; elle fit rouler le nuage sous sa langue. Il cria. Puis : « Recommence... » Elle l'embrassa encore, doucement, furieusement. Son corps était pris de tremblements, presque des spasmes. Elle comprit qu'il n'avait jamais touché de femme avant elle. Elle dirigea ses gestes, plaqua ses seins contre lui, défit un à un les boutons de sa chemise. Elle le voulait en elle. Elle fit glisser sa liquette à ses pieds et, nue, se pressa encore contre lui. Il trouva enfin les caresses auxquelles elle aspirait, la poussa sur le lit. Elle le renversa, fit courir ses lèvres sur son torse, son nombril, descendit encore, puis se plaça au-dessus de lui, les seins libres, le ventre tendu. Le monde autour d'eux devint blanc.

Lorsqu'ils retombèrent sur le lit, en nage, elle chercha son regard. Elle n'y trouva ni la tendresse, ni la gratitude, ni la douceur escomptée. Non, dans ses yeux, elle vit seulement de la peur.

Mars 1967

La larme de sang s'élargissait, prenait la forme d'un ongle, d'un doigt, se déployait en rigoles comme une main monstrueuse, recouvrait la cuisine, le salon, et pour finir la maison tout entière. Installé dans son fauteuil, le père fumait un cigare, impavide, les pieds baignant dans le liquide rouge. « Papa ! » hurlait Gabriel. « Non, mon fils. Tu n'iras pas à Londres » répétait la voix grave, mécanique. « Papa ! » hurlait-il à nouveau. Le fauteuil se retournait d'un coup. Ce n'était plus son père qui le fixait, mais un œil gigantesque à la paupière noire.

Gabriel se réveilla en sursaut. Il haleta quelques secondes, glissa sa main hors de la moustiquaire, tâtonna jusqu'à sa lampe de chevet. Sa respiration difficile lui comprimait le cœur. Le cauchemar paraissait si réel. Les spectres sur le mur formaient d'inquiétantes bacchanales et il se leva pour allumer le plafonnier.

Tout se mêlait dans sa tête. Son départ précipité de la Jalousie, le père, les adieux d'Évelyne à la fenêtre, Marie, nue entre ses bras, somptueuse, terrifiante, sa première fois.

Une Chagossienne. Une femme du peuple, noire, plus noire encore que Ludna, une ouvrière qui n'avait jamais quitté son île, jamais tenu un livre dans ses mains, qui parlait un créole bien à elle. Une femme de trois ans son aînée, déjà avec un enfant. Une basse-classe, une fille-mère.

Sur l'étagère de sa chambre, sa mère le regardait en souriant. Il ouvrit discrètement la porte et se dirigea vers le cabinet de toilette pour se passer de l'eau sur le visage.

La veille de sa mort, sa mère l'avait appelé dans le vestibule. Vêtue d'une longue robe, elle se tenait devant la cage aux oiseaux. Une cage magnifique, immense, surmontée d'un bulbe évoquant le dôme des palais indiens. Des perruches, des tisserins, des condés, des mandarins y tourbillonnaient. Une main sur son épaule, elle lui avait indiqué les deux oiseaux gris et bleu repliés sur eux-mêmes au fond. Gabriel les avait tout de suite reconnus : les fameux inséparables. « Tu les vois ? avait-elle murmuré. Tu les vois, n'est-ce pas ?... » Bien sûr qu'il les voyait. Il avait attendu la suite, mais sa mère l'avait embrassé sur le front sans ajouter un mot.

Gabriel se regarda dans la glace piquetée par le sel et l'usure. Échevelé, les yeux rougis, il avait l'air d'un fou.

Juillet 1967

Des mois pour l'apprivoiser. Quatre longs mois. Il avait fallu avancer lentement, ne pas le brusquer, respecter ses silences, ses absences, le bousculer parfois. Depuis quelques semaines, depuis les leçons à vrai dire, une forme de naturel s'était glissée entre eux. La peur dans les yeux de Gabriel avait cédé le pas au désir. Il s'affirmait. Ne craignait plus de frapper à sa porte, de faire l'amour, de jouer avec Suzanne et Mérou – sa fille avait insisté pour donner ce nom au chien, à cause de ses taches gris fumée. Gabriel s'ouvrait dans l'intimité, mais restait discret à l'extérieur, surtout à cause de Mollinart.

Marie n'avait pas eu la même réserve avec Josette ou Angèle, et le regrettait. Sa tante s'était moquée d'elle. Allons bon ! Ce petit homme maigre-maigre, qui n'avait même pas la force de soulever un panier de coprah ? Sa sœur l'avait mise en garde. Une îloise avec un créole bon teint ? C'était l'assurance de mille maux. Il suffisait de voir comment il était habillé, comment il parlait, pour deviner qu'il n'était pas et ne serait jamais comme eux. Ne t'attache pas à lui ou tu souffriras. Josette ne riait pas. « Mais sûre il m'aime ! » Autoritaire, sa sœur avait riposté : « Évidemment il t'aime, puisque tu lui plais ! »

Là n'était pas la question. « La question, c'est qui on est chacun. » Elle n'en démordait pas : de l'union d'un maître et d'une esclave, il n'était jamais rien sorti de bon.

Marie avait hésité un moment ; puis son corps avait balayé ses doutes. Gabriel était celui qu'elle attendait depuis toujours, le premier homme capable de prendre une place dans sa vie. Elle n'avait pas eu de père ; elle n'avait pas eu d'oncle ; elle n'avait pas eu de frère. Henri et Jean-Jo n'existaient même plus dans son esprit. Gabriel était le seul.

*

Les leçons commençaient après le dîner, à la lumière de la lampe à huile. Suzanne s'installait sur le lit du fond, Mérou sur ses genoux. Le chiot avait miraculeusement survécu malgré son poids fragile. Au fil des jours, ses yeux s'étaient ouverts, des poils plus drus avaient renforcé le duvet, il s'était mis à remuer la queue et à répondre aux mouvements. Sa fille ne s'en séparait jamais.

Le silence enveloppa la case et Marie fit signe à Gabriel de commencer. Sur la table, le cahier était ouvert à la dernière page. Tracer des séries de lettres, la main de plus en plus vive, comme libérée, lui procurait un plaisir dont elle n'aurait pas même soupçonné l'existence quelques mois plus tôt. La page blanche se piquetait d'encre, pareille à celle que crachaient les poulpes à l'aube sous sa foëne. Elle noircissait les lignes, grisée, même si des lois lui résistaient encore. Pourquoi un « A » majuscule se transformait, en minuscule, en une petite boule tassée sur elle-même ? « C'est la règle, il suffit de l'appliquer » disait Gabriel.

D'un geste généreux, il dessina sur le papier une lettre courbe, à la fois ouverte et crochue. « G » annonça-t-elle correctement. Une autre lettre derrière. « A. » Il acquiesça. « Et donc, “G” et “A” ensemble ? » Elle hésita. « Ja ? » Non. « Ga ? » Gabriel hocha la tête. Mais « G » et « E », ça faisait bien « Je », alors pourquoi pas « G » et « A », « Ja » ? « Parce que les lettres ne se marient pas toutes ensemble. Certaines ont besoin d'un pont. » Il traça un « G » et un « E », les relia par un « U ». Voilà. Là, on obtenait le son « Gueu ». « Tu comprends ? » Non, elle ne comprenait pas. « Je suis un âne bâté, Gabriel… Jamais je saurai lire. — Ne dis pas n'importe quoi. » Elle reprit sa plume lorsqu'un cri lui échappa. Un cri de surprise, pas de douleur. « Marie ? » Elle sentit un nouveau coup sous son ventre, posa sa main sur son nombril. Il la regarda, fébrile.

Son corps avait joué à cache-cache avec elle. Pas de nausées ni de vomissements comme pour Suzanne. Pas de peau qui tire. Des saignements brunâtres, ponctuels, lui avaient laissé croire qu'elle avait toujours ses règles. Surtout, la peur de la déception l'avait retenue. Elle rêvait tellement d'un enfant de Gabriel qu'elle ne s'autorisait pas à y croire.

Elle agrippa son bras, planta ses ongles dans sa chair.

« Le bébé bouge. »

Tu étais dans mon ventre et je ne le savais pas. Toutes ces semaines où tu étais là sans exister. Oui, tu t'étais fait discret, mon fils. Jusqu'à ce coup, ce grand réveil.

Je t'écoutais, Maman, devinant des choses que tu ne me disais pas. La tristesse floutait ton visage et me contaminait. Ce flottement dans le cœur, il m'accable encore par instants. Me noie. Je doute alors d'être moi-même.

Qu'est-ce qui forge une identité ? Un nom, une profession, la couleur d'un passeport, un certain alignement des planètes ?

Ce qui nous fonde, n'est-ce pas simplement l'amour qui a présidé à notre naissance, ou bien à l'inverse, l'absence de tout sentiment ?

Juillet 1967

« Évelyne ? C'est moi... Allô ? » Seul un crachotement lui répondit. « ... maison, Gaby ? » Il plissa les paupières, comme si ce geste pouvait améliorer la liaison radio. « ... Lorette... m'a dit la Mother Superior, mais je... en latin !... » Il ne comprenait rien. La voix de sa sœur lui parvenait hachée entre deux grésillements. « Évelyne ? Est-ce que tu m'entends ? À la maison, comment ça se passe ? Tu tiens le coup ? » La conversation s'éclaircit une seconde. « ... à lui-même. Il me force à faire tous les camps scouts du dimanche pour que je ne voie pas Savita... Et puis tu sais... la cage... tée !... Je lui ai... faire. » Ce n'est pas vrai ! s'emporta Gabriel, à deux doigts d'arracher le câble. « Allô ? Allô ! » Le vieux Félix passa une tête dans le garage. Gabriel lui fit comprendre que la communication passait mal, et se boucha l'oreille. « ... élections générales, mais... On doit... pas ! ... filer en bleu... toi, Gaby ? » Il essaya de baisser d'un ton. « Évelyne... Je vais être papa. » Au bout du fil, un nouveau grésillement. Non ! gémit-il. « ... Quoi... plus fort... » Il cria : « Je vais être papa ! » Une stridence lui creva les tympans et la ligne coupa. Il raccrocha le combiné avec humeur, son plaisir gâché.

« M'sieur Neymorin ? » Félix avait tout entendu évidemment. Gabriel lui fit signe d'entrer. Le vieux commandeur tenait dans ses mains un plateau avec une carafe d'eau et un verre. Il avala une grande gorgée fraîche. « Félix. Pas un mot de tout ça à M. Mollinart, d'accord ? »

Depuis la veille, la tête lui tournait.

« Le bébé bouge. »

Marie lui avait pris la main pour qu'il touche son ventre. Il n'avait d'abord rien senti, puis d'un coup, une bosse mouvante était venue à sa rencontre sur le côté gauche. Au fond de lui, quelque chose avait cédé, et il n'avait rien pu dire, rien pu faire, sinon pleurer. Un bébé... Lui, il allait avoir un bébé... Ici, aux Chagos...

Vingt ans. Était-ce un bon âge pour devenir père ? Le sien en avait cinquante et n'avait rien d'un modèle. Ce n'était pas une question d'âge. De quoi alors ? De courage, de lucidité ? D'amour ? Marie l'avait révélé à lui-même. La vie n'était qu'une question de désir. De mouvement. Qu'elle fende les cocos ou abatte sa pique entre les rochers, qu'elle danse dans la nuit ou attise les caresses, Marie agissait – elle n'attendait pas qu'on lui donne ce qu'elle pouvait obtenir par elle-même. Bientôt, elle saurait lire pour de bon. Bientôt, le monde s'élargirait. Un enfant. Son premier enfant.

Il sortit s'enivrer de l'air de Diego Garcia.

*

« Je me méfie toujours des rumeurs, Neymorin. » Mollinart lui indiqua la chaise face à son bureau. « C'est pourquoi je préférais vous parler de vive voix. Rassurez-moi, ce que j'ai entendu n'est pas vrai ? » Sa bouche s'assécha d'un coup. La pièce baignait dans une chaleur moite malgré la pénombre des stores. « Quelles rumeurs, monsieur ?... » L'administrateur claqua sa main sur la table. « Ah non, pas vous ! Je vous en prie ! » Gabriel se rétracta sur sa chaise. Mentir ? Avouer ? Trahir ? Il serra les poings sur les accoudoirs. « C'est vrai. »

À ces mots, le crâne de Mollinart se colora de pourpre. D'un air plus déçu qu'indigné, il se renfonça dans son fauteuil. « Je... Je suis désolé » balbutia Gabriel. Mais non, il ne pouvait pas dire ça, il n'était pas désolé, pas du tout même, avoir un enfant l'emplissait de joie, il était fier, il aimait Marie. « C'est Félix qui vous a prévenu ?
— Oui, répondit Mollinart. Mais n'espérez pas garder l'information secrète. Votre petite amie sera la première à la répandre. » Il faisait chaud dans la pièce, la moiteur embrumait son esprit. Il tenta un sursaut. « Qu'est-ce que ça peut faire, après tout ? C'est ma vie, non ? — Gabriel, avec vos histoires vous allez me foutre en l'air l'équilibre de cette île ! rugit l'administrateur. Vous ne comprenez rien ou quoi ? C'est comme à Maurice, ici ! Chacun chez soi et les vaches seront bien gardées. »

Gabriel se leva. Sa sœur n'avait pas le droit d'avoir une camarade indienne. Lui n'avait pas le droit d'aimer une Chagossienne. Comme si les mélanges n'avaient jamais existé ; comme si eux, les créoles, étaient des Blancs ; ils n'étaient *pas* des Blancs !

« Je vous préviens, Neymorin. Ne comptez pas sur moi pour parler mariage, baptême ou je ne sais quoi... » Gabriel cligna des paupières. Les meubles se mirent à danser autour de lui, les étagères flottaient, ou alors c'était lui qui courait à vive allure, au milieu de lumières aveuglantes. Avant de s'évanouir, il s'entendit murmurer : « S'il vous plaît, monsieur... Ne dites rien à mon père. »

Août 1967

Soulevée par les alizés, la robe flottait sur son ventre rond. Elle enfonça ses pieds dans le sable humide et vit, coincée dans les bras d'un corail, une porcelaine mouchetée. Par chance, il n'y avait plus de bête à l'intérieur. Elle alla la montrer à sa sœur qui ramassait des bigorneaux. « Beauté ! » s'écria Josette. La coquille bonheur faisait presque la taille de sa paume. Ravie, Marie la posa sur son ventre comme un trésor, l'ouverture crénelée collée au nombril. « Écouter ça, mon Baba… » Le chant de la mer était le plus beau et son enfant, elle le sentait, en percevait les échos. Josette lui sourit tendrement – elle se méfiait toujours de Gabriel mais ne pouvait plus ignorer le bébé. Même Mollinart était au courant, et depuis un mois, Gabriel venait la voir tous les jours, restant dormir avec elle parfois. Marie reprit sa marche, ramassa des petits cauris dans le sable, gris et or, ainsi que des spirales aux teintes ocre et des olives tachetées.

Quand le seau fut plein, elle appela les enfants qui s'amusaient à lancer des bouts de bois à Mérou. « Allez marmaille, en route ! » Ensemble, ils prirent le chemin de l'église, cueillant quelques anthuriums au passage.

Ils arrivèrent devant la grille du cimetière, longèrent les banians. Au-dessus des lianes brunes, les feuilles composaient une couronne d'un vert tendre, amical. Marie s'engagea la première dans l'étroite allée, suivie de Josette, des enfants et du chien. Elle s'arrêta devant le rectangle de basalte. Une petite croix en bois, que Christian avait peinte spécialement en blanc, surmontait la tombe.

Marie tendit les anthuriums à Suzanne et Makine pour qu'elles les disposent en cercle sur la dalle, laissa Nicolin arranger les petits coquillages autour. D'un regard à Josette, elle demanda l'autorisation de déposer elle-même la porcelaine. Au centre du cercle, la coquille bonheur éclata comme le cœur noir d'une fleur. Josette chercha sa main et toutes deux, paupières closes, récitèrent le *Je vous salue Marie*, dans lequel elles puisaient de la force à chacune de leurs visites.

*

De tous ses petits-enfants, Thérèse Ladouceur n'aurait connu que Nicolin. Et encore, quelques mois à peine. Cette idée attristait Marie. La mort de leur mère avait été si soudaine. Elle était partie un matin sur la parcelle de coprah, son coupe-coupe à la main, et n'était jamais arrivée. Sur la terre rouge du sentier, on avait retrouvé la machette à un mètre de son corps. Thérèse s'était effondrée d'un coup. « Peut-être une rupture d'anévrisme » avait dit Mollinart d'un air désolé. Elle avait entendu « l'âne Évrisme », s'était doutée que ce n'était pas ça, sans pour autant oser poser de questions.

De sa mère, Marie avait hérité les fossettes et le goût du mouvement ; Josette avait pris ses yeux ronds et son humeur joyeuse. À qui le bébé ressemblerait-il ? Elle imaginait un petit garçon, la peau couleur girofle, de longs cils, un tempérament énergique, une intelligence vive.

« … maintenant et à l'heure de notre mort. Amen. »

Marie serra fort la main de sa sœur. Sous les rayons du soir, la porcelaine étincela.

Cela fait déjà longtemps que la terre a disparu. Ni champs ni vallons à travers mon hublot, le bleu de l'océan se confond avec la nuit qui descend et tapisse les nuages. Chaque fois, j'ai l'impression d'un sacrilège. Ma mère n'a jamais pris l'avion. Si elle avait pu voler au-dessus des cieux, elle aurait compris qu'il n'y a pas d'autre paradis que celui dont on vous donne le regret. De même l'enfance qui nous empêche de devenir grands vient à nous manquer le jour où elle s'éloigne. C'est la perte, c'est la douleur qui crée l'idéal. Mais avant ? Te disais-tu, Maman, que tu étais heureuse à Diego Garcia ? Que ta vie était belle ? Qu'il ne te manquait rien ?

Peut-être.

Août 1967

« Good evening, Ladies and Gentlemen... » L'oreille collée au transistor, Gabriel attendait. La voix du journaliste n'était pas aussi claire qu'il l'aurait souhaité. Il faudrait faire avec. Une musique idiote crépita dans le poste, retardant l'annonce. Mollinart et Geneviève avaient pris place à côté.

Le journaliste reprit l'antenne. Le verdict allait tomber. Gabriel imagina, à des milliers de kilomètres de là, son père, Évelyne et tant d'autres Mauriciens la joue vissée au poste, le volume monté au maximum. *« General elections... »* Son cœur battait si fort qu'il crut d'abord s'être trompé. Mollinart avait les yeux exorbités. *« Victory... »* Quoi ? *« Mauritian people said YES ! to Independence ! »* Un cri. Geneviève. *« Mauritian people said YES !... Nearly 55 % of the population voted for... »* Gabriel se leva, se rassit, ne sachant comment réagir. Le pays basculait dans une nouvelle ère. Maurice, indépendante.

Le journaliste brailla plusieurs fois le nom de « Ramgoolam » ; un Indien devenait le premier dirigeant de la République mauricienne. Il imagina le sourire de revanche de sa sœur, la mine blafarde de son père, les banderoles bleues du Parti mauricien dans son dos, inutiles.

L'indépendance, c'était la défaite des créoles, des Blancs, des catholiques. Geneviève s'accrocha au cou de son mari. Mollinart aussi avait les yeux humides. Le colonialisme guillotiné. Le commerce en danger. Les commentaires du journaliste s'enchaînaient mais plus personne, dans le garage, ne les écoutait. 7 août 1967. Le peuple avait posé son doigt sur la carte du monde – et ce monde avait cessé de tourner un instant. Gabriel demanda à Mollinart la permission d'envoyer un télégramme à sa sœur. Les lignes étaient saturées. Besoin d'air. Il sortit et prit le chemin de Pointe-Marianne.

*

« *Rifirindom* ? C'est quoi, ça ? » Incapable de prononcer le nom correctement, Marie éclata de rire. C'est un nom latin, voulut-il expliquer, mais savait-elle seulement ce qu'était le latin ? Il se reprocha aussitôt cette pensée ; ce genre de réflexions le traversait de temps en temps, comme la résurgence d'une mauvaise herbe impossible à détruire. « Un référendum, c'est un grand vote auquel il faut répondre par oui ou par non. » Allongé près d'elle, il caressa ses jambes nues, remonta jusqu'à son ventre bombé. L'indépendance de l'île ne la préoccupait guère. « Tu sais que les Chagos dépendent de Maurice ! Pour nous aussi, il peut y avoir des conséquences ! » Il se souvenait des angoisses de Mollinart quelques mois plus tôt : la demande en coprah serait-elle toujours la même après le départ des Anglais ? Marie se redressa sur ses coudes et lui jeta un regard contrarié. « Pas la peine de me crier. » Elle se leva et attrapa sa robe pour se rhabiller.

« Tu vas où ?

— Prendre Suzanne à la case Angèle.

— Pardon, pardon… C'est juste que cette nouvelle me perturbe, voilà ! »

Elle haussa les épaules. « Je vois pas pourquoi, 'craser les maîtres, c'est toujours bon, non ? »

*

Son paquet de tabac s'était vidé en quelques heures. Cigarette sur cigarette, d'abord avec Mollinart, puis seul, à la fenêtre de sa chambre. Gabriel ne s'était pas senti de rester chez Marie ce soir-là. La nouvelle le secouait trop – bien plus qu'il ne l'aurait imaginé. Vers quel avenir se dirigeait Maurice ? Personne ne le savait. Sur le papier, l'indépendance était séduisante – autonomie, liberté –, mais le pays saurait-il s'organiser, donner des perspectives à ses enfants ? À terme, ils perdraient leur passeport britannique. Terminés, ses rêves d'Angleterre. Une bonne fois pour toutes. Il ralluma un mégot. Il aimait une Chagossienne qui attendait un enfant de lui et il pensait toujours à sa carrière londonienne ? Ce fut comme un aveu à lui-même. Deux êtres bataillaient en lui. L'adolescent de vingt ans bien né et malheureux chahutait le jeune homme à la marge, perdu, dissident. Cette petite bosse mouvante sous la peau de Marie l'obsédait. Ce nombril éclatant, aussi rond que le soleil. « 'Craser les maîtres… » Qui sait si elle n'avait pas raison ?

*

Le père avait remis ses lunettes sur son nez. « Hors de question. Je ne te paierai pas d'études à Londres. Si tu es en mal de voyage, tu n'as qu'à partir aux Chagos. Je sais que l'administrateur cherche actuellement un secrétaire. » Fin de la discussion. Gabriel l'avait supplié une dernière fois. Benoît était bien à Cambridge ! Pourquoi n'avait-il pas le droit de tenter sa chance lui aussi ? « Benoît est brillant. Crois-moi, tu ferais mieux d'arrêter de te comparer à ton frère, ou tu t'exposes à de grandes déceptions. » La déception était déjà là. Gabriel s'enferma dans sa chambre. La rage lui crevait les poumons. Évelyne tenta de le consoler avec une assiette de tamarins sucrés, à laquelle il toucha à peine. Il ne dîna pas non plus ; s'endormit très tard.

Le lendemain, il enfila son uniforme, attrapa son sac à dos et sortit comme si de rien n'était. Mais au lieu de marcher vers le lycée, il bifurqua et prit la direction de Rose-Hill. Il s'enfonça dans les ruelles obscures du bazar, s'offrit un verre d'alouda glacé chez Rachid, huma l'encens des hindous devant les échoppes de bijoux.

Il n'y en avait que pour Benoît, le grand, le beau, le brillant Benoît. Sa mère n'était pas dupe, elle. Si elle avait eu un cœur plus robuste, si elle avait eu la force nécessaire dix ans plus tôt pour repousser la mort, tout, dans sa vie, aurait été différent. Une envie de tout saccager s'empara de lui et soudain, il sut ce qu'il devait faire.

Il sortit du bazar en toute hâte, reprit le chemin de la Jalousie. À Beau-Bassin, tout le monde connaissait la maison. Grand portail en fer forgé blanc, allée de flamboyants et d'arbres de Judée, palisses en acajou, perron de basalte gris, varangue ornée de pilastres. Un modèle du style colonial. Attisé par la fureur, Gabriel arriva en vingt minutes. Les armoires, la bibliothèque, la table de chevet de son frère, il casserait tout !

Il gravit les marches quatre à quatre et poussa la porte principale. Bloquée. Il tâta les poches de son pantalon, ne trouva pas les clefs. Oubliées dans sa chambre, sans doute. Il réessaya d'ouvrir le loquet, mais la porte était verrouillée de l'intérieur. Je m'en fous. Je vais faire le tour. Tout de même, c'était étrange. Un pressentiment. Il ralentit ses pas, avança plus doucement. À travers les fenêtres de la cuisine, il discerna des ombres qui s'agitaient. Il s'immobilisa. Des sons diffus, désagréables, traversaient le mur. Quelque chose n'allait pas. Il approcha sur la pointe des pieds, glissa un œil par la vitre, les mains tremblantes. L'air se raréfia dans sa poitrine.

Son père avait le visage contracté, le pantalon sur les chevilles. Sa main gauche agrippait le rebord de la table, sa main droite crochetait une épaule nue. Le corps prisonnier sous son poids faisait bouger le plateau à coups réguliers.

Il retint son cri.

Les seins écrasés sur la table, le visage résigné, la femme avait des larmes dans les yeux. Ludna.

II

Je dirai aux juges d'où je viens.

Je leur parlerai d'un pays qui laissait vivre ses enfants, qui ne les affamait pas, qui respectait leur mémoire. Mon pays volé.

Je leur ferai entendre la fêlure dans la voix de ma mère.

Je leur dirai pourquoi ma vie n'est pas de vivre, mais seulement de me battre. Pas une vie gâchée, non. Une vie donnée. Dédiée.

Je lutte depuis le premier jour. C'est inscrit en moi.

Dans quarante-huit heures, le lundi 3 septembre 2018 exactement, à 9 heures, le procès débutera. Rendez-vous sur l'esplanade du palais de la Paix. Nous sommes huit dans la délégation chagossienne : hommes, femmes, jeunes, vieux, venus des trois îles, Peros Banhos, Salomon, Diego Garcia. Les valises sont lourdes. Elles abritent nos tenues – costumes sombres, chemises blanches –, nos souliers, nos dossiers. Des provisions aussi. Thé, galettes, bananes vertes, riz. Deux rice cookers. De quoi tenir quelques jours sans débourser les euros que nous n'avons pas.

Autour de moi, dans l'avion, les gens s'endorment. Beaucoup de Français. Combien ont entendu parler des Chagos ?

Je remonte le cache du hublot : observer la nuit au-dessus de l'océan, imaginer la vie invisible, le crachat noir des vagues. L'hôtesse me fait signe de le rabattre. Elle me prive des lueurs de l'Afrique. Première ville que nous survolerons, si j'en crois le plan de vol sur l'écran : Mogadiscio, Somalie. Un pays de souffrance, lui aussi, pétri d'hommes-courage. Le président de la Cour internationale de justice, Abdulqawi Yusuf, est somalien. Je veux y voir un signe.

Quand l'avenir est incertain, on en est réduit à ça : invoquer les esprits, transformer le voyage en incantation.

Décembre 1967

Peros Banhos et Salomon : les ailes de l'ange Diego. Gabriel boucla sa valise. Une mission d'une semaine. Le temps de faire le tour des plantations de coprah. Mollinart voulait vérifier que tout était en ordre dans les îles du Nord. « Tu es certaine que ça ira ? » Bien sûr que ça irait ; il lui restait un petit mois de grossesse, elle tiendrait. Marie l'accompagna jusqu'à la plage, marchant d'un pas lent. Suzanne trottinait devant eux, torse nu, Mérou serré sur son cœur.

Sanglé dans son éternel bermuda, Mollinart avait déjà pris place à bord de la chaloupe. Plus les mois passaient, plus son crâne s'arrondissait sous la piqûre du soleil. Il ressemblait maintenant à l'épouvantail que le vieux Félix avait planté dans le potager. Gabriel effleura la main de Marie, posa un baiser sur sa joue. « Prends soin de toi » insista-t-il une dernière fois en soulevant sa valise. Il rejoignit Mollinart. La chaloupe s'éloigna rapidement, portée par les au revoir de Suzanne. Un pincement au cœur. Allons. Un semaine, ce n'est rien.

*

Le lendemain, puis le surlendemain, le travail lui parut beaucoup plus dur sur la parcelle. Malgré ses fanfaronnades, la fatigue lui brisait le corps. Elle n'arrivait plus à fendre le coco d'un geste net, ni à rester concentrée. À la fin de la journée, elle demanda à Josette de s'occuper de Suzanne et Mérou pour la nuit. Du calme et de la solitude. Un peu de temps pour elle, c'était tout ce qu'elle demandait. « Sûre, sûre, tu veux pas je reste avec toi ? » la pressa Josette. Sûre. D'autant que sa fille adorait passer du temps à Nouva avec Makine. Christian avait agrandi la case et réservé tout un coin aux enfants – un refuge de jeux et d'histoires.

À peine rentrée chez elle, Marie enfila sa chemise de nuit. Elle avait faim mais plus le moindre courage pour cuisiner, elle se contenta de quelques biscuits manioc avant de s'étendre, épuisée, sur son matelas bourré de paille et de tissu. La nuit tombait déjà. Elle allait s'endormir lorsqu'une douleur atroce lui lacéra le ventre. Le souffle coupé, elle resta pétrifiée, une main accrochée au matelas. Quand la contraction s'éloigna, elle tâtonna pour allumer la lampe à huile qu'elle gardait toujours à son chevet. Les alizés berçaient le toit de palmes. Elle posa la main sur son ventre, tenta d'endiguer l'angoisse qui montait. Quelques minutes plus tard, une nouvelle contraction lui tordit les entrailles. Elle ouvrit la bouche en quête d'air, terrassée. Ça n'allait pas. Dès qu'elle eut retrouvé son souffle, elle se leva doucement pour mettre de l'eau à chauffer. Faire vite. Les contractions allaient reprendre et alors… L'eau commençait à peine à frémir quand une nouvelle douleur la fit tanguer. Elle reposa la casserole et se laissa tomber sur une chaise, au bord de l'évanouissement. Le ventre poignardé, elle appuya sa tête sur la table. Suzanne… Josette… Elle fit un effort immense pour redresser la tête, croisa les doigts. Mon Dieu, Seigneur, aide-moi !

Lorsque la quatrième contraction lui broya l'intérieur, la panique l'envahit. C'était trop tôt ! Beaucoup trop tôt ! Le bébé n'était pas prêt, il ne fallait pas, et Gabriel qui avait pris la mer… Elle se força à verser l'eau bouillante dans une bassine, sortit des chiffons propres et déploya un drap sur le sol. Le village de Nouva était trop éloigné. Angèle elle-même se trouvait à l'autre bout de Pointe-Marianne. Il ne lui fallait compter sur personne. Elle rassembla son courage. Ne pas attendre plus. Pousser la table. Faire de la place. Alors, une contraction plus violente encore lui déchira le ventre et un liquide chaud ruissela sur ses cuisses, mouillant totalement le bas de sa chemise. Elle chercha le sol, se mit à quatre pattes, laissant les râles forer sa bouche. Elle écouta ce que lui dictait la nature, remua en quête du moindre soulagement. Les contractions se faisaient plus régulières, son corps travaillait, le bébé se frayait un chemin en elle, comment faire, c'était trop violent, trop douloureux, c'était trop tôt, et seule, elle n'y arriverait jamais. Elle attrapa un chiffon, le coinça entre ses dents. Serra de toutes ses forces.

Combien d'heures s'écoulèrent avant la délivrance, elle n'aurait su le dire, la nuit était épaisse autour d'elle, et puis soudain la chair craqua, le grand écartèlement se fit, et elle sentit son enfant percer son sexe. Elle plaça aussitôt ses mains entre ses cuisses pour le recueillir et l'arracher à son propre ventre.

Un son rauque traversa l'air. Dans ses paumes le bébé se débattait, étonnamment gros et fort. Marie commença à hoqueter, choquée, soulagée, elle couvrit de baisers sa peau gluante, le posa sur son sein, mêla ses larmes à la sueur. Le son rauque reprit. Ce n'était pas normal. La lampe à huile diffusait une pâle clarté dans la pièce. Elle approcha l'enfant de la flamme et son sang se figea. Autour du cou, le cordon enroulé. Le bébé allait s'étouffer. Non ! Paniquée, elle chercha une lame, des ciseaux, son coupe-coupe de travail, mais rien, elle ne trouva rien !, alors, avec une rage jaillie du plus profond de ses entrailles, elle déchiqueta de ses dents le cordon qui les reliait.

Un cri violent, libérateur, inonda la pièce. Son fils, car c'était un garçon, pleurait de toutes ses forces à présent. Des larmes arrachées comme un chant de vie.

DÉCEMBRE 1967

« Vous ai-je déjà dit que ma femme détestait la mer ? » Mollinart avança son pion blanc sur le plateau. « La pauvre est mal tombée. Vivre à Diego quand on n'aime pas la mer… Diagonale ! Je vous mange encore. » C'était leur troisième partie de dames sur le bateau et Mollinart enchaînait les défaites. Par chance, la houle les avait épargnés et l'arrivée à Peros Banhos était prévue pour le lendemain matin. « Geneviève est une terrienne, reprit Mollinart, en veine de confidences. Elle a grandi à Beau-Séjour… Vous savez, la propriété sucrière ? C'était le domaine de son père, paix à son âme… Une fortune colossale. Geneviève a beaucoup voyagé avec lui. Son rêve, c'était l'Europe, la Suisse, les Alpes… Elle a choisi une maison à Moka pour être pile en face de la montagne. Splendide, vous verrez. Quand j'ai été nommé aux Chagos, elle m'a suivi bien sûr, mais… » Mollinart déplaça un pion au hasard. « Tout ça pour vous expliquer ses manières un peu… raides. Non, non, ne dites rien, je sais bien ce que vous pensez d'elle. » Gabriel ne sut quoi répondre.

Il se concentra sur le jeu, vit qu'il n'avait qu'à pousser un jeton pour atteindre la dernière rangée, hésita une seconde. Faire semblant de perdre ? Il se ravisa, un jeu est un jeu. « Dame » annonça-t-il. L'administrateur se rembrunit. « Encore ! Ah j'en ai assez, cessons, voulez-vous. » Il repoussa la boîte et tangua jusqu'à l'armoire de sa cabine. Revint s'asseoir à la petite table avec sa serviette en cuir. « Je dois vous parler. »

*

L'index posé sur le livre de comptes, l'haleine chargée d'alcool, il grognait. « Là... ! Vous voyez ? La production est en baisse. Moins 2 % ce mois-ci. C'est catastrophique. Si on n'inverse pas la courbe, les choses vont mal finir. Je reçois des avertissements tous les mois. Ah ! Ils ne nous laisseront pas tranquilles, croyez-moi. — *Ils* ? » Mollinart cria presque : « Les Anglais, enfin ! » Il reprit une gorgée de scotch et Gabriel s'excusa, troublé. Mollinart était agité, presque confus. Ce n'était pas seulement l'effet de l'alcool. « Neymorin. Il faut absolument redresser la barre. Pour notre bien à tous. » Un blanc. « Vous comprenez ou pas ? » Non, il n'y comprenait rien, rien du tout même. Pour avoir étudié les registres de près depuis des mois, il ne voyait pas de grandes différences entre la récolte actuelle et les récoltes passées. Une petite diminution, d'accord, mais pas une chute. Ses calculs ne l'avaient pas amené à moins 2 %. Jamais. « Que voulez-vous faire ? » En vérité, il n'y avait rien à faire. Les ouvriers travaillaient durement et la nature suivait ses propres lois. L'île était déjà couverte de cocotiers. S'ils donnaient un peu moins de fruits une année, ne fallait-il tout simplement pas l'accepter ?

Mollinart s'essuya le front. Gabriel remarqua les plaques rouges sur son crâne – une tache d'huile qui s'étend. « L'indépendance... C'est à cause de l'indépendance. » Il sortit un autre document de sa besace, les mains

tremblantes. « Je ne sais toujours pas ce qui va se passer pour les Chagos… » Gabriel fronça les sourcils. « L'archipel deviendra une simple dépendance de Maurice, comme Rodrigues, non ? » L'administrateur se racla la gorge. « Je n'en suis pas si sûr. Tout est flou pour l'instant. Et tant que l'indépendance n'est pas officiellement proclamée, je reste sous les ordres britanniques. » La cérémonie était fixée au 12 mars 1968, dans trois mois exactement. « Voilà, Gabriel. On m'a demandé de signer ça… » Il lui tendit le document. « Quand je dis "on", je parle des Anglais, n'est-ce pas…
— J'avais compris, monsieur. » Mollinart se leva à nouveau, nerveux. « On me demande votre signature également. » Gabriel reconnut tout de suite les armes royales : le lion et la licorne entourant la devise « Dieu et mon droit », la même gravure qui figurait sur son passeport – mais pour combien de temps encore ?

Je soussigné, …, m'engage par la présente à garder strictement confidentielles toutes les informations ou données sensibles concernant les liens entre le Royaume-Uni, l'île Maurice et l'archipel des Chagos transmises par mes supérieurs, à partir d'aujourd'hui et pour une durée illimitée. Je reconnais qu'y contrevenir me rend passible de poursuites et m'expose le cas échéant aux sanctions prévues par la loi britannique.

Fait à Diego Garcia, Chagos, le … décembre 1967.

« Qu'est-ce que ça veut dire ? » demanda Gabriel en reposant la lettre. Mollinart avait la lèvre inférieure qui tremblait. « Je ne sais pas, mon garçon. Simple mesure de sécurité, j'imagine. » Sur ce papier crème à en-tête, les petits caractères tapés à la machine avaient quelque chose de menaçant. Gabriel se tut. De quelles *« données sensibles »* les Britanniques voulaient-ils parler ? Il relut le document, *« passible de poursuites... »*, écarta le stylo que lui tendait Mollinart. Ce ton procédurier ne lui disait rien qui vaille. « Je ne crois pas que je vais signer. » La réponse de l'administrateur le décontenança. « Je ne suis pas sûr que vous aurez le choix. »

*

Peros Banhos ressemblait trait pour trait à Diego Garcia – un collier d'îlots au sable blanc de lait et à l'eau si pure qu'on voyait les tortues par transparence. L'air chaud tempéré par les alizés invitait à la détente. Dommage. À l'exception du soir, lorsqu'ils se retrouvaient sous la varangue de la villa principale, Mollinart et lui ne se reposaient guère. Après avoir visité les différentes zones de l'atoll pour évaluer le niveau de récolte du coco, ils avaient discuté avec les îlois, vérifié les registres de comptes locaux, établi quelques statistiques. Le dernier jour, ils s'engagèrent à nouveau dans l'allée de terre au bout de laquelle se trouvait le moulin à coprah. De gros crabes rouge et noir, les mêmes qu'à Diego, faisaient crisser le tronc des cocotiers sous leurs pinces. Des hommes à peine vêtus épluchaient les noix à l'aide d'un pieu fiché dans le sol. Les femmes en retiraient la pulpe en chantant, comme Marie et les autres sur la parcelle. Gabriel avait hâte de rentrer. L'impression de perdre son temps sur des îles où tout allait bien lui devenait de plus en plus insupportable.

« Regardez comme peinent ces pauvres bêtes ! » Mollinart désignait deux ânes malingres censés actionner la meule du moulin, et qui s'arrêtaient régulièrement pour brouter la poussière. Un homme fit claquer son fouet sur le plus récalcitrant. De la pierre gouttait un jus parfumé qui tombait dans le récipient. Le commandeur de Peros Banhos, un certain Rosemond, dont les mains calleuses et les cheveux blancs trahissaient une vie de labeur dans la plantation, remua la tête d'un air las. « On a pas assez le bétail, je vous dis. » Il fallait reconnaître que quelques bêtes de plus ne seraient pas inutiles. « Pourquoi ne pas laisser un message à la capitainerie de Port-Louis ? lança Gabriel. Pour le prochain ravitaillement... » Mollinart ricana mais sans gaieté aucune : « Je crains que le gouvernement ne soit plus aussi généreux qu'autrefois. — Pourquoi le gouvernement ? On ne peut pas traiter directement avec des agriculteurs ? Le *Sir Jules* repassera bien en début d'année, non ? » L'administrateur l'ignora et reprit sa conversation avec Rosemond, comme on dédaigne un enfant qui vous agace.

*

Ils n'avaient plus rien à faire sur les îles du Nord. Le matin du départ, Gabriel recueillit un peu de sable de Peros Banhos dans une fiole. Un souvenir comme un autre. L'impatience l'avait empêché de dormir : il serait auprès de Marie le soir même. Pour la première fois séparé d'elle, il avait eu l'impression que tout son corps était prisonnier du manque ; il comprenait qu'on puisse devenir fou. Les dernières heures lui avaient paru interminables. Surtout, il voulait partager avec elle l'émotion de la naissance, découvrir s'il s'agissait d'une fille ou d'un garçon, imprimer son odeur sur la peau du bébé. L'accouchement lui faisait peur ; l'idée seule des chairs flasques, écartelées, lui donnait la nausée, mais tenir le nouveau-né dans ses bras, être le premier à le voir, à l'appeler, ça, il en rêvait. « Gabriel ? » La voix de Mollinart l'arracha à ses songes. « Vous pouvez venir une minute, s'il vous plaît ? » Au fond de la villa se trouvait le bureau – une pièce semblable à celle de la Pointe de l'Est, à peine plus étroite. Sur la table, il reconnut immédiatement le document à en-tête royal.

On y était.

Mollinart avait posé dessus un stylo. « Signez, mon cher. Ne faites pas d'histoires, je vous en prie. » Gabriel lutta contre l'irritation : « Je ne veux pas signer un document que je ne comprends pas ! Qu'est-ce qui se passe, bon sang ? » Sur le crâne de l'administrateur, les plaques rouges réapparurent. « Une mesure de sécurité, je vous l'ai déjà dit ! Vous êtes à un poste stratégique, que cela vous plaise ou non, et le gouvernement britannique veut s'assurer que vous teniez votre langue, voilà tout ! » Flatté malgré lui par l'expression « poste stratégique », Gabriel s'obligea à garder un air dur. « De quelles *données sensibles* veulent-ils parler ? Qu'est-ce que je suis censé apprendre et garder pour moi ? » Mollinart s'étrangla. « Je ne sais pas… Pas trop… La seule chose que j'ai cru comprendre, c'est que les Chagos, comme je vous le disais… resteront aux mains des Anglais. — Comment est-ce possible ? » L'administrateur écarta les paumes devant lui. Quelque chose n'allait pas, mais Gabriel ne parvenait pas à comprendre quoi. Comment l'archipel, qui dépendait entièrement de Maurice, bénéficierait-il d'un traitement différent de l'île mère ? Comment les Britanniques pouvaient-ils passer outre le résultat du référendum ? Les questions jaillissaient de toutes parts, mais les réponses ne s'accordaient pas entre elles. Il manquait des liens, des pièces, pour que le puzzle prenne forme. « Allez, signez, maintenant » implora presque Mollinart. « Je ne peux pas, monsieur. La situation est floue, je n'aime pas ça. » L'administrateur s'adossa à son fauteuil et lui dit d'une voix faible : « Alors je vais devoir rentrer seul à Diego. » Les paroles infusèrent en lui. Comment ça, seul à Diego ? Mollinart baissa les yeux. « En acceptant votre poste de secrétaire, vous avez signé un contrat pour travailler aux Chagos… Pas spécifiquement à Diego Garcia. J'ai le droit de vous affecter pour six mois à Peros Banhos ou Salomon. »

Un coup dans la poitrine.

Gabriel chancela. Six mois à Peros Banhos ou à Sa… Enfin ! À quoi tout cela rimait-il ? Mollinart s'éventa, les mâchoires crispées. « Signez, Neymorin. Ne m'obligez pas à faire quelque chose qui me répugne… » Un goût âcre emplit la bouche de Gabriel. Quelque chose de lourd se tramait, qui pesait déjà sur lui. Un ultimatum.

Comme s'il lui devait cette confession, Mollinart ajouta dans un souffle : « Si je ne leur donne pas toutes ces garanties, ils vont fermer ma plantation. » Expliciter le « ils » n'était plus nécessaire. Une vague furieuse s'empara de Gabriel. La plantation, le commerce, les caisses ! Son petit patrimoine ! « J'ai mis ma vie dans le coprah, se justifia Mollinart. Je ne veux pas tout perdre à mon âge. Ce n'est qu'un papier, Gabriel. Tenez. Relisez-le. » L'envie de déchirer le document était si forte qu'il se força à ne pas le toucher. *« Je, soussigné, …, m'engage par la présente… »* Il souffla longuement, tenta de reprendre ses esprits.

Analyser les mots les uns après les autres.

Cet engagement était-il si coûteux ? Ne pas dévoiler de « données sensibles », la belle affaire ! Comme si on partageait avec lui des « données sensibles » ! Les administrations avaient tendance à se protéger de tout ; la paranoïa était un mal répandu dans les couloirs du pouvoir. Mais quelque chose le retenait.

« Pensez à Marie-Pierre. À votre enfant. »

Son enfant.

Écœuré, il attrapa le stylo et signa.

Décembre 1967

Quelques gouttes tièdes ruisselèrent sur le crâne de son frère ; craintive, Suzanne retira sa main quand ses doigts frôlèrent l'os fragile. Marie reprit le torchon imbibé d'eau, tamponna le dos, le ventre rebondi du nouveau-né, et après l'avoir enveloppé dans un lange propre, le cala contre son sein. Les rayons du matin enrobaient sa peau noire. Du premier coup, le bébé aspira le mamelon dans sa bouche.

Joséphin. Le prénom s'était imposé à elle quand il avait ouvert ses yeux ronds. Joséphin… Elle aimait les sonorités claires, la première syllabe tonique, la fin plus traînante. Impossible d'attendre Gabriel : le bébé était là, ne pas lui donner de nom porterait malheur. Tout chaud dans ses bras, il s'était endormi, le visage paisible. Sur son cou, un filet bleuté marquait encore l'empreinte du cordon.

Elle-même avait sombré dans un sommeil lourd. Quelques heures après l'accouchement, c'était Josette qui l'avait trouvée au milieu des draps gorgés de sang. « Mamita ! » Josette avait écarté Suzanne, et au même moment, le bébé s'était réveillé. Au milieu des embrassades, tout fou, Mérou s'était mis à tourner sur lui-même.

« Et toi ! s'exclama Josette, ravie de voir Joséphin téter goulûment. Il te mange comme une papaye gros grains ! » Elle remua les lentilles une dernière fois dans la casserole, coupa le feu, ajouta du sel et du piment dans la préparation et égoutta le riz avant de déposer l'assiette devant Marie. « Mange un p'tit coup... » Elle caressa le crâne souple de Joséphin. « Alala... Un bon zilois, ça... Bien noir, bien fort ! » Pour la centième fois, Marie contempla son bébé. Avec son front large, ses narines épatées et ses yeux ronds, il avait des traits chagossiens très marqués. Elle devait l'avouer, ses rêveries de femme enceinte lui avaient donné une peau plus claire, un visage fin, l'œil en amande. Joséphin lâcha le sein, repu.

« Gabriel est près pour rentrer, alors ? demanda Josette.
— Oui. Ce soir, j'espère. » Josette souleva le bébé en souriant. « C'est M'sieur Gabriel qui va causer gras tantôt... Sûre il va être bien fier de son garçon. » Marie ne répondit rien.

*

Dans l'après-midi, ce fut à nouveau le défilé. Depuis une semaine, Félix, Tico, sa voisine Gisèle, Becca et bien d'autres s'étaient relayés pour lui présenter vœux et cadeaux. Des légumes frais, du sucre, du vin, des paniers tressés, du poisson, du linge pour enfant, et même des médicaments. Comme d'habitude, Henri et Jean-Joris restèrent à l'écart. Angèle pleura d'émotion quand Marie lui proposa de devenir la marraine du petit. Elle le pressa sur sa large poitrine et l'étouffa sous les baisers. Lui promit des vêtements avec de beaux tissus. Dès qu'elle serait remise, on danserait le séga. On ferait fête au bonheur. « Tu as besoin autre chose ? » Non, elle n'avait besoin de rien, merci.

Quand le calme revint enfin, Marie coucha le bébé dans le berceau construit par Christian. La bouche grande ouverte, il contractait son visage, le front plissé. Suzanne voulut l'embrasser. « Plus tard » la repoussa-t-elle. Sa fille lui jeta un regard déçu. « Va dodo Suzanne, je suis fatiguée... » C'était plus fort qu'elle, elle était contrariée. Il y avait quelque chose. Avec son corps épais et ses yeux globuleux, sa peau sombre étincelant sous les reflets de la lampe à huile, elle dut se l'avouer : son fils n'était pas celui dont elle avait rêvé.

*

Trois coups. Elle sursauta, tirée d'un sommeil lourd, et se leva d'un bond. C'était lui, enfin. La nuit recouvrait le village depuis longtemps et elle dut allumer la lampe, la réglant aussi faiblement que possible pour ne pas réveiller les enfants. Elle jeta un œil au berceau : les bras repliés de part et d'autre de la tête, Joséphin avait le souffle régulier. Marie ouvrit la porte et se jeta au cou de Gabriel. « Ti Baba est là ! — Quoi ? Déjà ? » Il l'embrassa à peine et courut vers le berceau. Plus un bruit. Sur le mur, les ombres découpèrent son visage d'oiseau secoué par les larmes.

Elle n'aurait jamais cru qu'un homme puisse s'incliner devant un enfant. C'était l'apanage des femmes, d'ordinaire, l'odeur du bébé, la douceur du sein, une question de peau et d'entrailles. Mais à regarder Gabriel, si ému, on aurait pu croire que c'était lui la mère. Il glissa ses mains sous le corps de Joséphin et le porta à ses lèvres comme un trésor. Leur fils se réveilla, pleura un peu, arrachant aussi Suzanne au sommeil.

Tous les trois, unis autour du berceau. Leurs souffles se mêlèrent dans la nuit peuplée d'insectes.

*

« Petit Joséphin... » Gabriel tremblait. Marie posa un doigt sur ses lèvres – doucement, les enfants s'étaient rendormis. Il lui sourit. La paternité transfigurait l'homme, l'amant, le voyageur. Ses yeux brillaient d'un éclat nouveau. C'était trop. Oui, c'était presque trop. Le bonheur qu'elle s'était figuré à l'idée de retrouver son amour, leur joie, leurs embrassades, n'était pas aussi pur qu'il aurait dû être. Gabriel ne voyait-il pas ce grand front, ces pupilles comme des billes, cette tête volumineuse ? L'idée pressa de nouveau son cerveau, lancinante : Joséphin n'était pas beau. Elle savait bien qu'à une semaine le physique est totalement incertain, mais les traits, les traits profonds du visage étaient là, gravés par la nature. Dans sa bouche, un goût caoutchouteux. Gluant. Le cordon ombilical. Elle repoussa les draps d'un coup, au bord du malaise. « Marie ? » Gabriel passa un bras autour de sa taille. « Tu veux de l'eau ? Une aspirine ? » Elle se redressa, s'essuya la bouche. Le repoussa. Son ventre lui faisait mal, la peau de ses cuisses, son sexe, ses fesses, ses seins, tout était douloureux. La nausée la reprit, lui brûlant l'œsophage.

Elle sortit brusquement, s'adossa au mur de sa case. Les étoiles blanchissaient la nuit comme une traînée de lait. « Un bon zilois... Bien noir, bien fort... » Les mots de Josette résonnaient encore à son oreille. Une envie de pleurer lui comprimait la poitrine. Gabriel s'assit près d'elle, heureux, flottant, et la serra contre lui. « C'est pour toi » dit-il en lui tendant une petite fiole.

Du sable. C'était ça, son cadeau. « Il vient de Peros Banhos. » Elle remercia du bout des lèvres. Puis, dans un geste soudain, elle déboucha le flacon et le renversa. Le sable s'échappa dans un souffle quasi humain, une expiration, et forma une dune fragile sur ses pieds.

Tout ce qui a un nom existe. Les hommes, les plantes, les pays, les légendes. Un nom, c'est toujours le bourgeon d'un destin.

Je me souviens de cette femme à la Réunion. Une anthropologue. Je donnais une conférence à l'université de Saint-Denis, pour raconter notre tragédie et sensibiliser l'opinion. Elle avait travaillé sur notre histoire, nos ancêtres malgaches, notre culture. Elle s'est approchée de moi à la fin. « Vous savez d'où vient le mot Chagos ? » Je l'ai regardée honteux. Non, je ne savais pas. Elle m'a raconté.

Pedro de Mascarenhas, le navigateur, sillonnant la route des Indes… La découverte de nouvelles terres, baptisées Mascareignes. Je savais que les Portugais avaient laissé une trace dans l'océan Indien, ça oui. Il suffit de chanter le nom de nos îles, Diego Garcia, Peros Banhos, pour s'en rendre compte. Mais j'ignorais tout du reste. Un des principaux navires portugais s'appelait le *Cinco Chagas*. « *Cinco Chagas*, ça veut dire les *Cinq Plaies*, en référence aux cinq blessures du Christ. » Les mains et les pieds cloués, le flanc droit percé par le javelot.

Les Chagos portent donc le nom d'un navire et d'une souffrance.

Après la Passion, le Christ ressuscite. Il s'élève au Ciel dans la gloire et la paix. Un pays qui renaît, est-ce que ça ressemble à Dieu ?

Janvier 1968

Lentement, Gabriel posa Joséphin dans la balance à farine. « Cinq kilos ! » Le vieux Félix émit un long sifflement. « C'est un bébé boule douce, ça... » En un mois, Joséphin avait considérablement grandi. Il dormait six heures entre chaque tétée, faisait de grands sourires, se montrait sociable et paisible. En dehors de son fils, plus rien n'avait d'importance pour Gabriel. Même Marie passait après lui. « Ne vous affichez pas » lui avait ordonné Mollinart à la naissance. Il s'affichait. Il s'affichait avec Joséphin à l'église, au moulin, à la plage, à Nouva, à Pointe-Marianne, dans la villa, sur la jetée, partout. La riposte de Mollinart ne s'était pas fait attendre : il ne prendrait pas en compte la paternité de Gabriel ; ni déclaration, ni papier, ni rien. Un bâtard de plus, c'est tout. « Pas grave, l'avait rassuré Marie. Ici, personne fait les papiers pour les enfants, tu sais. » Ici, ce n'était pas Maurice. Plus tard peut-être. Plus tard on verrait. Gabriel n'avait plus peur. Le bonheur étouffait ses pensées.

Jamais il n'aurait imaginé connaître un amour de ce genre. La paternité lui procurait un sentiment de complétude inédit ; il se sentait enfin utile, responsable. Pendant des années, il avait couru après des fantômes. Sa mère disparue. Le rêve d'être aimé. Faire la fierté des siens.

Aujourd'hui, un bébé de cinq kilos le rendait invincible. C'était peut-être ça un père, un homme qui a trouvé sa place. Si seulement le sien avait compris ça... La dureté dont il avait fait preuve envers lui, puis envers Évelyne quand l'adolescence s'en était mêlée, laisserait à jamais une béance en eux. Pas une tendresse, pas un mot de reconnaissance. Seul Benoît avait échappé à sa rudesse. Joséphin aurait cette chance, lui : il serait aimé, regardé, éduqué, entouré.

« Cinq kilos déjà ! » Marie lui souriait à peine. « Un peu gros-gros ça, non ? » Sa froideur le heurta. « Il vaut mieux ça que l'inverse. Je te rappelle qu'il est né prématuré. » Elle tourna la tête. Vexé, Gabriel serra Joséphin sur son torse. 11 heures. Il avait un peu de temps avant la prochaine tétée. « Je te retrouve à la case » dit-il en forçant son agacement. En réalité, la perspective d'avoir son fils pour lui seul un moment l'enchantait. Il se dirigea vers le garage.

Dès son retour de Peros Banhos, il avait tenté d'envoyer un télégramme à sa sœur pour lui annoncer la naissance du petit. En vain. La liaison ne passait pas. Il mourait d'envie d'entendre sa voix, de partager sa joie avec elle. Son neveu, son premier neveu !

Après deux sonneries dans le vide, une voix de femme résonna dans le combiné. « Évelyne ? » Il sut à la seconde même où il posait la question que ce n'était pas elle. « Allô ? Je voudrais parler à Évelyne Neymorin, s'il vous plaît... » La ligne grésilla et il attendit, Joséphin sur ses genoux. « Gaby ? » Une voix claire au bout du fil. « Lézard ! Hello, Lézard, bonne année ! » Aucun rire, aucun vœu à l'autre bout du fil. « Évelyne ? Tu m'entends ? » Il crut que la communication avait coupé lorsque ses mots le percutèrent. « C'est le père. » Il se redressa sur la chaise, faisant sursauter Joséphin. « On vient de le ramener de l'hôpital.

Il a fait une attaque il y a deux jours. » Un blanc. « Il est entièrement paralysé du côté gauche. »

Gabriel aurait été moins sidéré en apprenant sa mort. « C'est l'enfer, reprit sa sœur. Ludna nous a lâchés il y a plusieurs mois, et sa remplaçante n'a pas tenu deux semaines. J'ai trouvé une garde-malade qui m'a l'air sérieuse, mais franchement, je ne sais pas quoi faire. Gaby, il faut que tu rentres... » Il encaissa le coup. Bien sûr, Joséphin s'agita et commença à pleurer. Il lui caressa le dos, dans un réflexe mécanique. « Et Benoît ? Il peut pas venir, lui ? » La ligne émit un chuintement désagréable.

« ... déjà demandé. Mais il n'est plus à Cambridge, figure-toi. Il a fini ses études. J'ai appelé hier leur secrétariat ; ils ne savent pas ce qu'il est devenu. Ils ont trop d'étudiants. À part Savita, je suis seule.

— Elle dit quoi, Savita ?

— Qu'il faut que tu reviennes. »

Gabriel sentit ses poumons exploser. Sa sœur de quinze ans, broyée. Il tenta autre chose : « Et le mettre en hospice ? » Les seins écrasés de Ludna sur la table de la cuisine assombrirent sa mémoire – un hospice serait encore trop bon pour lui. « Et après, qu'est-ce que je fais, moi ? Je reste seule à la maison et on vient me placer parce que je suis mineure ? Mince, je passe mon HSC cette année, moi ! Gaby ! Il faut que tu rentres ! » Les milliers de kilomètres qui les séparaient transformaient ses larmes en sifflements aigus. Il écarta son casque, provoquant les hurlements de Joséphin, lui aussi gêné par les stridences.

« Lézard..., bredouilla-t-il. Tu entends ce bruit ? » Il rapprocha le combiné de la bouche du bébé. « C'est mon fils. Joséphin. » Un blanc. « Évelyne ? » Le silence s'étira douloureusement. « Je t'avais dit que j'allais être papa... Tu te souviens ? » Les sifflements reprirent de plus belle dans le téléphone. « Alors, c'était vrai... ? » Sa voix, comme assourdie. « Viens avec lui. Venez tous à Maurice, mais ne me laissez pas seule. Je compte sur toi, Gaby. » Il y eut un petit clic et la ligne coupa.

*

Le poing suspendu devant la porte de Mollinart, son fils calé contre la hanche, Gabriel prit une grande inspiration. L'idée d'Évelyne n'était pas absurde. Depuis qu'il se la passait et repassait dans la tête, il la trouvait même de plus en plus convaincante. À Maurice, ils disposeraient de tout le confort moderne, Joséphin pourrait aller dans de bonnes écoles, Marie n'aurait plus à travailler, elle s'occuperait de la maison, se reposerait enfin. Le mariage devenait possible. Maintenant que le père était paralysé, son pouvoir de nuisance serait presque négligeable. Bien sûr, il faudrait affronter le regard des voisins, les portes de certains oncles et tantes se refermeraient, mais quoi ? Ils feraient sans, c'est tout. Laisser Évelyne dans cette situation était de toute façon impossible.

Le poing s'abattit sur la porte. « Entrez. » Face à lui, l'administrateur fumait en griffonnant des notes. Il leva la tête, ne cacha pas sa surprise de le voir avec le bébé. Depuis leur retour de Peros Banhos, ils avaient évité toute conversation personnelle. « Je voudrais savoir quand passera le prochain bateau pour Maurice » demanda Gabriel. « Pour ?... — Pour rentrer. Je songe sérieusement à quitter Diego Garcia. »

Mollinart blêmit.

« Et lui ?

— *Lui* m'accompagnera, quelle question !

— Et Marie-Pierre Ladouceur ?

— Pareil. »

L'autre se frottait le visage, l'air sincèrement désolé.

« Impossible.

— Comment ça, impossible ?

— Ils ne pourront pas partir... Enfin... Ils pourront partir, mais ne pourront pas rentrer. »

Gabriel eut l'impression de se cogner la tête contre un mur épais. Tout cela n'avait aucun sens. « Je vous demande seulement quand passera le prochain bateau pour Maurice » répéta-t-il en serrant les dents. Évelyne avait raison ; il fallait rentrer, oublier le coprah et les menaces de l'administrateur. « Vous voulez savoir, Neymorin ? Vous voulez vraiment savoir ? — Je veux savoir ce que vous me cachez, oui ! Votre plan, vos petits intérêts ! » Mollinart en resta mortifié. Les taches rouges réapparurent sur son crâne. Alors, avec une rage qu'il ne lui avait jamais vue, il déverrouilla un tiroir et en sortit un dossier qu'il balança sur le bureau. « Lisez, et vous jugerez par vous-même. »

En haut de la pochette, un tampon signalait : *« Classified Documents. TS. »* Gabriel fut rattrapé par tous les romans qu'il avait dévorés à l'adolescence.

TS, pour *« Top Secret »*.

Il posa Joséphin sur le tapis et lut le dossier en silence.

Mars 1968

« Tu vois… Le changement de drapeau… » Gabriel avait les mains qui tremblaient. Marie fit mine de s'intéresser à la photo sans comprendre pourquoi l'image le mettait dans un tel état. Un homme tout de blanc vêtu, des cheveux blonds dépassant de sa casquette, descendait un drapeau. Face à lui, un créole en uniforme bleu marine en hissait un nouveau aux bandes horizontales. « On ne les voit pas sur le fax, mais il y a quatre couleurs : rouge, bleu, jaune, vert. Tu sais pourquoi ? » Elle ne savait pas. « Hindous, catholiques, Chinois et musulmans… Les quatre communautés de Maurice. — Et nous ? Les Chagos, on est où ? » Il ne répondit rien, attrapa l'autre page et posa son doigt sur le texte.

Sa lecture était encore lente, incertaine. Elle confondait toujours des lettres, se trompait dans certains sons. Gabriel l'aida, déchiffra avec elle les syllabes. À force de patience, le texte finit par prendre forme.

Gloire à toi, Mère Patrie !

Fraîche est ta beauté,
Doux est ton parfum,

Nous voici tous debout,
En un seul peuple,
Une seule nation,
En paix, justice et liberté...

Elle releva la tête, fière de ses progrès. « Joli, ça... » Elle aimait particulièrement le début. « Fraîche est ta beauté, Doux est ton parfum... », on aurait dit les compliments d'un amoureux à sa fiancée. Muet, Gabriel regardait droit devant lui, sauf que devant lui, il n'y avait rien.

Depuis quelque temps, Marie le trouvait changé. Il était plus distant avec elle, plus froid. Il s'enfermait de longues heures avec Mollinart dans le bureau et n'en sortait que pour dormir. Il passait de moins en moins de nuits avec elle, même s'il rendait visite au petit tous les jours.

À trois mois, Joséphin faisait la taille d'un enfant de six. C'était un bon bébé, calme et gentil, et lorsqu'elle le berçait, les paupières closes, qu'elle respirait sa peau, un amour violent la transperçait, mais il lui suffisait d'ouvrir les yeux pour que le charme se rompe. Ses billes rondes, son front large, ses jambes grasses se transformaient en souffrance. Un jour que Gabriel le berçait, elle l'avait entendu murmurer : « Dors bien, petit Jo' », et elle avait explosé. « Qui ça Jo' ? C'est Joséphin ! Pas Jo'. Pas Jo' ! » Il l'avait dévisagée comme une folle. « Qu'est-ce qui te prend ? » La contrariété avait creusé son front. Incapable de répondre quoi que ce soit, elle avait prétexté une migraine et s'était couchée.

Le lendemain dimanche, elle rassembla son courage pour aller parler à Josette. Ceinturé dans un grand tissu, Joséphin somnolait dans son dos, indifférent à son allure pressée. Elles s'installèrent sur la plage de Nouva. La mer brillait devant elles. Le ciel paraissait infini. Elle posa son fils sur un grand drap, se tourna vers sa sœur. « J'ai pas la force. Avec Joséphin... J'ai pas la force. » Josette la prit dans ses bras. « Tu l'aimes pas, c'est ça ? » Marie se redressa, piquée. Non. On ne pouvait pas dire ça. Les choses étaient plus ambiguës. Elle l'aimait mais ne le reconnaissait pas. Il ne ressemblait pas à l'enfant qu'elle avait désiré et imaginé. « Marie... Tu es sûre c'est Gabriel le père ? » Son cœur explosa. Voilà. Voilà ce qui l'oppressait depuis des mois. Non, elle n'était pas sûre. Comme pour Suzanne. La même malédiction. « À ton mariage..., hoqueta-t-elle. Gabriel a pas voulu danser avec moi... » Jean-Jo n'avait pas fait le difficile, lui. Son haleine chargée d'alcool, le sang fouetté par le séga. Gabriel avait tourné les talons. Elle s'était sentie affreuse. Inutile. Mais toujours assez bonne pour Jean-Joris. Les dates s'accordaient. Mars 1967. Décembre 1967. Et un petit îlois « bien noir, bien fort ».

« Tu crois Gabriel a compris ? » demanda Josette. Qui sait ? Peut-être. Il devait percevoir quelque chose car il ne l'aimait plus comme avant. À cette pensée, ses sanglots redoublèrent. Sa sœur lui caressa les cheveux. « Je croyais vraiment c'était lui le père, Josette... » Elle ne rêvait même que de ça.

Les lumières transformèrent le lagon en miroir. Calé contre un panier, Joséphin la regardait d'un air vide. « Je fais quoi, maintenant ? » Sa sœur se mordit les lèvres, les yeux fixés sur l'horizon. Avant toute chose, ne rien dire. « À personne. Et à lui encore moins ! Si le chat se brûle, toujours il aura peur de la cendre. » Les hommes ne voient que ce qu'ils ont envie de voir. Gabriel désirait que Joséphin soit son fils ? Joséphin était son fils. Et il le resterait à condition qu'elle ne se trahisse pas. Quant à Jean-Jo... La main de Josette s'éleva et retomba aussitôt. « Il faut coudre ta bouche, Marie. » Elle essuya ses larmes, amère. « Ça veut dire je lui mens ? » Josette réfléchit une seconde, comme pour trouver un mot, une formule, qui adoucirait sa réponse. « C'est ça » fit-elle simplement.

Mars 1968

« *Classified documents. TS.* »

D'une main tremblante, Gabriel avait sorti de la pochette plusieurs documents.

Le premier était une note secrète gouvernementale. Un mot préparé pour le Premier ministre britannique Harold Wilson, daté du 22 septembre 1965.

« *Sir Seewoosagur Ramgoolam is coming to see you at 10.00 tomorrow morning. The object is to frighten him with hope; hope that he might get independence; Fright lest he might not, unless he is sensible about the detachment of the Chagos Archipelago.* »

« Faire peur tout en donnant de l'espoir. »

En sortant de son entretien avec Harold Wilson, le futur dirigeant Ramgoolam devait retenir une seule chose : l'indépendance de Maurice était conditionnée au « détachement » de l'archipel des Chagos.

Suivait un document daté du 8 novembre 1965, qui officialisait la création du BIOT, le British Indian Ocean Territory, réunissant les Chagos et quelques autres îles dépendant des Seychelles : Aldabra, Farquhar et Desroches. Les Chagos, était-il indiqué, bénéficieraient d'un traitement spécial. L'archipel resterait dans l'escarcelle britannique quelle que soit l'issue du référendum sur l'indépendance.

Un autre document, signé du 30 décembre 1966, révélait un accord secret entre le Royaume-Uni et les États-Unis. Diego Garcia serait loué aux Américains pour une période de cinquante ans, avec possible reconduction du bail durant vingt ans. Un projet de base navale était à l'étude.

Le dernier document établissait un calendrier prévisionnel d'évacuation de l'île. Les Américains devaient présenter à l'ONU un dossier fourni par les Anglais assurant que le territoire était vierge « d'habitants autochtones », afin d'obtenir un accord pour créer la base militaire. Les Britanniques visaient un plan en trois étapes. D'abord, encourager les départs volontaires, sans préciser aux voyageurs que le retour sur l'île leur serait interdit. Ensuite, pousser les gens à partir d'eux-mêmes en stoppant l'acheminement de vivres et de biens via les navires de ravitaillement. Enfin, face à d'éventuels récalcitrants, ne pas hésiter à employer la force.

Mollinart avait baissé la voix. « Je suis désolé, Neymorin. » Et s'enfonçant dans son fauteuil : « Vous avez signé, n'oubliez pas. »

*

En sortant du bureau, Gabriel titubait. Malgré ses demandes répétées, Mollinart avait refusé de lui révéler qui lui avait transmis le dossier, mais la réalité était là : une catastrophe inévitable, monstrueuse, injuste. Il serra Joséphin contre lui. Tout au long du chemin qui le séparait de Pointe-Marianne, il ressassa les informations, les faisant éclater dans sa tête comme des bulles de poison. Les Chagos n'étaient plus rattachées à Maurice. Les Anglais et les Américains avaient tout orchestré en secret et Ramgoolam avait cédé – son poste de Premier ministre de la nouvelle République mauricienne était à ce prix. Ils allaient évacuer l'archipel. Il embrassa le crâne de Joséphin. Si Marie partait avec lui à Maurice, le retour à Diego Garcia lui serait refusé. Elle ne comprendrait pas, exigerait de rentrer, d'élever Joséphin sur la terre de ses ancêtres. Jamais elle ne lui pardonnerait cette trahison ! Elle le quitterait. S'il lui avouait la situation, les répercussions seraient immédiates : Josette, Christian, Angèle, Gisèle… En une heure toute l'île serait au courant. Alors il se rendrait « passible de poursuites » devant la justice britannique, sans rien arranger pour autant. La vérité ne les sauverait pas : le compte à rebours anglo-américain était lancé, le plan déjà validé. Comment pourraient résister une poignée de Chagossiens ? Ils se feraient écraser en quelques minutes. Rentrer seul à Maurice, alors ? Et se séparer de ceux qu'il aimait, la femme de sa vie, son fils, son cher fils ? Impossible. Alors se taire, alors rester ici, et abandonner Évelyne à son triste sort, en attendant le désastre.

« Qu'est-ce qu'y a ? » l'interrogea Marie lorsqu'il entra dans la case. Il lui tendit Joséphin, qui hurlait de faim à présent, et se laissa tomber sur le lit. « Quoi ça ? » insista-t-elle. Il comprit alors qu'il pleurait. Elle colla le bébé contre son sein, les yeux toujours fixés sur lui, inquiète.

Il expira douloureusement, lâcha la première explication qui lui passa par la tête : « C'est mon père. Il a fait une attaque. »

J'aurais préféré ne jamais naître. Ne pas avoir à endurer ça. Cinquante ans de combat, d'appels, de sollicitations, de réunions d'avocats, de procès, d'attente. Pitié pour les Chagos ! crie la presse aujourd'hui. Quelle pitié ? Je vous la laisse, celle-là, je n'en veux pas. Justice, dignité, liberté des peuples ! Ce que nous demandons à nos adversaires, inventeurs de ces valeurs, c'est de se les appliquer à eux-mêmes.

J'accuse le gouvernement anglais de nous avoir monnayés et sacrifiés sur l'autel de la guerre froide.

J'accuse le Premier ministre Harold Wilson de nous avoir rayés de la carte de notre propre pays.

J'accuse les dirigeants mauriciens de l'époque d'avoir trahi l'indépendance.

J'accuse les élites coloniales de nous avoir laissés dans l'ignorance – pas d'école, pas de livres, pas de révolte.

J'accuse l'armée américaine d'avoir fait de notre île une citadelle d'acier.

J'accuse le silence qui entoure depuis trop longtemps notre drame.

Il est temps de faire tomber les masques.

Je réclame au nom des miens, vivants, morts, exilés, déracinés, amputés, vieillards, enfants, la fin du colonialisme britannique en Afrique.

Et ma bouche sera la bouche des malheurs qui n'ont point de bouche...

Mars 1970

Quand le riz était froid, il fallait ajouter le sucre, mélanger la pâte, puis la laisser reposer quelques minutes. Suzanne et Joséphin autour d'elle, Marie saisit un peu de mixture dans la paume et la malaxa jusqu'à obtenir une boule. Quand la sphère fut bien ronde, elle enfonça la boulette de son pouce et y glissa le morceau de banane au coco, puis la referma et la fit encore rouler. Suzanne avait déjà eu l'occasion de préparer les bonbons de riz, mais pour Joséphin, c'était une première. « Mamita ! Y casse ma tête ! Y comprend rien ! » protesta Suzanne. Marie lui fit les gros yeux. Son frère était encore petit, il fallait lui apprendre, c'est tout.

Elle chassa les mouches de la marmite de poisson, ferma le couvercle. Pour le dîner de départ de Josette et Christian, elle avait cuisiné les produits de sa pêche. Faire autrement n'était de toute façon plus possible. Depuis un an, aucun bateau de ravitaillement n'avait fait escale à Diego Garcia. Pas de vin. Pas de légumes frais, juste des haricots rouges et quelques herbes. Pas de viande. Elle n'osait plus tuer les poules de sa cour : les œufs étaient très nourrissants et leurs coquilles broyées aidaient à la croissance des plantes. Il fallait économiser les denrées.

Marie déchira un bonbon de riz en deux, en donna la moitié à Suzanne. La petite fit la grimace. « Quoi ? Pas bon ? » Marie goûta à son tour. Il manquait du sucre.

Pourquoi le *Sir Jules* ne passait plus ? Ni le *Mauritius*, ni aucun autre navire. Aucune nouvelle du père Larronde non plus. Elle n'avait jamais vu ça. Personne n'avait jamais vu ça. Ils avaient tenu sur leurs stocks pendant plusieurs mois, mais les réserves diminuaient à vue d'œil à présent. À ce train-là, il n'y aurait bientôt plus de riz. Plus de farine.

Et Josette qui partait le lendemain.

*

Vers 5 heures de l'après-midi, Marie cueillit des trochétias et les disposa dans un seau rempli d'eau. Un bouquet pour sa sœur, un cadeau d'au revoir. Elle plaça la marmite de poisson dans un grand panier, posa dessus les bonbons de riz, vérifia que les nattes étaient au complet.

« Salam, salam ! » Les Tasdebois entrèrent, accompagnés d'Angèle. Marie les embrassa. Gabriel l'avait prévenue qu'il les retrouverait directement sur la plage, un peu plus tard, car il avait un rapport à finir pour l'administrateur. Depuis des mois, Mollinart lui volait son homme ; les soirées de travail s'enchaînaient, et Gabriel lui revenait la mine toujours plus sombre. « Je suis fatigué. Très fatigué. » Il s'endormait vite, mais c'était pour plonger dans des cauchemars qui le laissaient exsangue au matin. Ils ne faisaient presque plus l'amour. Seul Joséphin semblait encore lui donner de la joie. À deux ans et demi, il avait la démarche pataude et le corps toujours rond. Quand elle voyait Gabriel éclater de rire en renversant la tête, le petit contre lui, elle en avait des frissons. Son mensonge tenait.

« Alors, quelles nouvelles ? » lança-t-elle à Josette en forçant sa joie. Sa sœur lui fit la bise et déposa sur la table une petite gamelle de lentilles noires. Elle n'avait rien trouvé de mieux. « Makine ! J'ai fait la surprise pour toi… » Suzanne fut incapable d'attendre, elle courut vers sa cousine et lui tendit un joli coquillage torsadé dans lequel elle avait inséré une ficelle de cuisine – Makine passa aussitôt le collier autour de son cou, ravie. « Ayo, ma fifille, mon ventre me crie tellement il a faim ! » souffla Angèle. Elle aussi forçait sa gaieté. Christian saisit le panier. Sur la plage, la tristesse pèserait peut-être moins. Mérou trottina devant eux, s'assurant de temps à autre que toute la petite troupe suivait.

« Sucre, farine, riz, graines de légumes, graines de fruits, poules, viande, thé, café, médicaments, tissu, barrettes – Marie s'interrompit, jeta un regard faussement sévère à Suzanne, "tu crois vraiment les barrettes sont utiles ?" –, vin, rhum, coton, vaisselle, draps, bois, outils. » Josette et Christian hochèrent la tête. « Rien d'autre ? » C'était déjà beaucoup, mais ce « beaucoup » recouvrait à peine l'essentiel. Tout dépendrait du coût des choses, de la bonne volonté du capitaine et des gens qui les aiguilleraient sur place. Marie fit rouler la mine de son crayon sur le papier. « Une phrase commence par une majuscule et se termine par un point » – elle avait retenu la règle de Gabriel et s'efforçait de l'appliquer. Elle tendit le papier à sa sœur. « Voilà. Si vous savez plus ce que vous avez besoin là-bas, vous donnez ça. »

Là-bas. À Maurice.

Quand ils avaient compris que Diego Garcia serait coupé de tout ravitaillement, un vent de panique avait soufflé sur l'île. « Qu'est-ce qu'y se passe, Gabriel ? — Les gens ne veulent plus acheter notre coprah. » Il avait baissé la tête d'un air désolé. Elle n'était pas sûre d'avoir bien compris. En quoi cela justifiait-il l'arrêt des bateaux ? « Tes marchandises, lui avait-il répliqué, tu les payes avec quoi ? » Payer. Bien sûr qu'il fallait payer. Elle avait tellement l'habitude de vivre sans argent ici qu'elle oubliait que le reste du monde suivait d'autres lois. À Diego, on échangeait un poisson contre deux régimes de bananes. Une robe cousue main contre un bidon de vin. Un filet de pêche contre une table. Mais les propriétaires des bateaux attendaient autre chose. L'argent du coprah leur permettait d'acheter les vivres. « C'est ça qu'on appelle des transactions » avait conclu Gabriel.

En attendant, l'île tournait au ralenti. Marie voulait y croire malgré tout. Un bateau finirait bien par passer. On ne les laisserait pas dans cet état, c'était impossible. Et voilà que deux jours plus tôt, au nord de la passe, Christian avait décelé l'ombre d'un navire. Enfin ! Il avait pris sa pirogue pour y voir de plus près : le *Trochétia*, c'était son nom, avait jeté l'ancre. L'espoir revenait ! Mollinart avait douché leur confiance d'une phrase. « Le *Trochétia* est vide. À sec. Je suis désolé ; il revient des Seychelles, c'est tout. » Le coup était dur. Très dur. « Attendez, mes enfants... Le bateau va à Maurice, vous savez... Si vous voulez, il peut peut-être vous emmener... » Il avait dit ça avec un sourire, comme pour les encourager. C'était une idée. Qu'ils aillent eux-mêmes à Maurice chercher de quoi ravitailler Diego. Christian et Josette s'étaient regardés d'un air entendu.

« Combien de lunes avant de se revoir ? » demanda Marie en terminant son seraz de poisson. Josette allongea ses jambes sur la natte. « Y va avoir le marché, le transport, l'autre bateau pour retourner... Un mois ? » Christian hocha la tête. Peut-être même deux. « C'est mieux vous êtes pas seuls » dit Angèle en se resservant. Ils seraient en effet une vingtaine à partir, la proposition de Mollinart ayant convaincu plusieurs familles. Makine triturait son collier. « Dommage tu viens pas, Suzanne… » Marie soupira. Le voyage la tentait elle aussi, mais lorsqu'elle en avait parlé à Gabriel, il l'avait accablée de reproches. « Tu es inconsciente ? Avec Joséphin ? Il n'a pas trois ans, je te rappelle ! Si la mer est mauvaise ? S'il tombe malade à bord ? Qu'est-ce qu'on fera ? C'est non, Marie, vraiment non. »

« Regardez ! » Dans la nuit qui commençait à tomber, un petit point rouge s'alluma, puis un point vert, et les deux lumières clignotèrent en alternance. Les feux du bateau avaient quelque chose d'irréel. Même les enfants se turent. Dès le lendemain, la solitude remplacerait les courses dans le sable. Marie non plus n'avait jamais été séparée de sa sœur. Josette l'avait vue sortir du ventre de leur mère, et pas un jour n'était passé depuis sans qu'elles se parlent. Gabriel avait raison cependant. Si jamais une tempête se levait ? Que l'océan devenait houleux ? S'ils se perdaient à Maurice ?

Marie se sentit soudain malheureuse. D'autant plus malheureuse que, malgré ses promesses, Gabriel ne vint jamais les rejoindre. Les mâchoires d'Angèle mastiquant les bonbons de riz furent les seules à briser le silence.

Novembre 1970

Une grande piste aérienne. Des avions militaires à la gueule vert-de-gris, des requins volants, siglés US Air Force, alignés comme des cigares dans une boîte. Des barbelés disposés tout autour de la piste pour marquer symboliquement la frontière entre deux mondes. Il suffirait de lever les yeux pour voir un engin s'envoler dans la lumière du matin, faisant fuir les oiseaux. Certains s'en iraient lâcher des bombes peut-être, au-dessus de l'Irak, de l'Afghanistan, du Vietnam, qui sait. Le monde moderne ne serait que ça : un ensemble de territoires éclatés et dominés par une guerre des nerfs froide, implacable, réglée au millimètre près par des missiles lancés depuis des bases secrètes ; un monde d'alliances et d'intimidations à la folie exponentielle, dans lequel les puissants ne se contenteraient plus de leur puissance mais chercheraient la neutralisation absolue de toute force opposée ; un monde où les discours médiatisés l'emporteraient sur le reste – démocratie, liberté, partage, paix, justice, à d'autres !, le XXe siècle avait choisi son camp et ce serait celui du mensonge, de l'effroi et de la haine.

Fumant à la fenêtre de sa chambre, Gabriel imaginait sans mal ce que Diego Garcia deviendrait. Toutes les bases militaires se ressemblent. Certaines sont plus stratégiques que d'autres, c'est tout. Les plans de construction étaient déjà prêts, lui avait confié Mollinart, topographie, écosystème, contraintes de terrain, tout serait passé au crible. Une source proche à Londres lui avait confirmé ces informations. À partir du moment où il n'y aurait plus d'îlois, plus de bêtes, plus rien sinon quelques administrés mauriciens, complices, les travaux pourraient commencer.

Gabriel observa la langue de sable d'un blanc aveuglant, imagina l'éclat noir que lui donnerait le bitume.

*

« Quelle tristesse... » Assis à la table de sa petite case derrière la villa, la tête renversée, Félix ne bougeait plus. Mort. Il y avait encore une assiette de riz tiède posée devant lui. Mollinart se frappa la poitrine deux fois pour se donner du courage et ferma les paupières du vieux commandeur.

Mérou aboya longuement lorsque Gabriel pénétra dans la case. Malgré les plaintes répétées de Suzanne, Marie avait décidé de laisser le chien dans l'enclos. Depuis le départ de Josette, elle ne supportait plus de l'avoir dans ses pattes.

« Félix est mort. »

Elle lâcha le bol de bananes au coco qu'elle venait de préparer. La crème se renversa sur le sol, bouillie mal digérée. « Félix ? Notre vieux Félix... » murmura-t-elle. Il déposa un baiser sur son front. « Il y aura une veillée ce soir. » Elle hocha la tête, le regard flou. Il la fit asseoir sur le lit. Ses poignets étaient devenus si fins qu'elle aurait pu porter des bracelets d'enfant. Avec la maigreur, les fossettes s'étaient creusées dans ses joues et formaient à présent deux trous, comme l'empreinte d'un pouce dans un morceau de glaise. « Jamais Josette va dire adieu à Félix... » s'étrangla-t-elle. Il l'embrassa, le cœur en miettes. « Ça fait neuf mois... Neuf mois qu'y sont partis ! Josette elle est où, hein ? »

*

Quand Marie était venue frapper à la porte de Mollinart ce jour-là, alors qu'ils vérifiaient ensemble les derniers registres de Peros Banhos et Salomon, son sang s'était glacé. « Ma sœur est toujours pas retournée ! Y se passe quelque chose bien grave, monsieur ! Déjà deux semaines y auraient dû être à la case... » L'administrateur avait tenté de la rassurer : les Tasdebois se plaisaient à Maurice, ils n'avaient plus d'argent, la météo était peut-être mauvaise pour naviguer... Rien n'y avait fait. Elle voulait savoir. Gabriel avait croisé le regard de l'administrateur et s'était levé, à bout. « Elle a raison. Il se passe quelque chose de grave... » Voix blanche. Souffle court. « Je partage votre inquiétude, Marie-Pierre, mais je n'ai aucune information. — Et les autres ? Y sont allés à vingt... Personne est retourné ! »

Le monde avait amorcé sa chute. Bientôt il n'y aurait plus que des regrets, des souvenirs brisés, coupables. Les taches avaient commencé à grignoter le crâne de Mollinart, moins rouges, rose pâle plutôt, comme si son corps avait fini par s'accommoder du mensonge. « Laissez-moi échanger avec la capitainerie mauricienne, reprit-il. Je vous tiens au courant. » Marie était repartie pleine d'espoir. Lui aurait voulu mourir.

Après son départ, Mollinart s'était tourné vers Gabriel. « Aidez-moi.

— Vous aider à quoi ?

— À trouver une histoire crédible. »

C'était hors de question. Gabriel ne dormait plus depuis deux ans, se bouffait la chair autour des ongles jusqu'au sang ; il n'irait pas au-delà. « Neymorin, vous voulez que je lui dise qu'elle ne reverra jamais sa sœur ? »

Le lendemain, c'est ce que l'administrateur avait fait. Il était allé la trouver sur la parcelle et l'avait prise à l'écart. « Mon Dieu ! avait-il commencé d'une voix sombre. Mes contacts du bureau de Port-Louis m'ont appris une terrible nouvelle. Un petit bateau a fait naufrage au large de Souillac, dans le sud de Maurice. La mer est toujours démontée là-bas. Un pêcheur dit avoir vu un groupe d'hommes et de femmes, tous noirs, se faire avaler par les vagues. La description correspond… Je suis désolé, désolé. » Gabriel avait entendu un cri depuis la Pointe de l'Est. Il avait quitté la villa précipitamment. Marie pleurait à genoux.

*

La case, dont les parois solides ressemblaient à celles de la Pointe de l'Est, était faiblement éclairée. Une table poussée vers le fond, deux chaises, un petit meuble et, placé au milieu pour la circonstance, le lit sur lequel reposait la dépouille de Félix. Les femmes allumèrent des bougies et les ombres dessinèrent des lames sur le visage émacié, déjà cireux, du doyen. Gabriel observa les sillons dans la peau, les doigts maigres croisés sur le ventre. Paisible. Son crâne, sans la protection du casque, révélait une fragilité émouvante. Le vieux commandeur portait son uniforme blanc, ainsi qu'il l'aurait souhaité. Gabriel posa une main sur le corps, la retira aussitôt, comme sous l'effet d'une brûlure. Le vieillard espiègle et sautillant ne se ressemblait plus. Où va la gaieté quand le cœur s'arrête ?

Les hommes buvaient en silence, les femmes éventaient le corps pour chasser les mouches. Soudain, Angèle se leva et entonna une mélodie qu'il n'avait jamais entendue, profonde, mélancolique. Marie, Gisèle, Becca, Tico, Henri et Jean-Joris se levèrent à leur tour, reprenant le chant avec elle. Leur murmure résonnait comme dans le creux des cathédrales. La prière débuta. « Notre Père, qui êtes aux cieux… » Les voix s'unirent, enflèrent dans la pièce. Un bourdonnement consolateur.

Mollinart et Geneviève surgirent à leur tour dans la pièce, tous deux vêtus de noir. Lui, les yeux rougis, s'approcha du corps et s'inclina. Elle resta en retrait et se signa plusieurs fois. « Mes amis, se lança-t-il, il nous faut honorer la mémoire d'un homme remarquable, dévoué à son île et à ses camarades. Quand j'ai rencontré Félix Grangé, il était encore ouvrier sur la plantation. Sa vivacité m'a tout de suite renseigné sur son caractère. Il était de ceux qui… » Gabriel n'écoutait plus. Face à lui, Jean-Joris écarquillait des yeux ronds devant le cadavre. Quelque chose le troubla. Dans le jeu des ombres, son front large semblait celui d'un géant. Des traits flottants. Gabriel n'avait jamais eu l'occasion de l'observer de si près. « … dans notre cœur et dans notre mémoire. Amen. — Amen ! » répondirent-ils d'une seule voix. « Amen » murmura Gabriel à part. Les Mollinart se mirent à serrer les mains et il comprit qu'il devait en faire autant. « Condoléances. » En saluant Jean-Joris, un malaise inexplicable le saisit.

Et ton père ?

Je fréquentais Bettina depuis peu. Cette grande fille de Curepipe m'intimidait. J'étais maladroit. Elle était sûre d'elle. Je l'avais rencontrée à une fête de nouvel an organisée par des amis. Elle m'avait reconnu. Il faut dire que les journaux commençaient à parler des Chagos et que j'avais donné plusieurs interviews. Ma photo circulait.

C'est elle qui est venue vers moi, un verre de gin à la main. Souriante. Naturelle. C'est elle qui m'a choisi.

Tu parles toujours de ta mère, Joséphin.

Elle me dit ça un matin, entre deux bols de café.

Son courage, sa détermination... Je comprends. Mais elle ne t'a pas fait toute seule, non ? Alors ? Et ton père ?

Novembre 1970

La fleur s'écrasa sur le linceul de Félix et s'entrelaça aux autres. Marie tourna les talons pour traverser l'allée. Sur la tombe de leur mère, la porcelaine mouchetée était toujours là. Les couleurs avaient passé, mais avec un peu de vernis, la brillance reviendrait comme au premier jour. Cela n'avait plus d'importance. Elle avait ramassé le coquillage avec sa sœur et ses neveux, et tous avaient disparu – neuf mois, le temps d'un rêve, d'une désillusion de plus. Le fils d'une Chagossienne et d'un bon Mauricien ? Mais que croyait-elle ? La nature ne lui avait pas accordé cette folie, et il avait fallu mentir, mentir par amour, oui, plus de deux ans de mensonges déjà, sans qu'elle se trahisse, tu vois Josette, j'ai été forte, même Félix, paix à son âme, n'a jamais rien deviné… Elle entama le *Je vous salue Marie*, seule. Au loin, Mollinart agita les bras. Réunion à la Pointe de l'Est !

« Mes amis, commença l'administrateur après s'être éclairci la voix. Je dois vous annoncer une mauvaise nouvelle… » Les têtes se tendirent. Non loin, elle aperçut Suzanne dans les jupes d'Angèle, Joséphin dans ses bras. Elle avait presque oublié qu'elle les avait confiés à sa tante le matin ; depuis quelques mois elle oubliait beaucoup de choses. Le malheur prenait trop de place.

« La situation générale est mauvaise. Très mauvaise. Notre coprah ne se vend plus. Une vingtaine de nos camarades sont partis à Maurice chercher des vivres et du matériel pour remplacer les bateaux de ravitaillement. Malheureusement, aucun n'est revenu… Et j'ai appris tout récemment que les Anglais – il marqua une pause –… que les Anglais allaient fermer les plantations de coprah. Définitivement. Il n'y aura plus de travail. » Il leva une main pour retarder d'une seconde les cris, cracha au plus vite ses derniers mots : « J'en suis le premier désolé. » Une rumeur secoua l'assistance, comme une convulsion, avant de se figer dans un silence glacial. Marie pressa le bras de Gabriel. Ses jambes ne la portaient plus, ou peut-être qu'elle tremblait. Plus de travail ?… Comment allaient-ils vivre ?

*

Elle dormit douze heures d'affilée, enchaînant des rêves agités dans lesquels Joséphin, devenu grand malgré sa tête de bébé, lui passait une corde autour du cou. À son réveil, le discours de Mollinart la cueillit. Plus de plantations. Plus de travail. Et sa sœur disparue. Elle se leva, mit de l'eau à chauffer. Il lui restait un fond de thé. « Bois chéri, thé Maurice. » Elle avait récupéré la boîte lors du dernier ravitaillement. Une époque si lointaine qu'elle lui paraissait n'avoir jamais existé. Une odeur de vanille embauma la case et lui donna du courage.

La disparition de Josette ne pouvait rester vaine. Si sa sœur était morte, elle lui devait au moins de se battre pour que la vie sur l'île reprenne. Fermer le moulin ? Il n'en était pas question. Elle sirota le thé, surprise de sentir en elle une énergie qu'elle croyait éteinte. Puisque tout était perdu, il fallait agir.

Après avoir préparé une grande bassine d'eau, dans laquelle elle se plongea tout entière, elle se frotta la peau avec un reste de savon, décapa les racines de ses cheveux qu'elle avait négligés depuis des mois. Elle les démêla au peigne et se coupa les pointes selon une technique enseignée par sa mère, puis chercha dans l'armoire un flacon d'huile de coco. En se massant, elle découvrit avec étonnement combien elle avait maigri, comme si elle réinvestissait son propre corps après un temps d'exil. Était-elle encore séduisante ? Elle enfila la robe orange vif qu'elle avait portée au mariage de Josette et Christian des années plus tôt, noua ses cheveux en une natte un peu lâche.

Quand Gabriel poussa la porte, elle le trouva émacié lui aussi, les yeux cernés, lui qu'elle n'avait plus su aimer depuis des mois. Elle lui sourit. Retrouva les gestes. Posa un baiser léger sur ses lèvres. Se glissa sous son oreille, retrouva le petit nuage de chair.

Alors, comme s'il n'attendait que ça, il se jeta sur elle, lui dévora le cou, les seins, la palpa de ses mains aveugles. L'avidité revenait. Sa peau à la sueur douce, son sexe, son dos, ses cheveux dans le visage. Il descendit sous sa robe, la fouilla de sa langue, pressa son corps tout entier contre lui, remonta, et soudain, il la plaqua contre la table de la cuisine, la robe retroussée. Il n'y avait plus de tendresse dans ses gestes, de la brutalité plutôt. Il la pénétra violemment. Elle retint un cri de douleur. Ça n'allait pas, il lui faisait mal. Plus que du désir, c'était de la rage, il lui en voulait, il réglait ses comptes, comme s'il savait, ça y est, il a compris pour Joséphin ! Elle ferma les yeux et s'abandonna.

*

« Remplis le seau bien haut, mon coco. » Suzanne acquiesça et s'en alla traire l'ânesse des voisins, ses petits pieds battant la terre sèche. Depuis deux jours, la chèvre ne donnait plus de lait. C'était une catastrophe. Marie avait cru à un blocage passager, mais les pis restaient vides ; une source tarie. Quand un voisin lui avait proposé de traire sa mule, elle n'avait pas hésité. Préserver le quotidien devenait un combat. La tête haute, elle s'y astreignait, se promenant à nouveau sur les sentiers de l'île. Avec Angèle et quelques autres camarades, elle était même retournée casser des cocos sur la parcelle : pas pour Mollinart, pas pour des acheteurs étrangers, non, pour eux, juste pour eux. Le matin, elle se levait à 5 heures pour aller piquer les poulpes, pêcher des crevettes, ramasser des bigorneaux ou des tec-tecs. Noël approchait et elle se l'était promis : la fête serait magnifique.

Sa détermination avait entraîné celle des autres. Henri et Jean-Joris avaient déversé une montagne de cocos sur la parcelle, Tico était venu leur donner un coup de main pour l'épluchage des noix. La vie, curieusement, reprenait son cours, et Mollinart ne s'y opposait pas. Seul Gabriel se montrait réservé. « À quoi bon, Marie ? », « Ne te fatigue pas trop », « Ça ne va rien changer, tu sais… » Il alternait phases douces et phases ténébreuses, passant parfois dans la même journée de la caresse au fouet. Elle redoutait ses crises, non pas parce qu'elles la visaient elle, mais parce qu'il les retournait contre lui. Un soir, il s'était cogné la tête contre la table de la cuisine, elle avait cru voir le sang gicler. Son imagination s'emballait. Elle ignorait toujours s'il avait deviné ou non la vérité au sujet de Joséphin. Il ne lui en parlait pas. Ne parlait d'ailleurs plus du tout. Au fond d'elle, elle savait ce qui le rendait fou : la culpabilité. Son père était malade à Maurice, paralysé, et lui se trouvait là, à des milliers de kilomètres. Chaque fois qu'elle avait tenté d'aborder la question, il avait été pris d'un rire nerveux qui la plongeait dans des abîmes de perplexité.

Elle était en train d'écaler quelques noix dans sa cour lorsqu'elle l'aperçut remonter de la plage, le visage blême. Une nouvelle crise. « Où est Joséphin ? » À son ton menaçant, ses sens se mirent en alerte. Le petit dormait, pourquoi ? Il entra comme un fou dans la case, en ressortit peu après. Elle reposa son coupe-coupe. Il se dirigea vers la plantation de cocotiers et elle comprit qu'il lui ordonnait de le suivre. Dans son ventre, la bombe à retardement s'enclencha.

Quand ils furent assez loin du village, Gabriel s'immobilisa. « Je ne te le demanderai qu'une fois. Une seule fois, commença-t-il. Joséphin… » Voilà. L'effondrement du monde. Maintenant.

Surtout tu lui dis rien, avait répété Josette.

Mais Josette n'était plus là, et ses larmes la trahissaient déjà. C'était fini.

Gabriel vacilla. Le sang se retira de son visage. « Qui ? » fit-il dans un souffle. Elle se mordit les lèvres. « C'est Jean-Joris, c'est ça ? » Elle détesta ce nom dans sa bouche, sa bouche qu'elle aimait tant, qu'elle aimait avant même de l'avoir goûtée, sa bouche qu'elle avait attendue si longtemps. « Gabriel, je te jure je pensais… — Tu as assez juré, je crois. » Il recula d'un pas, titubant, et fit demi-tour.

À crever de douleur. Le doute. C'est ce qui tuait les hommes autrefois, qui les tue encore aujourd'hui. C'est mon enfant ou pas ?

Je cherche dans tes yeux les miens, Pierrine, j'y trouve ceux de Bettina. Tant mieux. Crois-moi, tu y gagnes au change. Ta peau, brune et dorée. Tes cheveux, parfaitement lisses. Tu es ma fille, je le sais, mais justement. *Je le sais*, ça ne veut rien dire.

Ce n'est pas qu'une histoire de confiance – elle m'a trompé, elle m'est fidèle, action ou vérité ? –, c'est une histoire de vide.

Définition du doute : un vide enveloppé de mots.

C'est ton enfant. La proposition serait fausse qu'elles emploieraient les mêmes termes. Alors comment savoir ? Comment avancer ? Les femmes nous feront toujours danser au-dessus du précipice.

Mais on aura besoin d'elles pour chasser la folie qui nous rôde autour.

Décembre 1970

Une fois, deux fois, Geneviève tourna autour de Jean-Joris qui était venu demander l'autorisation de rallumer le calorifère. Mollinart explosa : « Qu'est-ce qu'il y a, Geneviève ? » Gabriel lui-même se sentait mal à l'aise. « Rien, rien... J'admire notre ami, c'est tout. Quelle force de la nature ! » Jean-Joris eut un sourire gêné. « C'est bon pour le calorifère, l'expédia Mollinart. Allez ! »

Elle attendit que le géant fût parti pour cracher son fiel. « Vous ne trouvez pas que Joséphin lui ressemble ? » La foudre. « Geneviève ! » protesta l'administrateur. Mais le mal était fait. La douleur se répandit dans les veines de Gabriel, ses muscles, son sang à la vitesse d'une décharge électrique. De ces douleurs qui naissent du sentiment de la vérité.

Il quitta le salon pour s'enfermer dans sa chambre. Joséphin. Le fils d'un autre. Ses yeux ronds, sa peau noire, sa carrure épaisse. Il voulait croire que tout cela venait de Marie, de ses ancêtres chagossiens. Autant d'inconnus. Comment avait-il pu passer à côté de l'évidence ? L'enfant n'avait rien de lui. Cet aveu le brisa ; lui, un morceau de verre broyé par le talon d'une botte.

Ne plus voir personne. De sa chambre, scruter le badamier comme un gibet, ne plus penser à rien. Demander pardon à Évelyne qu'il avait abandonnée pour une femme qui le trahissait depuis le premier jour. Sa pauvre sœur ! Elle n'avait répondu à aucun de ses télégrammes. Fâchée, évidemment. Le père était peut-être mort, et elle peut-être riche. Non. Les âmes damnées étaient les plus coriaces, Léon Neymorin s'accrocherait jusqu'au bout. Il crut entendre les pleurs d'un bébé. Mais c'était son chagrin qui lui jouait des tours. Je t'aimais tant, Joséphin. Mon enfant. Mon pauvre petit enfant. À son visage se superposerait désormais celui d'un autre.

*

« Gabriel ! Ouvre ! Pitié... » À travers la porte close, il reconnut la voix d'Angèle. « C'est grave, Gabriel ! Suzanne pas bon... » La ruse, à présent. Suzanne malade... Et elle lui envoyait Angèle ! « Y a du sang, Gabriel ! » Il se leva et ouvrit la porte brusquement. Angèle eut un mouvement de recul. Pas rasé, pas lavé, il devait avoir une mine épouvantable. « Faire vite..., implora-t-elle, Suzanne pas bon... » Il hésita une seconde. Comprit qu'elle ne plaisantait pas.

Il s'était promis d'entrer dans la case sans la regarder, mais c'était impossible : Marie hoquetait au chevet de sa fille. Sa rage s'évanouit d'un coup, et il se précipita vers Suzanne. Le sang giclait de sa main. À côté, Joséphin pleurait ; son fils pleurait. Il le prit dans ses bras, un baiser sur sa tête, un mot rassurant, et le confia à Angèle. « Il ne faut pas qu'il voie ça. Amène-le chez Gisèle... Et reviens vite... »

Suzanne hurlait. « Comment elle s'est fait ça ? » Marie se frotta les yeux, étalant une traînée rouge sur son front.

« Le seau… — Quoi, le seau ? » Il mouilla un linge qui pendait sur une chaise et essuya la plaie. Marie n'arrivait pas à parler, choquée. Suzanne hurlait, hurlait. Entre le pouce et l'index gauche, là où la peau est si tendre, il découvrit une entaille longue de plusieurs centimètres. Profonde. Il pressa le chiffon dessus pour endiguer l'hémorragie. Près de l'entrée, le seau en fer-blanc était renversé.

Angèle rentra, à bout de souffle. « Alors ? — Alors quoi ? répondit Gabriel. Rien ! » La panique le gagnait à son tour. « Montre. » Il souleva le torchon : le sang continuait de couler. « Tu crois il faut coudre ? » murmura Marie. « Je ne sais pas… — Si tu veux, je couds, moi ! » déclara Angèle. Il sentit son pouls accélérer. C'était une folie. Sans anesthésie, sans antiseptique. Sans médecin. Marie s'affola. « Il faut coudre ! Angèle ! Angèle ! » La tante partit à nouveau à toute allure. Fil, aiguille, ciseaux. Que pouvaient-ils faire d'autre ?

Gabriel mit un fond de rhum à chauffer pour désinfecter l'aiguille et le fil. Par chance, il en restait un peu dans l'armoire. Angèle se lava les mains avec la fin du savon et donna une gorgée de rhum non chauffé à Suzanne, qui eut un mouvement de rejet. « Non, pas cracher ! » Elle la força à avaler l'alcool – il fallait bien l'assommer un peu. Quand tout fut prêt, Gabriel ôta délicatement le linge ensanglanté, et le remplaça par le chiffon imbibé de rhum. Suzanne se cambra, hurlant à la mort. Marie gémit en écho. Il la força à s'écarter, doucement, mais elle refusa. « Donne-moi la place » ordonna Angèle. Elle céda.

Maintenant !

Gabriel contracta le ventre quand l'aiguille perça la peau fine, cherchant aussitôt l'autre rive de chair. Suzanne se mit à hoqueter, les yeux révulsés. Son cœur va lâcher. Le mien aussi. On ne peut pas faire ça. Il serra l'épaule de Marie, encouragea Angèle. Celle-ci piqua à nouveau, tira le fil, un premier point. Suzanne tournait de l'œil. « Dépêche-toi ! » cria Gabriel. Marie hoqueta et il la serra fort contre lui, sans réfléchir. Angèle continuait sa tâche, faisant des points plus larges pour gagner du temps. Le calvaire paraissait interminable. Même le chien, recroquevillé dans un coin, avait l'air terrifié. Gabriel se risqua de nouveau à jeter un œil à la boucherie. De la chair recousue s'écoulaient des ruisseaux écarlates. Les mouches avaient rappliqué, excitées par l'odeur. Suzanne gardait la bouche béante, figée dans un long cri silencieux. Angèle suait et Gabriel admira sa force. Il aurait été incapable d'accomplir ces gestes-là ; il souffrait comme si l'aiguille l'avait piqué lui-même. « C'est presque fini ! » assura-t-il à Suzanne. La petite ne réagit pas. Elle était au-delà de la douleur. Angèle tira le dernier point, fit un nœud et coupa le fil. Puis, sans un mot, elle s'évanouit.

*

Épuisée par l'opération, Suzanne dormait. Sa main bandée reposait sur le lit comme une accusation. Angèle était partie se coucher, et Gisèle avait accepté de garder Joséphin pour la nuit. Marie n'avait pas pu avaler la moindre gorgée du bouillon qu'il lui avait préparé. « Et maintenant ? On reste là, on fait rien ? » Elle venait de briser violemment le silence. « Y faut la soigner. De vrais médecins, je veux dire. À Maurice, y a de grands médecins ? Sûre tu en connais. — Non, pas vraiment... » Elle réfléchit. « Alors on trouvera sur place. »

Le vertige l'accabla. Si elle savait... Fuir à Maurice de son plein gré et ne jamais revenir. Se condamner toute seule à l'exil. Il valait mieux attendre. Qui sait si les Anglais ne renonceraient pas ? La politique n'était pas une science

exacte. Alors se taire, comme elle s'était tue. Lui mentir comme elle avait menti. Gabriel souffla. La vérité, c'était qu'il voulait garder Marie près de lui, ici, à Diego Garcia. Gagner du temps. « Il ne faut pas que tu partes, Marie.
— Quoi ? » Il se tourna vers Suzanne, gémissant dans son sommeil, la main posée au-dessus du drap. Il répéta d'une voix plus forte : « Surtout, ne quitte pas Diego Garcia. Ne fais pas cette erreur. Crois-moi, tu le regretterais. »

Janvier 1971

La fièvre de Suzanne empira. Les infusions d'herbes ne faisaient plus rien, les points cousus par Angèle avaient craqué, révélant une plaie purulente. Malgré les récriminations de Gabriel, Marie avait demandé qu'on transporte sa fille en urgence à Maurice. Mollinart lui avait promis un bateau, qu'elle ne voyait toujours pas arriver. D'angoisse, elle en perdait des cheveux, qu'elle trouvait le matin enroulés sur son oreiller, minuscules nids de serpents.

Un dimanche, en fin de journée, alors qu'elle préparait une purée de bananes pour Joséphin, elle entendit une clameur. Des voix s'élevaient vers le bleu tiède du ciel. « Tous sur la plage ! Tous à la Pointe de l'Est ! » Elle sortit et resta interdite quand Gabriel passa devant elle, le regard fuyant, le visage blême. « Qu'est-ce qu'y a ? » Il ne s'arrêta pas. « Gabriel, dis-moi ! » Elle crut voir des ombres. « Tous sur la plage… » continuait-il, avançant d'un pas mécanique. Joséphin accourut. « Y a quoi, Mamita ? » Au fond de son lit, Suzanne gémissait. Elle posa un baiser sur le front brûlant. « Je reviens vite » promit-elle à sa fille. Puis, attrapant la main de Joséphin, elle se précipita dehors. La curiosité aimantait les hommes plus sûrement que la peur. Dans l'allée, elle vit tout le village cheminer vers la plage. Ils avaient le pas lourd et obéissant, l'œil inquiet. Elle claqua la porte et se fondit dans le cortège.

Tous les îlois étaient là. Réunis devant les bureaux de Mollinart. L'administrateur dominait la foule depuis une sorte d'estrade, mais pas seul. Derrière lui, des soldats. Armés. Sa poitrine se comprima. Des soldats ici ? Que se passait-il ? Elle les entendit lancer des ordres et comprit qu'ils étaient anglais. Gisèle et Becca lui firent une petite place auprès d'elles. Gabriel se tenait au bord de l'estrade, les yeux baissés, et de l'oiseau magnifique qu'elle avait voulu domestiquer il ne restait plus que la carcasse. « Il se passe quelque chose de grave » commença Mollinart d'une voix chevrotante. « Je vous ai déjà dit que la plantation de coprah allait fermer. » Une rumeur diffuse parcourut la foule. « Je suis aussi triste que vous, croyez-le… Mais voilà, il y a autre chose… » On sentait qu'il peinait. Marie chercha du regard Gabriel, ne distingua que son crâne. « Je laisse la parole à mon supérieur, M. John Rawling Todd. » Un grand Blanc leva les bras vers eux pour demander le silence. « C'est qui ça ? » demanda Angèle qui venait de les rejoindre. « Les plantations vont fermer, vient de dire Mr Mollinart. C'est très juste. » Il prononçait « Mollinarte » et « jiouste », avec un fort accent. « Ce n'est pas tout. Pour des raisons de sécurité, l'île aussi va fermer. Oh, I'm sorry. Vous allez devoir quitter l'île. »

Quoi ? Mais qu'est-ce qu'il raconte, celui-là ? s'écria sa tante. Marie sentit son cœur exploser. Elle tourna la tête, vit des regards aussi atterrés que le sien. Quitter l'île, mais pourquoi ? « Vous êtes en danger. Il faut partir. Plus personne ne pourra vivre à Diego Garcia » ajouta encore l'Anglais.

Ne plus vivre à Diego ? En danger ? Cela n'avait aucun sens. « Hé là ! Tu peux croire ! Moi je reste là-même, je bouge pas ! » cria quelqu'un dans la foule. Tout le monde applaudit. Ils étaient nés à Diego, ils mourraient à Diego ! De quel droit les chassait-on de chez eux ? Et pour aller où, comment ? Gabriel descendit de l'estrade. Marie trembla. Elle voulait conduire Suzanne à Maurice, d'accord, mais pour la soigner, seulement la soigner ! Tout se brouillait dans sa tête. C'était ça, le bateau qu'elle appelait de ses vœux ? Le gouverneur continua. « Les ordres sont les ordres. Vous avez une heure pour rassembler quelques affaires. Pas de meubles, pas de choses encombrantes. Le strict minimum. Une heure ! Les soldats vont vous accompagner. » Des cris vrillèrent l'air : Partir ? Quitter l'île ? Mais pour aller où ? Pour faire quoi ?

Un soldat britannique leur fit signe de se taire et Mollinart reprit la parole, le front en nage. « On va vous emmener à Maurice ! Pas de panique, tout ira bien... On vous expliquera à bord... Dépêchez-vous... Vous avez entendu : le minimum d'affaires, seulement l'essentiel ! » Marie voulut retrouver Gabriel mais avalée par la foule, les cris, les questions, elle ne le trouva pas. Maurice... Évacuer l'île... Partir... La panique l'envahit.

Angèle, Becca, Gisèle, tout le monde pleurait. Elle aperçut même Henri et Jean-Jo les mains sur les yeux. « Hurry up ! » criaient les soldats dans leurs uniformes. Ils tenaient leurs fusils dans les bras comme des nourrissons. Marie se rua sur Jean-Jo. Elle aurait besoin d'aide pour Suzanne, et pour Joséphin, oui, pour Joséphin aussi... Tu viendras m'aider ? Tu viendras ? Il promit, épouvanté. Elle regarda autour d'elle, ne distingua pas la silhouette de Gabriel. Le troupeau humain s'éparpilla dans des hurlements entrecoupés de silence. La confusion était totale. Plus personne ne pourrait vivre sur Diego Garcia... Mais les bêtes ? Les poules, les ânes, les chiens ? Une heure. « Mamita, j'ai peur… » hoqueta Joséphin. Elle le couvrit de baisers et tenta de le calmer. Pas le temps. L'urgence pratique la rattrapa, mobilisant ce qui lui restait de forces.

Elle rentra chez elle en courant, Joséphin dans les bras, expliqua à Suzanne qu'un grand voyage se préparait, « je vais t'amener à Maurice, coco, on va te soigner ». Mais vite. Faire vite. La petite papillonna des yeux. La fièvre était trop violente pour qu'elle puisse vraiment parler, mais tout, dans son visage, criait : Vrai, Mamita, je vais plus souffrir ? Marie détourna le regard. Sur le sol, elle déploya un grand drap sur lequel elle jeta pêle-mêle des vêtements, une poêle, des couverts, trois gamelles, son coupe-coupe, sa lampe à huile, une boîte d'allumettes, une natte en coco. Il fallait trier l'essentiel. Après une hésitation, elle glissa aussi son cahier d'écriture, avec le crayon à papier. Mais s'ils n'avaient rien à manger ! Elle réussit à attraper deux poules dans la cour et les enferma dans un panier à battants. Les volatiles caquetaient, effrayés. Joséphin semblait hagard. Dehors, Mérou aboyait. Marie se concentra sur l'urgence, elle attrapa deux bocaux de coco râpé qu'elle avait faits la semaine passée et qui pourraient se conserver, les glissa au milieu du bric-à-brac. Pour l'eau, elle ne savait pas. Elle n'avait pas de gourde, pas de bouteille fermée. D'habitude, elle utilisait sa timbale, c'est tout, mais avec le voyage, il lui faudrait un autre récipient. Le voyage… Quel voyage ? Et Gabriel qui ne lui avait rien dit ! Son regard se brouilla vraiment. Elle pleurait depuis quelque temps, ne s'en était pas rendu compte.

Il lui avait déconseillé de partir à Maurice, mais jamais il n'avait parlé de soldats, de départ forcé, d'île évacuée. Est-ce qu'il était au courant de tout ça ? Et Mollinart ? Elle avait la tête qui tournait. Et s'ils refusaient ? Si eux, les îlois, ne bougeaient pas de Diego ? S'ils s'opposaient à ce départ brutal et inexpliqué ? Ils ne savaient rien de ce qui se tramait. Pourquoi les Anglais venaient-ils les chercher ? Ils n'avaient rien vu, rien anticipé. Comme un fait exprès, un soldat ouvrit sa porte au même moment. Il ne devait pas avoir trente ans mais elle lui trouva un air terriblement dur. Ses yeux bleus, presque blancs, la transpercèrent. Il lui lança quelques mots qu'elle ne comprit pas et répondit machinalement, oui, oui, effrayée par le fusil dans sa main. Mérou aboya plus fort. En nage, effondrée, elle ne réagit même pas lorsqu'il s'empara du chien.

Elle avait rassemblé le maximum d'affaires. Son lit, ses meubles, sa maison : perdus. Même le berceau de Joséphin resterait là. Elle ne pouvait rien prendre de plus. Les choses lourdes n'étaient pas transportables. L'air lui manqua quand elle songea à sa mère. La tombe... Que deviendrait la tombe si elle n'était plus là pour la fleurir ? Elle cria aux enfants de rester sages et courut jusqu'au cimetière, le cœur au bord de la rupture.

Les banians faisaient courir leurs racines entre les dalles, comme si rien n'avait changé. Le vert tendre des feuillages lui parut incroyablement douloureux. Elle s'arrêta devant le rectangle de pierre. Triste petite porcelaine mouchetée... Les enfants avaient déposé à Noël quelques fleurs qui avaient séché entre-temps. Elle vacilla. La pierre était granuleuse, impénétrable. Elle était vide. Il n'y avait pas de nom sur le basalte. Tous les îlois savaient que cette tombe était celle de Thérèse Ladouceur, mais si Diego était dépouillé de ses habitants, qui s'en souviendrait ? Elle repéra des épines d'oursin dans la terre mêlée de sable. Les petits avaient dû en rapporter pour décorer la tombe. Les épines étaient faites d'une matière blanche qui ressemblait à de la craie – Marie ne perdit pas une seconde. Maladroitement, troublée par les larmes qui coulaient toutes seules sur son visage, elle grava dans la roche cinq lettres. Les cinq petites lettres qui lui manquaient tant, ce mot de l'enfance qu'elle ne pourrait plus jamais adresser à l'absente.

Les Anglais étaient partout dans le village, ils criaient de se dépêcher, et tout ça dans cette langue impossible, gutturale, qui lui donnait la nausée ! Le temps était écoulé. Marie aperçut la chèvre attachée à son piquet. Tant pis. Elle entra précipitamment dans sa case, tenta de réfléchir une dernière fois à tout ce qu'elle avait amassé et à ce qu'elle pourrait ajouter, mais le sac était déjà extrêmement lourd. Il lui faudrait porter Suzanne en plus, car malgré ses promesses, Jean-Jo ne vint jamais l'aider. Elle dut se résigner à abandonner les poules, rouvrit son panier, les libéra. Où était Gabriel ?

« Joséphin, tu fais la colle avec moi, d'accord ? Jamais tu t'éloignes. » Elle plaça la balle de linge sur sa tête comme s'il s'agissait du plus spectaculaire plateau de coprah de sa vie. Lentement, elle souleva Suzanne d'un bras, « allez ma beauté, courage », veillant à ne pas toucher sa main bandée, et maintint de l'autre ses affaires sur la tête. « Mérou… » murmura Suzanne. « Ayo, ma fille… » Le chien, elle ne savait pas.

Elle était si chargée qu'elle ne pensa même pas à regarder une dernière fois sa maison. Si elle l'avait fait, elle aurait vu une pièce vide au parfum d'exode, la caraille encore pleine de graisse sur le plan de travail, le thé refroidi, la gazinière éteinte, l'écuelle de Mérou, le lit sur lequel, dans une existence déjà lointaine, elle avait aimé et donné la vie.

Sur la plage, le spectacle était une désolation. Toutes les familles s'entrechoquaient, avec des paniers, des draps bourrés d'affaires à l'image de ce qu'elle avait fait elle-même, les regards perdus, hagards, les lamentations, l'incompréhension. Pourquoi les arrachait-on à leur île ? Qui avait décidé ça ? Quand reviendraient-ils ? Le désarroi était total. Près d'elle, une femme vomissait un liquide clair.

Marie déposa sa balle de linge un peu plus loin et allongea Suzanne dessus pour chercher à nouveau Gabriel parmi la foule, Joséphin dans ses bras. Elle joua des coudes, poussa ses camarades, fit trois fois le tour de la plage, ne le vit pas. Elle voulut l'appeler mais sa voix s'étrangla dans sa gorge. Les enfants hurlaient par-dessus les cris des grands. Surtout, les Anglais les marquaient de près. Il y eut une sorte de grand murmure et soudain, Jean-Jo et Henri percèrent la foule avec des grimaces effrayées. Ils avaient vu ! De leurs yeux vu ! Quoi donc ? Les bêtes, les pauvres bêtes... Mollinart... Il avait aidé les soldats... Les deux amis tremblaient. Ils ont pris les chiens ! Tous se redressèrent. Qu'est-ce qu'ils ont fait aux chiens ? Henri tremblait. Ils les ont parqués dans le hangar et puis, un par un, ils les ont jetés dans le calorifère. Marie hurla. Et Mérou ? Jean-Jo secoua la tête, désolé. À la demande de Mollinart, les soldats avaient glissé dans le calorifère des tuyaux reliés à leurs camions et allumé les moteurs. À en croire leurs aboiements désespérés, les bêtes n'étaient pas mortes tout de suite. Marie chercha l'air. Mon Dieu, mon Dieu, dites-moi que ce n'est pas vrai... Gazés. Ils avaient gazé leurs chiens. Angèle cria : Et à eux, qu'allait-on leur faire ? Joséphin éclata en sanglots. Marie le pressa sur sa poitrine, choquée elle-même, « mon coco, je suis chagrine-chagrine »... Les enfants étaient inconsolables. Elle retourna près de Suzanne, qui avait l'air terrorisée. Plus rien n'était à sa place.

Il y eut encore de grands mouvements brutaux jusqu'à ce que les soldats demandent aux familles d'approcher. Marie ne pouvait pas bouger. Elle se sentait écartelée, au bord du précipice. Un soldat la désigna. « How many children ? » Quoi ? Il disait quoi ? « Combien bébés ? » Elle leva deux doigts. « Okay, two children, you go. » Angèle, pourtant collée à eux, n'eut pas le droit de les suivre. Joséphin tendit les bras vers elle, « Marraine ! », mais rien n'y fit. Un soldat la poussa vers le rivage et Angèle cria. Il y aurait d'autres convois. « You go now. » C'était leur tour. Ils furent sommés de poser leurs affaires dans les chaloupes. Au loin, le cargo dessinait son ombre écrasante.

Marie avait le cœur écalé, un coup de coupe-coupe, net, l'avait fendu en deux. Gabriel. Où était Gabriel ? Le soleil déclinait, bientôt il ferait nuit. Comment résister, comment empêcher des hommes armés de fusils de vous arracher à votre terre ? Tout flottait, tout était laid. Soudain, elle aperçut au loin son amour qui la cherchait dans la foule. Il portait un sac à la main, cherchait à se frayer un chemin. « On embarque ! » ordonna un Anglais. Les canots commencèrent leur ballet, allant et venant comme des insectes atroces, et c'étaient des barques longues, noires et sinistres. Marie fut prise dans le mouvement général. Gabriel était là, à une vingtaine de mètres seulement… « Laissez-moi embarquer ! Je dois monter ! » Elle essaya de le rejoindre, mais un soldat l'en empêcha, lui indiquant une chaloupe. « This one, please. » Son fusil brillait. On la força à avancer. Elle voulait voir Gabriel, le voir une dernière fois, par pitié, le serrer contre elle, lui expliquer pour Joséphin, le père c'était lui, Jean-Jo ne comptait pas, c'était lui, qui d'autre ? Embrasser une dernière fois son grain de beauté en forme de nuage… De l'autre côté de la jetée, Mollinart les regardait monter à bord, le corps secoué de sanglots. C'était trop dur. Gabriel ! Marie tenta de résister, elle était la femme aux pieds nus, celle que la noyade n'avait pas noyée, elle ne partirait pas ! Mais avec ses deux enfants, dont sa pauvre Suzanne, résister était impossible. Elle hurla encore le nom de Gabriel, hurla à s'en déchirer la poitrine. Alors la chaloupe s'ébranla. Elle eut le temps de le voir accourir sur le ponton, silhouette maigre d'oiseau, ombre parmi les ombres. Un soldat lui barra le passage. Marie ! Sa voix brisée. Marie ! C'était trop tard. En quelques minutes, le rivage disparut dans les ténèbres.

III

Je me souviens des couleurs.

Le reste, vidé, oublié.

Le soleil descendait dans la mer et la mer n'était plus bleue mais orange.

Le rouge des femmes.

Le noir de la cale. Nos peaux tassées.

Le gris cendre d'un chien.

Je me souviens du vert, du beige et du kaki.

Et au milieu de tout ça, les pleurs de ma mère.

Novembre 1973

Joséphin guettait les averses. Lorsque les nuages acier se pressaient à l'horizon, soufflant un vent menaçant, il courait dehors déposer les seaux. La poche du ciel craquait, libérant une eau claire qui martelait la tôle. Avant que les seaux ne deviennent trop lourds, il les vidait dans le grand bidon qui leur servait de citerne. « Combien ? » lui criait sa mère. Il savait qu'en répondant « sept » ou « huit », il lui ferait plaisir, quitte à mentir un peu. Quand l'eau atteignait le trait noir, à la moitié du réservoir, une joie profonde l'envahissait : il avait bien fait son travail. À cinq ans, Joséphin était le maître des pluies.

*

Cela faisait bien une heure qu'ils patientaient à l'ombre fragile d'un flamboyant. D'ordinaire, il y avait toujours du passage le dimanche, mais ce jour-là un silence épais, entrecoupé par les bruits lointains de moteurs, écrasait le cimetière Saint-Georges. Marie se laissa gagner par la torpeur. Chaleur de novembre, collante, moite. À Diego Garcia, il y avait toujours une brise marine pour rafraîchir l'atmosphère. Pas ici. Dans la cuvette de Port-Louis, l'air était étouffant. Cela faisait plus de deux ans qu'elle étouffait ; parfois, elle s'étonnait de n'être toujours pas morte.

Sur le feuillage du plant de papaye à côté, elle remarqua des taches brunes qui n'y étaient pas la semaine dernière. L'été austral brûlait tout : seule une herbe jaune parvenait à percer la terre constellée de gravier. Joséphin allait s'endormir lorsqu'une famille s'engagea dans le cimetière, les bras chargés de fleurs. Ils déposèrent la gerbe au pied d'un caveau, firent le signe de la croix. Un couple avec un enfant ; elle se souvenait vaguement de leurs visages – ils devaient passer deux ou trois fois l'an. Noël, un quelconque anniversaire et la Toussaint, comme tant d'autres aujourd'hui. Elle secoua son fils. Maintenant ! Il saisit un seau à moitié rempli d'eau, s'avança vers les visiteurs. « Pour les fleurs… »

La femme le regarda d'un air étonné. « Un sou le seau… De l'eau pour les fleurs… »

Son petit géant avançait, courbé sous le poids. À dire vrai, Joséphin n'avait plus rien d'un géant. Il faisait son âge désormais, peut-être même un peu moins. Six ans bientôt. Avec le manque de nourriture, ses traits de bon bébé s'étaient évanouis, il avait perdu le potelé de ses jambes, son ventre rebondi. Son visage aiguisé lui donnait un air vif, ses yeux ronds s'étaient étirés. Il n'avait jamais autant ressemblé à Gabriel.

Marie s'approcha à son tour des visiteurs. Depuis qu'elle se postait au cimetière le dimanche, elle avait compris comment procéder. Toujours envoyer Joséphin en premier, pour attendrir le cœur des passants. Cibler les femmes plutôt que les hommes. « De l'eau la pluie… Un sou le seau, madame… Un sou seulement… » Ses pieds nus crissèrent sur les gravillons et la mère de famille croisa son regard. Saluer d'un mouvement de tête, poliment, mais sans prononcer un mot. Une main sur l'épaule de

Joséphin, parfois un baiser, et un mouvement léger des talons pour faire croire qu'on repart. « Attendez ! » cria la femme. Marie entendit le bruit d'un sac qu'on ouvre pour fouiller à l'intérieur. C'était gagné. « Prenez ça… Tiens, petit. » Joséphin ouvrit sa paume et la referma aussitôt sur les pièces qui venaient d'y tomber. Alors oser une parole, très courte, très simple, « Merci madame », prendre le seau des mains de son fils, arroser la gerbe de fleurs, incliner encore la tête et s'en aller en murmurant : « Que Dieu vous bénisse. »

Ils attendirent que la famille créole soit partie pour bondir de joie. Trois roupies ! Jour faste. Avec une roupie, elle achetait un régime de bananes gingeli. Avec deux, un bon pain de mie. Avec trois, elle pourrait s'offrir ce morceau de savon qui leur manquait. Il n'y avait pas d'argent à Diego Garcia, mais depuis qu'elle était à Maurice, elle avait appris à compter.

Janvier 1971

La cale du *Nordvaer* n'avait pas tardé à se transformer en fournaise. Ils étaient une centaine, entassés les uns sur les autres, au milieu des machines qui sifflaient. Marie éventait ses enfants à l'aide de sa jupe, consciente que cela ne servait à rien. Il fallait bien faire quelque chose pour ne pas devenir folle. La chaleur lui donnait des palpitations. La sueur collait ses vêtements à sa peau. Les cris des plus jeunes se mêlaient aux sanglots des femmes, certains s'évanouissaient, et la soif leur brûlait la gorge, atroce, inextinguible. Suzanne criait doucement. Marie aurait voulu ne jamais les entendre, ces cris. Joséphin avait fini par s'endormir, éreinté par la peur. Une odeur âcre lui monta aux narines. Elle se pencha sur le bandage de sa fille, inquiète de le voir à nouveau chargé de sang, mais il avait gardé sa couleur beigeasse. Dans l'air chargé d'angoisse et d'haleine, elle identifia soudain l'odeur piquante, presque familière. Quelque chose qui imprégnait la peau. Elle glissa une main sous sa jupe aussi discrètement que possible. C'était bien ça. Le sang venait d'elle. Elle paniqua. Elle n'avait plus aucun linge, aucun chiffon : tout était dans son grand baluchon, coincé quelque part. Elle regarda autour d'elle. Rien. Si au moins elle avait gardé son tablier… Mais il devait pendre sur une chaise, au milieu de sa cuisine vide. Elle éclata en sanglots, une secousse profonde, irrépressible, réveillant Joséphin. Il la fixa une seconde, ahuri, puis l'imita. Il se tordait dans son petit short, accablé par la fournaise. « Donne-moi ça ! » dit-elle brusquement en pointant son caleçon. Ce n'était qu'un enfant ; il pouvait rester nu. Elle n'aurait plus qu'à rouler en boule le tissu entre ses cuisses. « Donne-moi ! » Joséphin cria. « Non ! Mamita, non, non… » Elle cligna des paupières, choquée elle-même d'avoir voulu faire ça à son fils. Mais le sang coulait, infiltrant le tissu de sa robe. Sur ses mains, la même odeur que lorsqu'elle perçait de son fil de fer la tête du poulpe.

« Prends. » Gisèle, sa voisine de Pointe-Marianne, lui tendait un chiffon. Marie le déploya, vit qu'il s'agissait d'un fichu de travail. Le grand carré blanc qu'elles pliaient en triangle et nouaient à la base de la nuque. Elle la remercia du regard, incapable de prononcer le moindre mot.

*

Une chaîne qui racle contre la paroi. Après une nuit éreintante, le bruit la réveilla. On jetait l'ancre, déjà ? Entre ses jambes, elle sentit le coton trempé de ses règles. « Anglais ! Laisse-nous sortir ! » tonna quelqu'un. Mais personne ne répondit. Tout était sombre autour d'eux. Le front de Suzanne gouttait, brûlant. « Mamita… » murmura Joséphin. « Quand c'est qu'on rentre la case ? » S'il savait ! S'il savait combien elle aurait voulu rentrer à la maison, elle aussi ! Des éclats de voix leur parvinrent. La trappe de la cale s'ouvrit, projetant un rai de lumière aveuglante, et la silhouette d'un homme s'engagea dans l'escalier d'acier. Gabriel ! Mais ce n'était pas lui, pas du tout même. Celui-là avait la peau noire des îlois et paraissait assez vieux. D'autres le suivirent, et des femmes, et des enfants, une quarantaine de personnes au moins se rajoutèrent à leur groupe dans des cris et des appels au secours. « Je vais pas ! Je vais pas à Maurice, moi ! » L'homme qui tentait de se rebeller avait la chevelure blanche. « Quel droit vous nous faites ça ? » Le soldat le tira par les épaules et le força à s'asseoir. « Do what we say ! » Le vieil homme allait se relever quand un deuxième soldat déboula dans la cale. « Enough ! » Un autre passa une tête menaçante par l'ouverture. Tous armés. L'homme se tassa dans un coin et ne bougea plus. Marie comprit. C'étaient leurs frères de Peros Banhos que les Anglais raflaient à leur tour.

La chaleur augmenta dans la cale, il fallut se serrer encore. Des matelots finirent par leur apporter de l'eau et quelques provisions. La distribution fut agitée, Marie elle-même se vit bondir pour s'assurer quelques vivres. La peur de manquer. « Calm down ! criaient les Anglais. Il y en aura pour tout le monde. » Elle s'avança quand même en jouant des coudes. Le fichu donné par Gisèle tomba à ses pieds comme un fruit trop mûr. Tant pis. Elle ne pouvait plus rien faire, de toute façon. « Reste là-même, Joséphin. Je vais prendre l'eau. » Elle saisit une gourde, en demanda une autre pour ses petits, « baby, baby » répéta-t-elle. Elle but une première gorgée, laissa l'eau rafraîchir son palais, couler dans sa gorge, avant de revenir auprès de ses enfants. Joséphin avala plusieurs rasades d'affilée, qui firent gronder son ventre. Suzanne ne réclamait rien. Marie passa une main sous sa tête et la fit boire lentement. « Ça va aller, mon Baba… » Elle humidifia son visage. Mais en quelques minutes, la sueur perla de nouveau sur son front.

« Encore de l'eau, pitié ! » gémit quelqu'un dans l'obscurité. « Donnez, matelot ! Faire soif ! » Il n'y en avait pas eu assez pour tout le monde, ils avaient menti. La chaîne racla contre la tôle. Au loin, un cri étrange résonna, inhumain. « Cette quantité zanimaux sur le pont ! Ânes, chèvres, cochons ! Mieux traités que nous, mes enfants ! » L'homme aux cheveux blancs se lamentait, désespéré. Une rumeur amère traversa la fosse. Des animaux… « Et nous ? » murmura Marie. « Y vont faire quoi de nous ? » L'hébétude était trop forte ; personne ne se révolta.

Novembre 1973

Dix fois, Gabriel avait imaginé la scène. Il entrerait d'un pas sûr dans le hall, s'arrêterait devant la cage aux oiseaux. Leur montrerait les perruches, les mandarins, les condés. Les inséparables. Joséphin le supplierait qu'on les laisse partir. Il ferait semblant de réfléchir et Suzanne insisterait. Doucement, Marie ouvrirait la porte pour les libérer.

Gabriel ramassa une branche de frangipanier et la cassa en deux ; lança les morceaux aussi loin que possible vers la mer. Le vent les fit tomber dans l'écume. Ses rêves de retour charriaient tout un cortège d'images ; parfois, c'était Évelyne qui l'accueillait sur le quai ; d'autres fois encore, Marie dansait le séga ; mais le plus souvent, son rêve était simple : Joséphin courait vers lui en criant « Papa ». Les bouts de bois s'échouèrent à ses pieds, crachés par le ressac.

Encore une semaine à tenir. Quand Marcel Mollinart lui avait appris que le *Mauritius* venait les chercher, il n'y avait d'abord pas cru. À quoi bon se réjouir d'une fausse promesse ? Il craignait la déception comme d'autres les maladies graves. Presque trois ans qu'il attendait de rentrer ! Après le départ du *Nordvaer*, Marcel lui-même avait multiplié les câbles auprès des bureaux de Port-Louis, demandant leur retour anticipé. Ses messages recevaient toujours la même réponse : « Achevez d'abord votre mission. » Leur mission ? Mais c'était quoi, leur mission ? Finaliser l'archivage de l'île, assurer la liaison entre Maurice et le Royaume-Uni, nettoyer la place. Dès le printemps 1971, des navires américains avaient commencé à envahir la baie, sans jamais leur donner la possibilité d'embarquer en retour. Les communications avec Maurice étaient étroitement surveillées pour éviter toute « fuite ». Dans un des rares télégrammes qu'il avait pu envoyer à Évelyne, il avait écrit : *« Suis bloqué à DG. Stop. Ignore date retour. Stop. Pense fort à toi. Stop. Ton frère qui t'aime, Gaby. »* Elle n'avait pas répondu. Autour de lui, le lagon se dressait comme une enceinte.

Un soir, peut-être un mois après le grand chaos, Gabriel avait entendu frapper à sa porte. L'administrateur – mais administrateur de quoi, sinon d'une mémoire en ruine ? – était ivre. De minuscules veines avaient éclaté sur ses joues et son nez. Depuis l'arrivée des soldats, les caves de Diego Garcia débordaient à nouveau de rhum, de whisky et de bière. « Je vais me foutre en l'air ! » avait-il beuglé sur le palier. Gabriel l'avait poussé vers le lit. « Asseyez-vous… Non ! Pas couché… Asseyez-vous, je vous dis. » Il ne se souvenait plus qui lui avait appris ça : ne jamais allonger un homme soûl. Il avait descendu les marches quatre à quatre pour alerter Geneviève, croisant dans le salon des officiers en uniforme kaki. Seuls les hauts gradés avaient investi la villa de la Pointe de l'Est, les simples soldats et ouvriers dormaient dans des baraquements construits plus loin à la hâte. Il toqua à la porte et entra aussitôt. Geneviève lisait un livre ; il la dérangeait. « Marcel ne va pas bien. Venez, s'il vous plaît. »

Elle l'avait suivi à l'étage. En découvrant son mari ivre et malheureux, elle n'avait pas eu de geste tendre – pas le moindre geste tout court. Un soupir excédé et puis : « Ce pays l'aura tué, vous savez… » Ce pays, comme elle le disait, avait été détruit par la politique et la raison d'État. Marcel et Gabriel étaient complices de cet anéantissement, mais elle n'était pas plus innocente. « Se mettre dans un tel état pour des nègres-bois… » Gabriel ne se contrôla plus. Il enfonça les ongles dans sa peau sèche de serpent. « Je vous souhaite de tout perdre un jour. Vos biens, vos proches, votre fortune, tout ! Pas votre âme. Ça, c'est déjà fait. » Il ne lui avait pas laissé le temps de riposter, l'avait jetée dehors brutalement, fermant sa porte à clef. Sur le lit, Marcel était tombé comme un gros sac, pris de fou rire. « Pan ! » avait-il crié en épaulant un fusil invisible. « Tu l'as pas volée, celle-là ! », et il avait essayé de se rasseoir, en vain, le corps secoué de larmes. À cette seconde précise, Gabriel avait ressenti pour lui de l'amitié.

Jamais il ne se serait cru capable de pardonner Mollinart, et voilà que la méchanceté de sa femme le ralliait à sa cause. Cet élan du cœur le surprenait lui-même. Mais qu'y avait-il de surprenant ? Marcel avait agi comme tout un chacun, en pensant d'abord à lui. Si ses regrets n'effaçaient pas ses actes, au moins étaient-ils sincères. Gabriel n'avait pas oublié son regard au retour du gazage des bêtes. Un regard vide, terrifié. Tout en lui hurlait la culpabilité. « Je ne voulais pas le faire… Et pourtant. Ces pauvres chiens…, murmurait-il parfois. Ces pauvres gens. »

Plusieurs jours après l'évacuation, Gabriel l'avait fui. « J'aimerais vous parler, Gabriel, s'il vous plaît… » Il refusait. « Je vous en prie… Si vous croyez que je suis fier de moi… Je sais bien que je ne l'emporterai pas au paradis. » Mais l'enfer était là, autour d'eux, plus réel que les os des chiens dans les cendres du calorifère, plus atroce que la voix brisée de celle qu'il aimait. Les semaines passant, alors que les nouveaux occupants débarquaient par groupes successifs, officiers et agents américains, main-d'œuvre philippine et sri-lankaise, la solitude le plongea dans une angoisse terrifiante. Il se repliait sur lui-même, lisait des romans dont il oubliait tout aussitôt, ne les lisait pas d'ailleurs, les avalait comme de mauvais anxiolytiques. Sans personne à qui se confier, sans ami, il ne tiendrait pas longtemps. Alors Mollinart devint Marcel.

*

Les travaux préparatoires à la construction de la base militaire avaient commencé. Dans un an, l'île serait complètement livrée aux Américains. Avec l'accord des Britanniques, ils avaient déjà rasé les cases, abattu les cocotiers, détruit les entrepôts et le moulin. Gabriel était passé plusieurs fois dans ce qui restait de Pointe-Marianne. Les ruines de leur maison gisaient au milieu de la végétation. Le piquet de la chèvre était toujours planté dans le sol, son squelette tassé un peu plus loin.

La beauté du lagon lui faisait mal ; les villages ravagés lui faisaient mal ; les arbres saccagés lui faisaient mal. Le moindre pas sur Diego, le moindre regard le ramenait à Marie et aux enfants. La blessure de Suzanne le hantait. Ils avaient trop tardé, ils avaient fait n'importe quoi. L'amputation était probable. Angèle savait coudre des robes, pas des peaux entaillées. Avec du rhum pour désinfectant ! Il ne se comprenait pas lui-même. Comment avait-il pu laisser faire ça ? Et Joséphin ? Son fils. Oui. Son fils, sa fierté, son garçon, celui qu'il avait élevé dès les premiers jours. Marie lui avait menti, mais son mensonge était infime comparé au sien. Il avait compté, les neuf mois de grossesse correspondaient à sa propre installation sur l'île – il ne pouvait pas lui reprocher d'avoir eu des relations avant lui. Tout ça était si dérisoire maintenant. À Maurice, la vie devait lui sembler bien difficile. Il aurait pu lui dire que Josette n'était pas morte, lui donner au moins cette force-là ! Mais il ignorait où Marie vivait, ce qu'elle faisait. Marcel avait eu la confirmation que le *Nordvaer* était bien arrivé à Port-Louis. Rien d'autre.

Gabriel attrapa son sac et chemina vers le cimetière. Pour l'instant, seule l'église restait intacte, mais jusqu'à quand ? Les ronces commençaient déjà à coloniser les tombes. Il faisait de son mieux pour entretenir le coin, désherbait ici et là, découragé par l'éternelle vitalité des racines. Devant la tombe de Thérèse Ladouceur, il s'agenouilla. Il se souvenait encore de son émotion en découvrant, quelques jours après la déportation, les lettres maladroites que Marie avait tracées à l'épine d'oursin : « MaMan ». Une écriture malhabile, enfantine. Cinq petites lettres, éclatantes de pauvreté. À côté, la porcelaine mouchetée n'avait pas bougé. Il l'avait glissée dans sa poche.

Il sortit le burin de son sac.

C'était sa dernière mission sur l'île. Sa dernière action avant de rentrer à Maurice et de retrouver ceux qu'il aimait. Graver dans le basalte leurs noms.

Laisser une trace.

« Mes ancêtres étaient des esclaves, des nègres marrons. À l'abolition de l'esclavage, en 1835, ils ont décidé de rester aux Chagos et n'ont plus jamais quitté l'archipel. Je suis moi-même née à Diego Garcia, et j'y ai vécu jusqu'à ce qu'on me force à partir en 1971. Ma mère nous a éduquées simplement ma sœur et moi, en nous transmettant les valeurs essentielles. C'était une éducation adaptée à notre vie aux Chagos, pas à la vie à Maurice, qui était déjà un pays développé, avec ses propres règles, sa propre économie. Maurice, ça allait pour de courts séjours, des visites médicales. Pas pour y vivre. Ça explique pourquoi on a tant souffert après. Là-bas, la plupart des gens travaillaient dans le coprah et la pêche. Moi je cassais le coco dans la plantation. Je n'ai jamais eu aucun contrat de travail. Aucun Chagossien n'en avait. Pour quoi faire ? Tout le monde travaillait, le chômage n'existait pas.

« On mangeait à notre faim, des choses saines, c'était simple. En plus de notre ration de riz, de sucre ou de légumes, on avait droit de temps en temps à des bidons de vin. Le quotidien était paisible, on allait à notre rythme. Ce n'était pas une vie économique.

« Aux Chagos, chacun avait sa maison. Si on n'en avait pas, on choisissait un bout de terrain et on prévenait l'administrateur qu'on allait construire quelque chose à cet endroit. Chez moi, on était trois, ma fille Suzanne, mon fils Joséphin et moi.

« La religion comptait beaucoup. On faisait nos prières et souvent, avec ma sœur et les petits, on allait fleurir la tombe de nos ancêtres, surtout celle de ma mère.

« Quand on a été forcés de partir, on a perdu tout ça. On a perdu nos biens matériels et immatériels ; on a perdu nos emplois, notre tranquillité d'esprit, notre bonheur, notre dignité, et on a perdu notre culture et notre identité. »

Combien de fois ai-je lu, relu, fait lire ce témoignage de ma mère rédigé avec l'aide des avocats ? Combien de fois l'ai-je montré aux journalistes, aux historiens, aux professeurs d'université, aux écrivains, aux cinéastes qui s'intéressent, de près ou de loin, à notre drame ? Hélas, la justice ne se fonde pas sur la souffrance humaine mais sur la légalité. Puisque Maurice a signé librement le détachement des Chagos, comment convaincre la Cour que notre détresse l'emporte sur la loi ? Comment prouver autrement que par les larmes qu'un accord politique ne peut ni ne doit passer avant le déracinement d'un peuple ? C'est ce qu'il va nous falloir trouver.

Janvier 1971

Ce fut d'abord une rumeur sourde, un bourdonnement lointain qui petit à petit se précisa. Un son métallique, déplaisant, comme une énorme mâchoire qui claque. La trappe s'ouvrit brutalement, laissant une giclée d'air et de lumière s'engouffrer dans la cale. Fin du voyage. Marie était au bord de l'évanouissement ; la gorge sèche malgré l'eau, la tête douloureuse, les jambes poisseuses. Joséphin se mit debout, ravivé par le vent frais. Elle essaya de lui sourire. Suzanne entrouvrit à peine les paupières. Elle faisait peur à voir, avec son front mouillé de sueur et ses joues creusées. Gisèle aida Marie à la soulever. Il fallut monter les marches jusqu'au pont supérieur, veiller à ne pas tomber malgré le soleil aveuglant.

Maurice.

La laideur était bruyante. D'immenses boîtes d'acier s'empilaient sur les quais. Des maisons verticales, terrifiantes, hautes comme des vagues en furie, crevaient le ciel. Partout du bruit. C'était un ressac urbain abrutissant, qui mêlait des bruits de moteurs, de klaxons, des stridences en tout genre, des hommes qui s'interpellaient, des sonnettes, de la musique. Une poussière grise recouvrait le tout. Port-Louis.

« Dépêchez-vous ! » Le capitaine, aidé par les soldats anglais, les fit descendre. « This way… » En parallèle, des matelots déchargeaient leurs affaires sur le quai. Personne ne parlait. Aide-moi bon Dieu, aide-moi, chuchota Marie pour elle-même. Elle baisa le front de sa fille. Bouillant. La déposa à l'ombre d'un container. « Pas bouger, Joséphin. Je dois récupérer nos zaffaires. » Il s'assit au côté de Suzanne, hagard.

Il y avait des centaines de baluchons, des draps blancs, avec des marmites, des écuelles, du linge. Tout le monde avait plus ou moins pris la même chose. Marie fouillait le tas sans trouver son sac. La soif lui brûlait à nouveau la gorge. Où était son paquetage ? Elle vit soudain une femme tirer une balle ressemblant à la sienne. « Et toi ! Pour moi, ça ! » La femme, qu'elle ne connaissait pas, sans doute une îloise de Peros Banhos, défit le nœud d'un air absent. À l'intérieur, Marie aperçut son cahier et se jeta aussitôt sur le sac. « Tu crois tu peux voler mes zaffaires ? » dit-elle méchamment. L'autre replongea la tête dans le tas, les yeux vides.

Marie traîna la balle sur le quai, incapable de la porter sur sa tête. Son corps lui faisait trop mal. Près de Suzanne et Joséphin, elle repéra la silhouette grasse d'Angèle. Un bref soulagement allégea sa poitrine. Angèle papillonnait des yeux, éblouie. Sa tante pointa sa robe maculée de sang. « Ayo… Encore blessée ? » Elle avait oublié ça. Dès le troisième jour de voyage, elle avait arrêté de s'en préoccuper. Ses règles, la rassura-t-elle. Sa tante lui pressa l'épaule. « J'ai cru c'était Suzanne encore… » Elles se rapprochèrent de la petite, qui frottait sa langue sur ses lèvres, assoiffée. La gourde était vide. Marie se laissa tomber sur le sol. Joséphin blotti contre elle, elle attendit. Elle n'avait plus la force de rien. « Ta caboche droite » lui ordonna Angèle. Non. Elle ne pouvait pas. « Marie-Gros-Pieds ! »

Le nom l'ébranla. Personne ne l'avait appelée ainsi depuis des années. Son regard croisa celui d'Angèle. Le sourire découvrant légèrement les gencives, les rides au coin des yeux, en une seconde, le visage de sa mère se superposa à celui de sa tante. « Jamais on renonce. » L'un des principes fondateurs de Thérèse. Jamais on renonce.

Et maintenant ?

Au loin, le capitaine s'entretenait avec des hommes au physique indien, des Mauriciens de toute évidence. Au bout de quelques minutes, les chefs anglais disparurent. Deux ou trois matelots vinrent les saluer. « Bon courage, bon courage... » Ils ne disaient rien d'autre. Se volatilisèrent à leur tour. Ils s'en vont... Ils partent ! Angèle s'indigna. Comment pouvaient-ils partir, les abandonnant ainsi, sans rien ni personne, sans explications ? Marie voulut crier une insulte. Mais à quoi bon s'égosiller ? Elle chercha des yeux l'îlois aux cheveux blancs, ne le trouva pas. Et Gabriel, où était-il ? Elle se tassa contre le container. Effondrée.

Au milieu des paquets, des draps, des paniers, des bagages de fortune, les voix se brisaient. Où est-ce qu'on va aller ? demanda Henri à un agent sur le port. Elle ne l'avait pas vu non plus dans la cale, celui-là. Le bateau était si grand, et eux si nombreux. Le Mauricien haussa les épaules. Il ne savait pas. Il n'était au courant de rien. Non loin, Jean-Joris pleurait comme un bébé. Le monde ne tournait plus rond. On les débarquait à Maurice après un calvaire en mer et on les laissait ainsi, sans toit, sans informations, sans aide, sans rien ?

« Mamita... » chuchota Joséphin. Elle tourna la tête vers lui. « Guette Suzanne. » Aux commissures des lèvres, sa fille avait un peu d'écume. Elle se rua vers l'agent de la capitainerie. « Et toi ! Pas partir, là ! Ma fille est malade ! » Les mots jaillirent les uns après les autres de sa bouche asséchée, elle ne partirait pas tant qu'elle n'aurait pas une réponse, le début d'une explication.

« Je suis bien chagrin, madame... » L'homme lui avoua qu'il avait vu d'autres bateaux arriver, de Peros Banhos et Salomon notamment. Pour le reste... « Maurice a signé un accord avec l'Angleterre. Le gouvernement a vendu l'archipel, vous pouvez plus rentrer chez vous. C'est tout ce que je sais. » Mais une chose était sûre : une cinquantaine de Chagossiens se trouvaient déjà à Maurice. Depuis des années. Tous les jours, une femme arpentait le quai vers 3 heures de l'après-midi. Au début, il l'avait prise pour une folle. Elle répétait sans cesse la même ritournelle : elle allait rentrer à Diego. Elle devait rentrer à Diego. Il lui avait expliqué mille fois que la situation était bloquée. Aucun bateau ne la ramènerait chez elle. Elle ne le croyait pas, revenait chaque jour. S'ils patientaient un peu, sans doute la croiseraient-ils.

Une femme allait venir. Une îloise, une amie, arrachée elle aussi aux Chagos. Marie ouvrit la bouche, prise d'un fol espoir. Une femme ? Qui voulait rentrer à Diego ? Dieu lui ferait-il ce cadeau ?... « Ma fille, la sermonna Angèle, devinant ses pensées. La mer te prend une fois. Jamais elle te rend. » Marie tremblait pourtant. Il fallait l'attendre. Une Chagossienne ! Devant elle, la chaleur brouillait l'horizon ; les vapeurs de mazout étouffaient l'air. Elle entendit le Mauricien crier dans son dos : « Votre robe, madame ! Elle est pleine de sang ! »

Novembre 1973

« C'est trop bête. Ici ils n'en feront rien. » Geneviève Mollinart tenait dans ses bras le service en argent de la villa. « On en aura beaucoup plus l'utilité chez nous. Regarde-les, ces Américains. Ils mangent à même leurs boîtes de conserve ! » D'un geste sûr, elle referma la ménagère et la glissa dans la malle. « Et ça ? » Une soupière finement ouvragée trônait sur la desserte. « Tu veux me faire croire qu'ils feront du potage ? Ils ne connaissent que la bière. » La pièce rejoignit le reste du service. « Tu te plains Marcel, mais tu verras, quand nous aurons du monde à dîner, tu seras bien content. »

Mollinart chercha Gabriel des yeux. Sa femme avait déjà rempli trois grosses malles de leurs affaires : toilettes, draps, lampes, décorations, livres, dossiers, oreillers, sans compter les meubles légers. Mais la vaisselle et les objets précieux ne leur appartenaient pas ; tout était là avant qu'ils n'arrivent sur Diego Garcia. On pouvait compter sur la bourgeoisie pour sauver l'argenterie quand le monde autour explosait.

« Geneviève, s'il te plaît...

— Quoi ?

— Tiens-toi un peu.

— C'est toi qui dis ça ?

— Allons ! ironisa Gabriel. Voler les Anglais, ce n'est pas vraiment du vol. »

Elle lui tourna ostensiblement le dos et continua son ménage. Un officier américain, qui avait établi son quartier dans la chambre des invités, s'arrêta devant elle. « Are you Okay, madam ? »

*

Sa dernière nuit à Diego Garcia. Gabriel attendit le milieu d'après-midi pour faire un tour de l'île, seul. Il marcha jusqu'à la pointe de la côte Ouest. Les crabes rouge et noir fuyaient devant lui, se cachant dans des trous que ses pieds écrasaient aussitôt, les remplissant de sable. Après quelques brasses coulées dans l'eau chaude, il regagna le bord, s'assit, les vagues fondant sur ses jambes. Il ne le voyait pas d'ici, mais le *Mauritius* brisait la ligne d'horizon, juste de l'autre côté de l'île.

Maurice. Il allait retrouver son pays, ou plutôt ce qui avait été son pays, en en abandonnant un autre désormais pourri en son cœur. Il allait retrouver Évelyne, qui ne lui avait jamais répondu, les bus de Port-Louis, les marchands ambulants. Pas la Jalousie. Il ne prendrait pas le risque de se retrouver seul avec son père paralysé. L'invitation de Marcel lui semblait plus raisonnable. Quelques jours à Moka, le temps de chercher un logement. Le gouvernement britannique leur réservait une solde en échange de leurs derniers travaux – de leur silence. Il aurait voulu cracher sur cette somme ; l'image de Marie le retenait. On refuse l'argent lorsqu'on n'en manque pas.

Il sortit de l'eau, se sécha au soleil, étendu sur le tronc horizontal d'un cocotier. L'île s'était fondue sous sa peau, il en connaissait chaque parcelle, chaque détail.

Il boutonna sa chemise, enfila son pantalon. Une dernière fois, il serpenta à travers l'allée fantôme de Pointe-Marianne. « Hurry up ! Une heure seulement ! » Il devait se faire violence pour avancer. Le passé ne se change pas, tout au mieux il s'affronte.

Ses pas le menèrent jusqu'à l'église, dont la porte était entrebâillée. Il se glissa à l'intérieur, inspira l'odeur d'encens qui affleurait sous la poussière. L'autel était toujours couvert de sa nappe au tissu jauni. Le crucifix n'avait pas bougé, suspendu à un crochet en fer. Jésus saignait. Cinq plaies. Que penserait le père Larronde de tout ça ? Et Dieu ? Pourquoi Dieu avait-il laissé faire les hommes ?

Le jour commençait à décliner, projetant à travers l'unique vitrail une lumière orangée, couleur Marie. Elle était si belle, ce soir-là. Gabriel sortit de l'église et se dirigea vers le cimetière. Les banians l'invitèrent à pousser la grille. Malgré ses efforts, les ronces avaient envahi les tombes. Si les nouveaux occupants n'entretenaient pas le lieu, le cimetière serait bientôt une jungle. Devant la stèle de Thérèse Ladouceur, il s'agenouilla. Il avait peiné pour graver le texte dans le basalte. Les lettres inégales trahissaient son manque d'expérience. Qu'importe. Même les Anglais et les Américains pourraient lire ces mots :

Ici repose Thérèse Ladouceur
Mère de Josette et Marie-Pierre Ladouceur
Grand-mère de Suzanne et Joséphin
Enfants éternels de Diego Garcia.

*

Le lendemain, dimanche 18 novembre 1973, Gabriel embarqua avec les Mollinart sur le navire. Les malles étaient empilées dans une cabine réservée. Après les avoir accompagnés jusqu'à la jetée, un officier américain leur fit le salut militaire. Du pont supérieur, ils se penchèrent sur le bastingage. Une langue de sable blanc, des cocotiers... Il y avait le paysage, et ce qu'il cachait en lui. Gabriel sursauta. « Marcel... Là ! » Au loin, des soldats promenaient leurs chiens en laisse – des bergers allemands, des fox-terriers. Mollinart ferma les yeux. « Je ne peux pas. Je ne peux vraiment pas... » Il repartit vers l'entrepont où Geneviève s'était déjà installée.

Seul au milieu des matelots, Gabriel regarda Diego Garcia une dernière fois, les yeux secs. L'île n'était plus celle qu'il avait connue. Elle ne lui laissait que des cratères dans le cœur.

Janvier 1971

La silhouette était plus ramassée. Le sourire moins éclatant. Mais même au cœur de la nuit, Marie l'aurait reconnue. L'agent de la capitainerie avait dit vrai, il était 3 heures de l'après-midi et une femme sur le port s'avançait. Josette.

Le cœur battant, Marie se redressa. Pas morte. Quelque chose en elle avait toujours su. Sa sœur ! Pas morte ! Il y eut une seconde où tout fut suspendu – l'incrédulité, la peur de se tromper, mais c'était bien elle… Un accident ? Un naufrage ? Mollinart avait menti, sa sœur était là, devant elle ! Elle cria et courut comme une désespérée. Quand Josette la reconnut, elle faillit tomber. Se mit à courir à son tour. Elles se serrèrent jusqu'à l'étouffement. Après tant d'années, sa peau, sa voix retrouvées, c'était irréel. Des nuits et des nuits d'angoisse, et soudain, un trop grand bonheur, presque douloureux. Elles se touchaient, se rassuraient par les gestes, l'autre n'était pas un mirage, cette grâce-là, le Ciel la leur accordait pour de bon. Il y avait trop de choses à dire, à rattraper, à vivre. « Laisse-moi guette toi ! » Était-ce sa sœur ou elle-même qui avait dit ça ? Marie ne savait plus, détaillant les traits généreux de Josette, son sourire, les cernes creusés par les prières. « Alala ! » souffla Angèle qui venait de les rejoindre. Elle croisa les mains sur la poitrine. Un miracle, vraiment. « Ma Josette Tasdebois, ça ! » Ce furent d'autres accolades, d'autres rires, d'autres larmes. Mais en découvrant Suzanne étendue, Josette s'alarma. « Ayo, elle a quoi ?... » Elle remarqua au même moment la jupe ensanglantée de Marie, porta les mains à sa bouche. « Pas grave pour moi » – c'était sa fille qui souffrait. Elle n'eut pas la force d'en dire plus, lui montra seulement le bandage. Angèle prit le relais : l'accident, la mauvaise plaie qu'il avait fallu recoudre. Suzanne respirait difficilement mais parvint à ouvrir les yeux une seconde. Elle avait dû entendre qu'on parlait d'elle. Josette prit un ton exagérément enthousiaste : « Makine va bien te faire la fête ! » Au nom de sa cousine, elle battit les paupières à nouveau. Makine était là ? « Pas là sur le port, dit Josette, mais là, pas loin... » Marie voulut savoir. Ce pas loin-là, justement, c'était où, c'était comment ?

*

Pendant qu'ils cheminaient, chargés, le corps endolori, Marie portant Suzanne, Joséphin dans les bras d'Angèle, Josette raconta. Leur voyage à Maurice avait très bien commencé. Un voyage paisible malgré le mal de mer, les enfants excités comme une grappe de mouches. L'arrivée à Port-Louis les avait impressionnés. Tout paraissait si grand, si moderne... Christian était aux anges. Partout des autos, des bus, des mobylettes. Des montagnes de fruits et de légumes ! Au bazar, il y avait un coin entier réservé à la viande. Poule, bœuf, mouton, cochon, de tout à profusion ! Plus loin, c'était le poisson, aussi frais qu'aux Chagos, et plus loin encore, les fleurs, les plantes, les épices. Un paradis. Elle avait même vu des étals de bijoux étincelants. Rien à voir avec Diego Garcia. Rien à voir non plus avec leur arrivée à eux quelques heures plus tôt, songea Marie.

Avec l'enveloppe avancée par Mollinart, ils avaient commencé à acheter des choses, mais les tentations étaient si nombreuses qu'avant le cinquième jour ils avaient tout dépensé. Les autres îlois n'en menaient pas large non plus. Sans argent, on ne vivait pas à Maurice. Il avait fallu payer le dortoir, la nourriture – très vite, ils étaient revenus sur le port. « Prochain bateau pour Diego Garcia, quand ça ? » L'employé de la capitainerie, un quadragénaire au visage sympathique, avait secoué la tête. « Désolé madame, il n'y aura plus de bateau. — Quoi ça, plus de bateau ? » C'était fini. Ils ne pouvaient plus rentrer chez eux. « Je comprends pas. » Oh ! Combien de fois elle avait répété ça. Je comprends pas. Pourquoi ? Qu'est-ce qui se passe ? Vous n'avez pas le droit… Les ordres. L'homme n'avait rien d'autre à la bouche. « Les Îles là-haut sont fermées, madame. Tout le monde va devoir partir… » Ce mot-là, « tout le monde », l'avait terrifiée. « J'ai pleuré-pleuré… Ah oui, j'ai bien pleuré… » Tous les jours, elle était venue sur le port. « D'abord je croyais un bateau viendrait. Mais non, rien. J'ai continué à attendre après vous quand même. » Plusieurs fois, elle avait failli renoncer. Mais elle s'était obligée à faire le chemin et Dieu avait fini par la récompenser.

*

Sous ses pieds, Marie sentait de petits cailloux, du bitume, des éclats de verre. Ce n'était pas le sable mêlé de terre de Diego. Après quarante minutes de marche dans l'agitation, les belles bâtisses disparurent. La modernité s'effaçait, remplacée par de misérables cases en tôle. Terre rouge, caniveaux d'eau croupie au-dessus desquels bourdonnaient des nuages de moustiques, odeurs nauséabondes, nids-de-poule dans lesquels se tenaient des chiens au regard sournois, ordures amoncelées à l'entrée, à côté d'une vieille charrette à laquelle il ne restait qu'une roue. Un bidonville. Josette et les autres vivaient dans un bidonville. Joséphin fit la grimace. Elle n'aurait pas dit mieux. Voilà. Sa sœur eut un geste vague. C'était ici, le camp Charrette.

Un clochard titubant sortit de la première case collée à la route. Marie écarquilla les yeux, tourna vers Josette un regard implorant. Mais elle ne s'était pas trompée. Cet homme hirsute, qu'elle avait connu si solide et dévoué, cet homme qui rotait en tanguant au milieu des ordures, c'était Christian.

Comme cette période a été difficile, Maman. Ces cinq premières années de notre arrivée à Maurice... Un enfer. Rien ne t'a été épargné. Lorsque je raconte, lorsque je témoigne, les gens doutent de moi. L'acharnement du sort sur nos épaules fatiguées... Pour eux, tout ça est peu crédible. Les chanceux. Des pantouflards du destin, ceux-là, protégés depuis toujours. Nés au bon endroit, au bon moment. Ils ne peuvent admettre que d'autres n'ont pas leur étoile. Au fil des années, j'ai appris à doser mon récit. Je trie les malheurs selon la sensibilité de chacun. C'est mon petit marché de la douleur, un sou le seau, messieurs-dames, un sou seulement.

J'avais tellement peur, Maman. Peur que tu lâches, que tes forces t'abandonnent. Peur que je ne te suffise pas. J'étouffais mes envies pour ne pas t'accabler. J'obéissais aux ordres. Je me rendais invisible, j'aurais voulu disparaître. Je rêvais de jeux en bord de mer la journée et d'accidents sanglants la nuit. En finir. On pense à la mort, petit. Beaucoup. Souvent. Les adultes qui l'oublient ont tué l'enfant en eux. Pas moi. J'avais cinq ans, dix ans, et mon âme était celle d'un animal blessé. Plus j'avais mal, moins je le montrais. Cache-toi, gamin, roule-toi en boule quelque part, ne fais pas de bruit. Un jour peut-être, la lumière reviendra.

Novembre 1973

Des fantômes aux allures de crapauds, de cercueils, de collines. En ôtant les draps qui protégeaient les meubles, Marcel souleva une poussière épaisse qui les prit à la gorge. Geneviève ouvrit en grand les fenêtres, sécurisées par des barreaux. Le parquet grinçait. Il suffirait d'un jour ou deux pour que la villa de Moka retrouve sa splendeur, son parfum d'encaustique aux arrière-notes de miel, son salon cossu, sa salle à manger immense, ses chambres confortables, décorées de tableaux et de motifs religieux. Une brigade de domestiques s'y emploierait. La demeure était entourée d'un grand jardin étonnamment bien entretenu par rapport à la maison, au milieu duquel bruissait une fontaine.

« Le jardinier ne m'a pas roulé, marmonna Marcel. Je lui revaudrai ça.

— On aurait dû demander aux nénènes d'entretenir l'intérieur aussi, répliqua Geneviève.

— C'est toi qui ne voulais pas ! Trop peur qu'on te vole tes bibelots... »

Gabriel assistait aux disputes du couple depuis des mois, des années. Combien de temps Marcel tiendrait-il encore ? Tenir. C'était devenu le problème de chacun.

« Voilà ta chambre... » dit son ami en poussant une porte au bout du couloir. Il enleva le drap blanc qui couvrait l'armoire, tapota le couvre-lit : il faudrait bien le secouer, mais ce détail mis à part, la chambre était immédiatement habitable. Gabriel remercia. De toute façon, il ne comptait pas rester longtemps à Moka. Marcel l'aida à porter ses valises. « Normalement, il y a du linge de maison dans l'armoire... Et ici... » Il indiqua une porte à droite. « Tu as une salle d'eau. Fais comme chez toi. Si tu as besoin de quoi que ce soit, n'hésite pas. » Marcel lui posa une main sur l'épaule. Un silence. « On va les retrouver, je te promets. »

Gabriel s'étendit quelques secondes sur le couvre-lit poussiéreux. Comme des années plus tôt en arrivant à la Pointe de l'Est, son corps tanguait. Il gardait l'empreinte de la mer sous sa peau. Maurice. Cette sensation pesante d'être un étranger chez lui. La bibliothèque face à lui attira son attention. Il glissa un oreiller sous sa tête. Les classiques étudiés à l'école : Shakespeare, Molière, Dickens, Coleridge, Victor Hugo. Toutes les enquêtes d'Hercule Poirot et de Sherlock Holmes. Quelques ouvrages d'histoire et de botanique. Il ferma les paupières. « Les retrouver. »

*

Dès le lendemain, Marcel fit rétablir sa ligne téléphonique. Les nénènes avaient envahi la maison, époussetant, lavant, remettant en ordre. L'une d'elles poussait de temps à autre de grands éclats de rire qui se prolongeaient en éternuements, avec des attitudes qui lui rappelaient Josette. L'employé des télécommunications souleva le combiné une dernière fois : « C'est bon, ça marche. »

Marcel claqua dans ses mains, « parfait ! », et tira un billet de sa poche. La solde des Anglais leur avait été remise par le lieutenant américain à l'embarquement. Gabriel avait rangé l'enveloppe de 500 livres au fond de sa besace, du bout des doigts.

« J'appelle tout de suite mon ami au Foreign Bureau » dit Mollinart en s'enfonçant dans un fauteuil moelleux, le téléphone posé sur le guéridon. « Reste là... » Gabriel s'assit près de lui. Par chance, l'ami en question répondit.

« Dis-moi, je cherche des nouvelles des îlois. Tu n'aurais pas des tuyaux ? » L'autre avait manifestement des choses à raconter car Marcel hochait la tête, l'air concentré. « Ah... Très bien... Oui. J'imagine. » Il enroulait et déroulait le fil torsadé autour de ses doigts. « Rien ? Mais... Les Anglais avaient... » Gabriel leva les mains – où étaient-ils ? Marcel lui fit signe de patienter. Où était Marie ? Joséphin, Suzanne ? Plus la conversation s'étirait, plus l'étau se resserrait autour de sa gorge. « Mardi prochain ? Avec plaisir. Oui, oui, je préviens Geneviève. Entendu. Merci encore. À mardi. » Marcel raccrocha, l'air défait. « Ils vivent dans un bidonville. Derrière Cassis. »

*

Après avoir longé le front de mer de Port-Louis et la place d'Armes bordée de palmiers, où des familles se promenaient, admirant l'hôtel du gouvernement et la statue de Mahé de La Bourdonnais, après avoir dépassé le collège royal devant lequel des garçons en uniforme bleu marine et blanc chahutaient, le taxi le déposa dans une rue sans âme. Gabriel paya le chauffeur, qui fit un demi-tour non autorisé sur la voie. Le bruit, l'animation au milieu desquels il avait grandi le perturbaient au-delà de ce qu'il s'était imaginé. Il reconnaissait tout. Il ne reconnaissait rien. Très vite, les jolies maisons cédèrent la place à des zones plus sombres, moins construites. Ses chaussures claires se maculèrent de terre, la route se transforma en piste cernée de part et d'autre par des caniveaux jonchés de déchets. Des fils électriques pendaient çà et là. Il s'avança encore, le ventre noué. Un groupe de merles s'envola à son approche, piaillant d'un air méchant.

Après dix minutes de marche, il aperçut une charrette à moitié renversée dans le canal. C'était là. Dans cet amas de tôles et de boue. Les Anglais avaient arraché les îlois à leur terre pour les parquer là ? Il entra. Des flaques profondes constellaient la cour. Il avait plu toute la nuit et l'évacuation ne fonctionnait pas. Le bidonville était calme. Personne à part quelques poules faméliques. Il cria un bonjour auquel nul ne répondit. 9 heures. Peut-être était-ce trop tard.

Il reprit sa plainte : « Marie ! » Dans l'une des cases, il perçut alors comme un mouvement. Les abris n'avaient pas de porte ; un rideau tout au mieux. Une ombre s'encastra dans une ouverture. « Qui ça là ? » Une voix de femme rocailleuse, peu amène. Il fit un pas. « Je cherche Marie… Marie-Pierre Ladouceur. » Et à dire son nom, son nom complet, un frisson lui parcourut la nuque. La femme sortit. Des hanches épaisses, un ventre tombant. Ils se dévisagèrent une seconde. Angèle.

Elle hésita. Lui faire bon accueil ou pas. « Angèle, c'est toi ! » Elle craqua, se précipita vers lui pour le serrer dans ses bras, se détacha aussitôt de lui, indécise.

« Entre. » Il prit place sur une caisse renversée en guise de tabouret. « Quand je ferme les yeux, je vois ma case-merveille de Diego. Ici… » Elle eut un geste vague, laissa mourir sa phrase, avant de verser de l'eau sur un fond de thé.

« Où est Marie ? — Au travail. Dans les carreaux de canne. » C'était donc ça. Après le coprah, la canne à sucre. « Et toi, tu n'y es pas ? » Elle secoua sa tête mal coiffée. « Non, moi je fais le ménage des grands Blancs. Un jour sur deux. J'ai plus la force d'une mamzelle. » Il acquiesça ; se força à tremper les lèvres dans l'infusion déjà froide. « Comment va Joséphin ? » Son visage se contracta dans une moue étrange ; on ne savait pas si elle pleurait ou riait. « Joséphin ? Un bon gringalet. Bien joli, bien gentil. Il aide sa maman. Ensemble, y vendent l'eau la pluie au cimetière Saint-Georges. — Joséphin travaille ? Il ne va pas à l'école ? » Angèle se racla la gorge et cracha un glaviot épais dans un trou creusé à même le sol. Gabriel se raidit, dégoûté, sans qu'elle semble s'en rendre compte. « Non. » Elle vida son verre et se racla à nouveau la gorge pour cracher. « Ayo mo papao ! » grogna-t-elle agacée. Il se força à ne pas vomir. Le thé fade, cet arrière-goût de terre, la misère autour.

« Et Suzanne ? » Angèle s'étrangla, toussa, toussa, en produisant des bruits rauques. À nouveau sa grimace entre rire et larmes. « Suzanne ? Guérie, matelot ! » La toux la reprit et il crut qu'elle allait s'étouffer. Il se leva pour lui tapoter le dos. Elle l'arrêta d'un geste. « Gabriel. Écoute bien ça. Marie… C'est fini. Plus jamais elle veut te voir. » La phrase le glaça. « Pourquoi ? » murmura-t-il alors qu'il connaissait déjà la réponse. « Tu savais ! Tu savais et quand même tu as rien dit ! » hurla-t-elle soudain en poussant un juron.

La honte le reprit. Angèle disait vrai. « La vie avant, c'était trop du sucre… Marie était bien heureuse… » Il ne savait plus quoi dire, ses yeux aimantés par le glaviot. « À c'te heure, tout ça fini. Elle te déteste. » Il tendit le menton, les parois de métal ondulèrent, le visage d'Angèle se flouta. « Elle te dé-teste » répéta-t-elle avec insistance.

« Maintenant va-t'en. Jamais tu reviens. Tu entends ? Jamais ! » Il se leva, assommé. « Mais Joséphin… ? » Angèle le poussa dehors. « Arrête avec Joséphin. C'est pas ton fils. Pourquoi tu fais comme si ? Bon Dieu, c'est pas ton fils ! »

Janvier 1971

Le lendemain de leur arrivée au camp, Suzanne convulsa. Sur la natte que Josette avait déployée, ses membres se raidirent d'un coup, et tout son corps vrilla. Marie chercha une bassine, de l'eau, quelque chose. En vain. Elle tenta de calmer le corps électrique de sa fille ; les convulsions reprirent de plus belle. « Josette ! » Sa sœur qui somnolait ouvrit de grands yeux effarés. « Quoi ça ? — Je sais pas, je sais pas ! » Suzanne se cambra, son dos forma une arche brisée d'os et de chair. Josette bondit, entraîna Joséphin à l'extérieur. « Je retourne vite ! » La main bandée tressautait elle aussi. Rassemblant son courage, Marie défit le bandage. Seigneur ! L'odeur lui emplit les narines. De la chair putréfiée. Gonflée. Un fruit diabolique. Le fil qu'Angèle avait utilisé pour recoudre la blessure s'était dissous dans les boursouflures de la peau. Makine s'approcha sur la pointe des pieds. La gangrène la terrifia. « Ayo, Makine, sors ! Sors d'ici...! » La petite ne bougeait pas.

Suzanne avait la mâchoire de travers. Défigurée. « Ma chérie, mon coco doux... » C'était sa faute. Elle n'aurait jamais dû lui demander d'aller traire l'ânesse du voisin. Sa fille n'avait pas l'habitude – les pis coriaces de la bête, le seau en fer-blanc. Tranchant. La chèvre n'avait plus de lait… Il fallait bien nourrir Joséphin… Mais pourquoi sa fille plutôt qu'elle ? Oh ! Dieu lui faisait payer son mensonge à Gabriel. Et Suzanne à présent… Suzanne était possédée par le diable.

Josette déboula dans la case, accompagnée d'un homme qu'elle ne connaissait pas. Âgé d'une quarantaine d'années, le nez fin, il avait des traits avenants. Marie croisa son regard, deux billes intelligentes, et décida de s'en remettre à lui. « Gaudry Depaz, le présenta Josette. Un ami. » Il tenait une bouteille d'alcool dans les mains. Il attrapa un linge qu'il imbiba de liquide pour tamponner l'entaille purulente. Encore ces gestes malheureux, cette répétition des tourments. « Maman ? » fit une petite voix. « Plus tard Makine ! » Sous l'effet de la douleur Suzanne ouvrit la bouche en grand, sans qu'aucun son n'en sorte : même ça, elle n'y arrivait plus. Gaudry scruta le linge : il était taché de sang et de pus. « Je vais essayer avoir un docteur. » Il disparut aussitôt. Marie remercia dans le vide. « Gaudry, ça, reprit Josette. Un bon bougre. »

Il venait de Peros Banhos. Ils avaient fait le voyage ensemble sur le *Mauritius*. C'était un homme sérieux, qui travaillait beaucoup. Sa case se trouvait à l'autre bout du camp. « Quand Christian est trop soûl, je me cachette chez lui. » Marie soupira, sa main toujours posée sur le front de Suzanne. Qu'est-ce qui s'était passé avec Christian ? Josette eut un mouvement des épaules assez vague. « Il boit. » Ajouta : « La faute le chagrin. »

Vers 9 heures, Suzanne finit par s'endormir. Marie l'installa contre la paroi du fond, au calme. Il n'y avait plus qu'à espérer que Gaudry Depaz trouve un médecin. La pièce était très sombre. Elle sortit une tête et aperçut Angèle qui tentait de jouer avec Joséphin. Son fils vint se coller à elle. « J'ai faim, Mamita. » Bien sûr qu'il avait faim. Ils n'avaient rien mangé la veille, hormis une banane. Elle fouilla dans sa balle d'affaires, y trouva les bocaux de coco râpé. Le parfum du fruit lui déchira le cœur. C'était un peu de Diego qu'ils allaient avaler là. Joséphin goba les copeaux en quelques secondes, ne mesurant pas la valeur de ce qu'elle lui donnait. Elle referma le bocal. « Pourquoi elle dit rien, Suzanne ? — Elle est faible-faible. Faut la laisser tranquille. » Marie dénicha un biscuit au manioc, qu'il engloutit en deux bouchées. « Josette, tu as du lait ? » Sa sœur saisit un panier et se mit dehors pour le fouiller. Par chance, elle avait gardé un peu de poudre. Délayée avec de l'eau, ce serait parfait. La boisson ne pourrait pas faire de mal à Suzanne non plus. Elle tourna la tête vers sa fille, qui dormait toujours dans la pénombre.

Dans une timbale, Josette mouilla la poudre blanche d'eau de pluie et touilla la mixture de son doigt. Joséphin fit la grimace. « Ah non, hein ! Y a rien d'autre, alors tu pinces ton nez, tu bois ! » Surpris par sa grosse voix, il avala de grandes gorgées qu'elle stoppa net. « Et ta sœur ? Si tu bois tout, y lui restera rien. » Elle retrouva une cuillère dans ses affaires et se rapprocha de Suzanne, la timbale à la main.

Le corps raide, noueux, sa fille dormait la bouche ouverte. Les convulsions l'avaient épuisée. Avec délicatesse, Marie glissa une main sous sa tête pour la soulever. Les ombres recouvraient tout. « Allez ma fifille… Un peu du lait-maison… » Elle lui donna la becquée, laissant couler le breuvage dans la gorge. « Pour reprendre la force, coco… » Le lait glissait mais le corps, figé, ne réagissait pas. Ce ne fut qu'à la troisième tentative que Marie comprit.

La cuillère tomba sur la terre.

Ils savaient, et ils se sont tus.

Ils pouvaient aider, et ils ne l'ont pas fait.

Ils ont asséché les corps et les esprits. Leur indifférence était un crime.

Les puissants, Maman, ces ombres fantomatiques qui hantent les palais. Des hommes qui dorment la nuit sur leurs deux oreilles. Des serviteurs de l'État. Des têtes couronnées.

Nos seules couronnes à nous étaient celles de nos morts.

Novembre 1973

Une sonnerie, deux sonneries. Comme une pièce lancée en l'air, le visage du destin gravé dessus : pile tu gagnes, face tu perds. « Allô ? » Une voix de femme. Face. Ce n'était pas Évelyne.

Assis près du guéridon, Gabriel colla une main sur le combiné. La femme au bout du fil s'appelait Georgette. La garde-malade, sans doute. Il se ressaisit.

« Je voudrais parler à Mlle Évelyne, s'il vous plaît.

— Mlle Évelyne ? s'étonna la femme. Vous voulez dire Madame ? Mme Miranville !

— Je... Je ne savais pas. Auriez-vous une adresse ou un numéro à me communiquer ? »

L'infirmière hésita. « Je vous rassure tout de suite, je suis son frère... » Il y eut un blanc. « Monsieur Benoît ?... Oh ! Votre père sera bien content quand je vais lui dire que vous êtes rentré. » Benoît... Il manqua s'étouffer, nota quand même les chiffres que Georgette égrenait laborieusement et raccrocha. Sans attendre une seconde de plus, il souleva à nouveau le combiné et composa le numéro.

La sonnerie lui parut plus stridente encore. « Allô ? » Cette fois, toute ambiguïté s'évanouit. Il prit une grande inspiration : « Lézard ? »

*

Elle portait des talons, un pantalon noir à pinces avec un chemisier rose poudré. Ses cheveux, tressés en une natte savante, dégageaient parfaitement son front, mettant en valeur sa bouche laquée au pinceau. Rouge corail. Ils se regardèrent une seconde. Gabriel avait répété cent fois la scène dans sa tête. Passé la première seconde d'embarras, il faisait un pas vers elle, salut Lézard, la prenait dans ses bras comme lorsqu'elle avait dix ans, un baiser sonore sur la joue, une main sur l'épaule. Il n'avait pas pensé à tout ça : la moquette beige, les fauteuils havane, le grand vase de porcelaine, les napperons sous les bibelots. Le rouge à lèvres. Sa sœur, méconnaissable.

Le mouvement l'emporta malgré tout. Il ouvrit les bras et la pressa contre son torse, mais elle était froide, si froide qu'il ne s'autorisa même pas une bise. Un nouveau regard. Évelyne s'assit dans l'un des fauteuils et l'invita à faire de même. Le cuir qui grince. Les chaussures qui s'enfoncent dans la moquette. Sa sœur lui en voulait. Toutes les femmes qu'il aimait lui en voulaient. *Elle te déteste !* Évelyne croisa les jambes. On pose une adolescente rebelle à l'orée du chemin, on l'encourage à poursuivre seule la route et lorsqu'on revient, des années plus tard, on découvre une femme mariée qu'on ne reconnaît pas.

« Lézard... — Il n'y a plus de Lézard. Arrête avec ce surnom ridicule. » Il encaissa le coup.

« Tu arrives tard, reprit-elle. Très tard.

— Pas par choix, crois-moi. J'étais prisonnier à Diego Garcia.

— Prisonnier ? Tu n'en fais pas un peu trop ?

— Si seulement... C'est une longue histoire, tu sais. »

Il sentit qu'il avait piqué sa curiosité. Évelyne avait toujours eu un tempérament romanesque. Elle fit glisser ses souliers l'un sur l'autre et, pieds nus, alla à la cuisine chercher deux verres. Il entendit du bruit, la voix d'une autre femme. Quand sa sœur revint un pichet à la main, une nénène la suivait, tenant un plateau. « Elle veut faire le service à tout prix..., s'agaça Évelyne. Je te dis que c'est bon, Rama ! — Mais madame, c'est mon métier, ça... Vous, vous restez tranquille... » L'Indienne le salua, déposa les verres sur la table, les glaçons, les pistaches bouillies, et recula en s'inclinant encore. « Elle a peur de perdre son boulot si je fais quoi que ce soit dans cette baraque. Déjà qu'elles sont deux en cuisine... Heureusement que Félicie est moins zélée. » Gabriel lui sourit. « Tu t'es embourgeoisée, ma chère. » Évelyne fronça les sourcils, mais malgré ses efforts pour rester sérieuse, elle éclata de rire.

*

Elle s'était mariée en avril 1970 avec Alain Miranville, un cadre haut placé de la Mauritius Commercial Bank, qu'elle avait rencontré lors d'un fancy-fair à Beau-Bassin.

« Il n'est pas très beau, mais il a du charme. La beauté n'est pas le charme, tu es au courant de ça ?

— Évelyne...

— Et il n'est pas un défaut physique qu'une bonne situation n'arrange pas, comme chacun sait.

— Je ne te savais pas si vénale.

— Moi non plus, figure-toi. C'est qu'il a hérité de cette maison il y a peu. Ses parents sont morts dans un accident.

— Le pauvre...

— Le riche, tu veux dire ! Un fils unique ! Quoique... Il a failli se faire dépouiller par des cousins véreux.

Heureusement que j'étais là. Sans moi, il aurait tout perdu. Riche et stupide, tu vois. Je n'en demandais pas plus. »

Il hocha la tête, amusé. « Et ton HSC ? — Raté. De peu. » Elle se rembrunit.

« Un diplôme, ça se repasse. Tu devrais réessayer.

— C'est ce que me dit aussi Savita. Mais je n'ai plus la force.

— La fameuse Savita ! Elle va bien ?

— Bien, répondit-elle. L'indépendance a porté chance à sa famille. Son père a retrouvé du travail après des années de chômage… Du coup, elle a continué ses études. Non, ça va. Mais Alain ne sait pas qu'on se fréquente. Les Indiens restent les Indiens, indépendance ou pas. »

Certaines choses ne changeraient jamais, en effet. Les politiques vendaient un idéal auquel ils ne croyaient pas eux-mêmes. La nation arc-en-ciel ? La belle affaire ! Les communautés se regardaient en chiens de faïence, prêtes à dégainer au premier dérapage. « J'aimerais la rencontrer un jour. — Bien sûr, Gaby. Tiens. Tu veux goûter la citronnade de Rama ? » Le jus frais coula dans les verres.

Évelyne frotta ses pieds nus sur la moquette. « Le père a fait son attaque durant son sommeil, reprit-elle d'une voix plus sourde. Je ne l'ai compris qu'au petit matin. Le temps que je prévienne les secours… Le docteur Lesage ne pensait pas le sauver, mais tu vois… Les vieilles carnes, c'est solide. » L'insolence de sa sœur l'enchantait. Il la laissa raconter : la paralysie, l'aide médicale, le silence de Benoît ; ses efforts pour que tienne un équilibre, si précaire fût-il.

« Quand est-ce que Ludna est partie ? — Un mois après ton départ, je dirais. Je n'ai jamais compris ce qui s'est passé. Elle m'a affirmé qu'elle s'en allait de son plein gré, mais je crois surtout que le père l'a remerciée. » Gabriel serra les mâchoires. « Remercier » était le mot. Il détourna la conversation. « La garde-malade m'a confondu avec Benoît, au téléphone... — Ah celui-là ! Une carte à Noël, une carte à Pâques, et le boulot est fait ! Il a ouvert un cabinet à Londres, apparemment. Médecine générale... Tu ne m'as pas écrit souvent, toi non plus ! » Le coup l'atteignit en pleine poitrine. « Mais je t'ai écrit ! Tous mes télégrammes auxquels tu ne répondais pas ! Au moins une dizaine ! Le dernier... Quand les Américains sont arrivés... Tu ne l'as pas reçu ? » Elle fit non de la tête. Reposa son verre.

« Attends... Les Américains, tu dis ? »

Un blanc.

Il ôta ses chaussures lui aussi. Le moment était venu. Lui raconter Diego Garcia. Lui exposer son plan.

Décembre 1973

Un dimanche de plus au cimetière Saint-Georges. Marie et Joséphin reprirent leur place sous le flamboyant maigre, accablés par la chaleur. La semaine avait été difficile. Nicolin, qui travaillait depuis deux ans comme ouvrier du textile à Floréal, avait provoqué une rixe qui avait dégénéré – un mort. Il avait eu beau invoquer l'accident, les juges n'avaient rien voulu entendre. La sanction venait de tomber. Melrose. La prison. Un tel déshonneur. « Y a plus de Nicolin, y a plus de fils pour moi. » Josette avait déversé sa rage sur Christian. « Ta faute, ça ! Jamais on a l'argent. Mais pour boire, toujours tu trouves ! Tu vois le mauvais exemple tu donnes ! » Elle l'avait jeté dehors, vomissant de vilains mots. Marie comprenait ça.

Elle aussi avait transformé sa douleur en colère. Depuis la mort de Suzanne, tout en elle s'était desséché. Son cœur, son corps. Elle n'avait plus ses règles. Le choc sans doute. Le désespoir. Joséphin tentait de la faire sourire. Toujours une tendresse pour elle. Un mot gentil. Il l'aidait de son mieux, mais elle… Le simple fait de le regarder lui brûlait les poumons. Son petit visage réveillait celui de Gabriel. C'est Jean-Joris, le père ! Jean-Jo, Jean-Jo ! Ce nom ne représentait plus rien pour elle. Il avait quitté le camp avec quelques autres, dont Henri, pour s'installer à Pointe-aux-Sables où la vie n'était pas meilleure.

Gabriel savait ce qui les attendait. Elle le revoyait sur la jetée, au côté de Mollinart, les yeux baissés. L'arrêt des bateaux de ravitaillement, les menaces sur la plantation... Le fameux pique-nique sur la plage, la veille du départ de Christian et Josette, hantait son esprit. Elle en était persuadée : il n'était pas venu parce qu'il savait que les Tasdebois ne pourraient pas rentrer de Maurice, il savait que les Chagos étaient vendues. Il avait honte. Mais s'il leur en avait parlé, ils auraient pu agir ! Ils se seraient organisés, révoltés. Ne se seraient pas laissé affamer. Suzanne n'aurait pas eu besoin d'aller traire la mule. Elle serait toujours là aujourd'hui, son chien dans les bras. Entre deux fauchages de cannes, Marie avait compris qu'elle n'aurait pas assez du reste de sa vie pour maudire Gabriel. Et pourtant, elle ne rêvait que d'une chose : le revoir.

Joséphin s'amusait à lancer des cailloux quand une femme franchit la grille. La peau cannelle, piquetée de taches de son, lumineuse dans sa robe jaune, elle déposa des hibiscus sur une tombe au bout de l'allée. Marie plissa les yeux. Une nouvelle. Quelque chose en elle l'interpella. Sa fraîcheur. Sa beauté. Ses joues rebondies. Une jeune femme menant une vie sans soucis.

Joséphin s'avança le premier. Un sou, madame, un sou le seau... Elle le regarda d'un drôle d'air, s'agenouilla devant lui. Marie le rejoignit. Comme souvent, la compassion l'emporta. La femme sortit une pièce et la glissa dans la paume de son fils. Mais cette fois, il ne put retenir un cri. « Alala ! Cinq roupies, Mamita ! » Gênée, Marie se dépêcha de remercier. « Attendez..., lui dit la femme. Vous... Vous habitez près d'ici, avec votre petit garçon ? » D'ordinaire, les gens ne posaient aucune question. Ils laissaient tomber leur aumône et repartaient. Elle-même ne parlait pas aux Mauriciens, presque jamais même, à l'exception de quelques camarades dans les champs de canne. « Oui, par là... » répondit-elle en agitant sa main dans le vague. Elle n'allait pas lui décrire le camp Charrette. « Vous avez un petit accent, continua la femme. D'où venez-vous ?

— Les Îles là-haut, murmura-t-elle. Chagos...

— Ah ! Diego Garcia ? »

Le seau glissa de ses mains. Comment avait-elle deviné ? Elle connaissait Diego Garcia ? Elle y était allée ? La réponse la déçut. « Non, hélas... J'en ai juste entendu parler. » La femme arrangea les fleurs. « Elles sont belles, n'est-ce pas ? » Marie acquiesça, puis se rendit compte qu'elle avait renversé l'eau. « Joséphin... Prends pour moi un autre seau. » Il partit aussitôt. « Oh non ! ça ne fait rien, vous savez... Je les avais arrosées avant de venir... » Elle se frotta le nez, comme pour enlever une poussière. Marie attendait. Un drôle de sentiment la prit à la gorge. Cette femme, raffinée, aimable, lui paraissait nerveuse... Elle perçut sur son front l'ombre de ceux qui ont un service à demander.

« Je vais être franche avec vous... Quel est votre nom ?

— Marie-Pierre. Mais on dit Marie.

— Voilà, Marie. J'ai un problème, enfin, un souci... Je viens de me marier et je cherche du personnel pour ma maison. Ménage, repassage, cuisine... »

Elle lui fit un sourire.

« Ça vous intéresserait ? »

Angèle avait fait des ménages. Marie se souvenait encore de son dégoût. Les gens lui collaient une éponge dans les mains et l'envoyaient nettoyer leurs latrines. Non, franchement, elle préférait encore la canne qui lui cisaillait la peau. « Combien ? » demanda-t-elle tout de même pour la forme. Quand elle entendit le tarif, elle crut à une mauvaise plaisanterie. C'était trois fois plus que son salaire de coupeuse de canne.

« Ce n'est peut-être pas assez... ?

— Oh si, lâcha Marie sans réfléchir.

— Eh bien, formidable ! Rendez-moi ce service, je vous en prie. Mon mari insiste et je ne trouve personne. Si vous le souhaitez, vous pourrez loger dans la dépendance de la maison. C'est très joli, très confortable. Vous y serez bien avec votre fils, je vous le promets. »

Marie laissa passer un ange. Cette proposition tombait du ciel, et le ciel avait pour habitude de la mettre à l'épreuve. Au camp Charrette, il y avait sa sœur, sa nièce, ses amis. Au camp Charrette, il y avait la défaite et le chagrin. Les petits pas de Joséphin martelèrent la terre de l'allée ; il tenait le nouveau seau à bout de bras, le visage crispé par l'effort. Si petit et déjà si vieux. Qu'avait-elle à perdre ? Elle chassa le souvenir d'Angèle et s'inclina devant la femme.

Janvier 1974

Dans le ciel violacé, les chauves-souris dessinaient de grands tourbillons, elles se croisaient, virevoltaient à la recherche d'insectes. Malgré leur apparence erratique, leurs mouvements cachaient des trajectoires parfaitement rigoureuses. Marcel fit craquer une cacahuète sous sa dent. « C'est beau, non ? » Depuis la varangue, la vue sur Moka était imprenable. La montagne du Pouce se détachait sur la toile rose du crépuscule, dorant les roches et les champs. Ce coin de Maurice était l'un des préférés de Gabriel. La terre rouge, le relief, les champs de canne. On devinait plus loin la ville de Ripailles ; et derrière encore, Crève-Cœur. « Eh bien profite, car bientôt, tout ça sera terminé. » Il broya une nouvelle poignée de cacahuètes. « Je divorce, mon cher. — Quoi ? » Marcel hocha la tête. « Eh oui ! C'est pour ça que Geneviève n'est pas là ce soir. Elle est partie en Europe. "Se ressourcer." » Gabriel n'en revenait pas. « C'est toi qui... ? — Ah oui ! C'est moi ! Je n'en pouvais plus. Ça n'a jamais collé entre nous, de toute façon. Ces derniers temps, elle s'était mise en tête que j'étais devenu communiste ! Jamais vu une emmerdeuse pareille. » Il renversa la tête, hilare. « Quand je pense que c'est par elle que me sont parvenus tous ces documents secrets. » Gabriel faillit s'étouffer. « Geneviève ? — Eh oui ! Je sais… Son père était très ami avec un député anglais, figure-toi. Un ancien du Parti travailliste, proche de Wilson, passé chez les conservateurs à la suite d'une trahison politique. Œil pour œil, dent pour dent. L'ami s'est fait un malin plaisir de m'envoyer le dossier.

— Pourquoi ?

— Pour faire chanter Wilson, j'imagine. S'assurer qu'il ne lui mette plus de bâtons dans les roues. Le gaillard visait un poste important. Enfin, c'est un politicard, tu me comprends. »

Mollinart secoua la tête. « Geneviève m'aura au moins donné ça. Bon ! Tu ne vas pas me laisser seul avec ma liberté reconquise ! » Il le servit d'autorité en whisky, avant d'extirper une cigarette. Il lui en proposa une.

« Alors, nos îlois ? Une catastrophe, n'est-ce pas ? Quand je pense que les Anglais m'avaient promis un accueil digne... "Tout est arrangé avec Maurice !" Combien de fois j'ai entendu ça… Tu connais la dernière ? » Il craqua une allumette. « Trois millions. Trois millions de livres en échange des Chagos. Dans la poche du gouvernement. De *notre* gouvernement, cela va sans dire. Et les îlois n'ont même pas un logement correct. »

L'odeur du tabac s'éleva dans l'air, attirant quelques mouches. L'une d'elles se posa sur le verre de Gabriel. Il la chassa d'un mouvement brusque. « Et Marie-Pierre ? Elle n'a toujours pas deviné pour ta sœur ? » Il fit signe que non, choqué encore par le chiffre qu'il venait d'entendre. Le gouvernement mauricien avait vendu les Chagossiens aux Anglais. Vendu, littéralement. Ce n'était pas seulement une question de pouvoir et d'indépendance de l'île. Trois millions de livres sterling étaient en jeu. Il n'y tint plus, fit quelques pas sous la varangue.

« Marcel…

— Oui ?
— Un jour, il faudra balancer tout ça. »

*

Un mois que Marie œuvrait à la villa Talipot. Un mois que sa sœur gardait le secret. Gabriel avait des nouvelles toutes les semaines. Marie et Joséphin se plaisaient à Pamplemousses ; ils avaient trouvé leur rythme. « Et Suzanne ? » Évelyne avait vu plusieurs fois une fillette à la grille. Marie ne la faisait pas entrer, mais elles échangeaient quelques mots et s'embrassaient. Sans doute travaillait-elle déjà, la pauvre enfant. L'idée peina Gabriel. À dix ans, que pouvait-elle faire sinon des petits boulots de balayage, de nettoyage ? Sa guérison était déjà un miracle, mais il aurait voulu faire plus pour elle. « Lézard, tu ne pourrais pas… ? — Ah non, Gaby. Je fais beaucoup déjà. Je n'embaucherai pas la fille. Alain m'a fait toute une scène quand je suis revenue avec ta femme et ton fils… J'ai dû batailler pour les garder, et tout ça sans trop me trahir, alors non. Désolée pour Suzanne. » Il comprenait. « Et l'inscription ? — C'est fait. Je te l'avais promis, j'ai tenu parole. Dans une semaine, Joséphin entre à l'école du Sacré-Cœur. »

Quand il avait raconté à sa sœur le destin des îlois et sa propre condamnation, elle lui avait pardonné son silence, sa lâcheté. Son absence. L'avait sauvé de la détresse. Évelyne était son point d'ancrage. Gabriel alluma une cigarette et retourna à sa table de travail. Il lui restait encore quelques copies à corriger. Une analyse de *La Complainte du vieux marin*. Les élèves du collège royal avaient un bon niveau – parfois, il se demandait même s'ils n'étaient pas meilleurs que lui. Ce poste d'enseignant, il le devait au réseau de Mollinart, pas à ses talents littéraires. « Professeur d'anglais, ça ira ? Je n'ai pas mieux à vous proposer, de toute façon » avait dit le proviseur, ami de Marcel.

Dix-huit heures par semaine il enseignait, en suivant les manuels aussi sérieusement que possible, la grammaire, la littérature et la conversation. Dire qu'à une époque il aurait tout donné pour partir étudier à Londres ! Il ne le reconnaissait plus cet adolescent-là, ce rêveur, ce petit garçon. Quand il eut terminé les corrections, il se dirigea vers la cuisine. Il cassa deux œufs au-dessus d'une poêle brûlante, ajouta du sel et du poivre. Il mangea la friture debout, jeta la poêle dans l'évier et partit s'étendre sur le canapé.

C'était à Mollinart aussi qu'il devait cet appartement de quatre-vingts mètres carrés dans Port-Louis, situé dans une rue calme si l'on oubliait les cloches de l'église voisine – une pièce à vivre, un bureau, une chambre, une salle d'eau. Il s'endormit le cœur vide.

La maladie avait lancé son travail de sape. Le moins qu'on puisse dire, c'est qu'elle ne t'avait pas ratée. Tu étais faible, Maman. Méconnaissable.

Une semaine avant ta mort, je t'ai accompagnée à Grand-Gaube. Tu voulais voir la mer, te repaître une dernière fois de son parfum. Emporter avec toi ses reflets. Fatiguée par la grossesse, Bettina était restée à Port-Louis.

Ce jour-là, brise légère entre les filaos. Et personne sur la plage. À l'autre bout de nous, loin, si loin, Diego Garcia.

Tu as posé ta main sur la mienne. Tes os, je sentais tous tes os. Oh ce contact, Maman, ta main déjà froide, impossible à réchauffer. Mon corps s'est glacé lui aussi.

Tu regardais devant toi. Tu la cherchais des yeux, notre île invisible. Tu ne pleurais pas.

La semaine qui a suivi a été une longue descente vers la nuit. Un matin, j'ai quitté ton chevet une minute pour aller acheter des fleurs. Je voulais t'offrir des anthuriums et des hibiscus, un peu de beauté. Tu as choisi ce moment pour partir.

Mais moi je sais que c'est ce jour-là, Maman, face à la mer, que tu m'as dit adieu.

Mars 1974

Plusieurs mois s'étaient écoulés depuis qu'elle travaillait à la villa Talipot et Marie se sentait enfin revivre. Joséphin et elle dormaient dans deux lits propres et confortables. Une table, des bancs, une armoire, un coin pour faire la cuisine, un autre pour se laver. Des latrines réservées au personnel se trouvaient au fond de la cour, avec un système moderne de chasse d'eau. La maison arrachait aux visiteurs des sifflements d'admiration : fraîche à toute heure grâce aux persiennes qui laissaient filtrer l'air, meublée avec goût.

Ti Madame, comme tous ici l'appelaient, s'était prise d'affection pour elle. Elle s'attardait en cuisine, plaisantait. Marie l'admirait chaque jour un peu plus. Cela faisait longtemps qu'elle n'avait pas autant ri. Ti Madame avait du caractère et sa beauté quelque chose de rassurant ; de son visage émanait une énergie tempérée par un regard doux ; un mélange de grâce et d'assurance masculine. C'était le genre de femmes auxquelles Marie aurait voulu ressembler. Ti Madame était capable de poser un poisson avarié sur la table en disant : « Je vous en supplie, préparez quelque chose avec ça, mon mari a invité sa vieille tante à dîner. » Joséphin l'adorait et elle le lui rendait bien : stylos, cahiers, livres d'images, son fils était gâté. C'était grâce à elle s'il allait à l'école. Mais de temps en temps, sans qu'elle puisse se l'expliquer, Marie bloquait. Le malaise qu'elle avait éprouvé au cimetière la première fois la reprenait. Un sentiment obscur, poisseux, qui lui pesait d'autant plus qu'elle éprouvait pour Ti Madame reconnaissance et gratitude. Sans doute enviait-elle sa jeunesse, son bonheur éclatant – tout ce dont la vie l'avait privée, elle.

Marie termina le gâteau de riz à la vanille et se lança dans la préparation du pâté en croûte. Alain Miranville fêtait son anniversaire ce jour-là et avait réuni des proches. À Diego Garcia, ils seraient tous partis sur la côte Ouest pour un grand pique-nique en famille. Après un tour en pirogue, ils auraient pêché du poulpe et du vivaneau, les auraient mis à griller, avant de se jeter dans le lagon. Elle s'arrêta, un poing enfoncé dans la pâte. Et pourquoi pas ? Oui, si elle partait à la mer demain dimanche, avec Josette et les enfants ? Depuis son arrachement à Diego, elle ne s'était jamais baignée. L'idée la transperça : elle avait presque oublié la sensation de l'eau.

*

Joséphin sautillait déjà devant le bus quand Josette les retrouva à la gare Victoria. Makine courut vers eux, excitée elle aussi. Elles montèrent à bord et se collèrent sur une banquette en faux cuir rouge, éventrée. Sous leur poids, une mousse jaune jaillit de l'entaille. Un gros Indien boudiné dans un uniforme s'avança vers elles. Le bus les faisait rebondir à chaque virage. Le contrôleur ajusta sa petite machine à la ceinture, tira plusieurs tickets et annonça : « Cinq roupies. — C'est pas quatre ? » s'étonna Josette. Il se tourna vers Makine d'un air brusque. « Quel âge tu as ?

— Dix ans ! » Fierté de gamine. Il répéta : « Cinq roupies. » Josette croisa ses bras en signe de mécontentement. « Les enfants de plus de huit ans doivent payer, cracha l'homme du bout des lèvres. Donc c'est cinq roupies. » Marie croisa le regard de sa sœur, qui commençait à geindre. « Ayo monsieur… Huit ans, dix ans, quelle différence ça fait, hein ? Petit-petit même, ça ! » Le contrôleur se rembrunit davantage. « Vos papiers. » Josette souffla. Elle n'en avait pas. Personne aux Chagos n'avait de papiers. Marie sortit la roupie qui manquait et les hostilités s'arrêtèrent là.

Trou-aux-Biches. Une grande plage bordée de filaos. La couleur de l'eau était la même qu'à Diego Garcia, un turquoise vibrant, d'une pureté irréelle. Comment la mer pouvait-elle être à la fois si transparente et si bleue ? Elle avala l'air salin, le fit pénétrer en elle à grandes goulées. Se repaître d'iode, faire de la mer un festin. Le sable était d'une blancheur aveuglante. Sous ses pieds, elle en sentit la piqûre brûlante, délicieuse. Vraiment, comment avait-elle fait tous ces mois, toutes ces années, pour vivre sans ? Un instant, elle se crut chez elle – rien n'avait changé, la vie était simple, paisible, et Gabriel tenait Suzanne par la main. Elle s'approcha du bord. Gabriel l'avait abandonnée. Il avait dû regagner Maurice – il avait forcément regagné Maurice. Pas une fois il n'avait cherché à la voir. « Va baigner ! » lui cria Josette. Elle tourna la tête vers sa sœur, qui avait installé les enfants à l'ombre. Fonce. Josette avait raison. Portée par une bouffée de joie, elle ôta ses vêtements et plongea en culotte et tee-shirt dans la mer.

La mémoire de son corps se réveilla instantanément au contact de l'eau. Elle retrouva les mouvements lents qui lui donnaient une place dans le monde. Ses cheveux ondulaient sur sa nuque, elle redécouvrait chaque particule de peau, chacun de ses muscles, et dessous encore, chacun de ses os. Elle reprenait possession d'elle-même, brisée mais vivante, comme après un long voyage en dehors de son corps. Elle plongea à nouveau : dans les coraux, toute une faune avait élu cité, poissons-aiguilles, oursins, étoiles de mer, coquillages. Elle entrouvrit la bouche pour avaler un peu d'eau iodée puis remonta à la surface. Le sel attaqua sa gorge, déplaisant. Nécessaire. Elle jeta un œil vers la plage. Josette discutait avec les enfants. Où était Suzanne, mon Dieu ?

Marie nagea encore de longues minutes, dos au rivage. La sensation d'aller à la rencontre de l'horizon l'emplissait d'une joie sourde. Elle continuait, continuait, isolée du monde. La mer vira au vert, puis au bleu sombre. Quand elle s'en aperçut, un vertige inversé la saisit. Elle devinait l'abîme sous son corps, la faille immense dans les abysses. Dix mètres ? Vingt mètres de profondeur ? En bas, des poissons inquiétants suivaient une chorégraphie invisible. Qu'importe, il fallait avancer. Si elle nageait encore, elle finirait par atteindre Diego Garcia.

Au premier courant froid qui lui lécha le ventre, elle fit comme si de rien n'était. Mais la deuxième lame glacée la força à reprendre ses esprits. Elle se tourna vers la grève ; les humains n'étaient plus que des taches noires sur un trait blanc. Elle s'était beaucoup trop éloignée. La tête sous l'eau, elle ouvrit les yeux malgré la peur. Le noir avalait les falaises sous-marines. Elle fit un effort pour remonter à la surface. Ses bras commençaient à lui faire mal ; tant d'années sans nager. Elle reprit les mouvements de brasse, s'essouffla vite. Alors elle comprit : le vent était contre elle et des vagues se levaient.

Elle essaya de dominer son angoisse, changea légèrement de direction, trouva un courant oblique qu'elle épousa.

Elle avançait mieux, mais le bord ne se rapprochait pas. Elle finit par repérer une bouée jaune à cinquante mètres, se concentra dessus. Faire le vide ; ne rien voir sinon cette bouée. Elle commença quelques brasses, fit des ronds avec ses jambes. La bouée n'était pas à cinquante mètres, elle était beaucoup plus loin. Ses épaules l'élançaient. Il fallait tenir, mais elle ne se trouvait plus dans la poche protectrice du lagon. Au-dessus des flots profonds, tout pouvait arriver. Elle crut voir une ombre passer devant elle. Énorme, mouvante. Elle cria. Qu'est-ce que c'est ? Josette ! Tenta de se raisonner. Elle n'avait jamais entendu parler d'attaques de squales à Maurice. Il n'y a pas de requins, il n'y a pas de requins, il n'y a pas… Mais quand l'ombre perça la crête des vagues un peu plus loin, elle hurla. Et la bouée, inaccessible ! Elle accéléra de toutes ses forces. Il n'y a pas de requins… Après de longues minutes d'effort, la bouée finit par se rapprocher pour de bon. Elle lança une main et s'y cramponna, le souffle court. Ses bras étaient tétanisés, ses jambes ne répondaient plus. Elle s'enroula autour de la bouée comme une étoile de mer, regarda autour d'elle. L'ombre avait disparu. Ou alors elle la guettait, tapie dans le bleu nuit de l'eau. Elle se tourna vers le rivage, si loin, si loin… Déploya son corps, se laissa flotter sur le dos pour reprendre des forces. Dans le ciel, un nuage isolé fila à toute allure vers une masse plus épaisse, pressé de rejoindre sa famille.

Après une grande inspiration, elle se lança dans la traversée et ne s'arrêta plus. Les muscles de ses bras se durcissaient, son cœur pompait, mais le véritable ennemi, elle le savait, était la peur. Oublier les ombres qui continuaient à tourner autour d'elle. Ne pas penser à ce qu'il y avait sous ses jambes, dans les profondeurs noires, ne penser à rien. Assommée, déterminée, elle nagea, nagea, nagea encore, et quand ses pieds finirent par toucher le sable, elle s'arrêta, étonnée, la cage thoracique transpercée par des centaines de couteaux. Elle se laissa tomber sur le sable, à moitié morte. Le soleil l'enveloppa de son feu.

De là où elle se trouvait, Josette et les enfants étaient invisibles. Elle avait énormément dérivé. Elle calma son rythme cardiaque à coups de lentes inspirations. Se reposa encore sur le sable. Puis, quand elle s'en sentit capable, elle longea le bord, alternant marche et nage. Il n'y avait plus aucune crainte à avoir maintenant.

La silhouette de sa sœur, debout à côté de Joséphin et Makine, les mains en visière vers le large, finit par se découper dans la lumière. Elle avait réussi. Orgueilleuse, Marie plongea une dernière fois et jaillit devant Josette, un grand sourire aux lèvres.

Mars 1974

L'école du Sacré-Cœur se trouvait à quelques minutes de la villa Talipot. Une grille au-dessus d'un muret séparait la cour de la rue. En montant dessus, on pouvait apercevoir les enfants penchés sur leurs cahiers. L'établissement se composait de cinq classes en rez-de-chaussée, toutes ouvertes sur la cour. Gabriel se souvenait de sa propre école, avec ses décorations religieuses, crucifix, Vierge en plâtre, empreintes de mains à la peinture vive, coloriages qui débordent. Les choses avaient-elles tellement changé ? À son époque, on chantait le *God Save the Queen* le matin, on se mettait en rangs par deux pour saluer la levée de l'Union Jack ; aujourd'hui, les enfants chantaient *Motherland*, et s'interpellaient en créole dans la cour. L'étendard aux quatre couleurs flottait dans l'air.

L'envie de voir Joséphin le hantait. Depuis des mois, il ne cessait de repenser aux mots d'Angèle, les tournant et retournant dans sa tête. Marie le détestait. Joséphin n'était pas son fils. La violence de cet aveu. Jean-Joris. Mais un géniteur n'est pas un père. Qui avait bercé, nourri, pesé, cajolé Joséphin ? Qui l'avait aidé à grandir, qui avait assisté à ses premiers pas ?

Un matin qu'il n'avait pas cours lui-même, Gabriel décida de se poster devant l'école. La récréation se tenait vers 10 heures normalement. Il s'approcha du mur et se hissa jusqu'à la grille. Par les fenêtres ouvertes, une rumeur enfantine s'élevait d'une classe : les tables de multiplication, ânonnées en anglais.

« What are you doing ? » La maîtresse se pencha sur un petit créole qui s'agitait. « C'est lui-même qui chicane ! » protesta le gamin. Son camarade lui donna un coup de coude. Les visages étaient tous tournés vers la maîtresse. « I want you to speak English ! Please ! » À quoi servait l'indépendance ? Le créole était toujours aussi mal perçu.

Dans la classe voisine, les enfants semblaient plus jeunes. De grandes feuilles posées devant eux, ils dessinaient ou coloriaient des images. Gabriel tenta de discerner les têtes, cherchant dans le groupe les peaux les plus noires. En vain. La cloche finit par retentir. Les enfants hurlèrent, des chaises raclant le sol, des bruits de fermetures éclair, de boucles de cartables, et ils dévalèrent dans la cour. Ils devaient bien être cent cinquante. Impossible de repérer Joséphin dans la masse. Gabriel resserra ses doigts autour des grilles.

« Je peux vous aider ? » La voix glaciale le fit sursauter. Une nonne en habit clair le fixait méchamment, une croix en bois autour du cou. Tout en elle accusait la directrice. « Vous voulez que j'appelle la police ? — Oh… Pardon, c'est juste que… » Mon fils… Le mot ne franchit pas ses lèvres. Il sauta du mur, honteux, vexé d'avoir été surpris, et s'éloigna presque en courant.

En chemin, il s'installa dans un boui-boui qui vendait des nouilles sautées, en avala un bol entier, le regard vide. Pouvait-il procéder autrement ? Retourner à l'école, saluer poliment, « je suis le père de Joséphin Ladouceur, je voudrais voir mon fils », attendre que la directrice décide si oui ou non il disait vrai. Une pièce d'identité, monsieur ? Alors elle verrait. Gabriel Neymorin ? On n'a pas de Neymorin, ici. Au mieux, elle le chasserait ; au pire, elle alerterait le commissariat. Il devait y retourner. Le mal était fait de toute façon.

La pause déjeuner commençait à midi dans les écoles, il avait le temps. Il erra dans le quartier, acheta des makatias coco à un marchand ambulant. Comme il aimait ça, petit ! Il plongea le nez dans le sachet, laissa le parfum emplir ses narines. Les brioches étaient moelleuses, dorées, rondes comme des hosties. Dans leur cœur, une pâte de coco sucré, délicieusement granuleuse, crissait sous la dent. Gabriel retourna à l'école et choisit l'autre extrémité du mur pour monter à la grille. Quand la cloche résonna de nouveau, son cœur fit un bond.

Les gamins remuaient, formant des groupes aux fonctionnements distincts. Certains s'asseyaient en cercle pour manger leur pain fourré, bavardant avec le sérieux des adultes. D'autres délaissaient leur repas pour jouer à la marelle ou à la corde à sauter. Il y avait des cris, des rires aigus, parfois des pleurs quand un genou s'écorchait. Un visage attira soudain son attention. L'enfant avait la peau noir ébène, les cheveux crépus et surtout, il se tenait à l'écart dans la cour. Il ouvrit sa boîte de déjeuner. Personne ne s'assit avec lui.

Gabriel sentit la tête lui tourner.

« Joséphin ! » Sa voix s'étrangla. Il s'accrocha à la grille et se redressa entièrement. Dans son mouvement, les makatias coco s'écrasèrent au sol. « Joséphin ! » hurla-t-il plus fort. Le petit leva la tête et finit par l'apercevoir. « Viens, Joséphin ! » Il s'approcha d'un pas lent.

Son fils avait maigri, il s'était allongé, comme étiré. Gabriel fut à deux doigts d'enjamber la grille, mais le petit ne bougeait plus, le scrutant à distance, comme s'il le voyait pour la première fois. Gabriel sentit la sueur mouiller ses paumes. Ce n'était pas possible. Il l'avait oublié ? Joséphin l'avait oublié ? « Tu me reconnais, mon chéri ? » Un grand non de la tête. « Mais si, c'est moi. Papa ! Ton papa ! Joséphin, tu as oublié Diego Garcia… ? » Les sanglots lui entravaient la gorge. Son fils ne le reconnaissait pas. Brutalement, Joséphin lâcha son sandwich et s'enfuit en courant à l'autre bout de la cour.

Turbulences. Certains passagers se réveillent. La ceinture, un gémissement, des regards en coin. Et si la mort revêtait les habits d'une carlingue ? Eux, nous, moi, aujourd'hui ? La fin de la délégation chagossienne.

Dans les allées moquettées de bleu, les hôtesses plaisantent, et leurs rires rassurent les humains. Je n'ai pas peur des avions, moi ; seulement des bateaux.

Voix douce des standards aériens. Dès que l'avion sera stabilisé, un dîner nous sera servi. J'ai prévu de garder le fromage et le dessert pour notre déjeuner de demain. Une fois qu'on l'a connue, la peur de manquer ne vous lâche plus. Le présent s'effrite. Seul compte le futur. Alors s'il y en a une, j'emporterai aussi la mignonnette de vin.

Mars 1974

Depuis le matin, l'agitation faisait trembler les murs. Les Miranville donnaient une réception importante le soir même – le directeur de la Mauritius Commercial Bank en personne venait dîner avec son épouse. Ti Madame avait établi un « plan de guerre ». Dans la cuisine, elle les avait toutes réunies pour leur détailler le menu, Rama, Félicie et elle. « En entrée : aspic de poisson aux câpres. Deux plats ensuite : gambas sauce rouge, avec salade de cœurs de palmistes ; rôti de cerf avec mousseline de patates douces. » Elle marqua une pause. « J'ai dit à mon mari que c'était trop, mais il y tient. En dessert : bombe glacée à l'ananas... Ça, c'est déjà commandé à la Flore mauricienne, parfait – elle raya la mention sur sa liste –, café, digestif et bien sûr petits-fours, amuse-bouche et *tout le tralala.* » Ti Madame était vraiment unique ; Marie adora le geste qu'elle fit, léger, virevoltant, qui signifiait combien elle se moquait elle-même de ce cinéma.

Il fallut s'atteler à la tâche. Rama se jeta sur le palmiste, facile à préparer, lui laissa les gambas. Évidemment. Depuis son arrivée, l'Indienne la regardait d'un œil mauvais. Elle devait craindre en elle une rivale, et les bontés dont l'entourait Ti Madame la faisaient enrager. Un jour qu'un vase avait été brisé au salon, Rama l'avait désignée comme coupable. « Pas vrai, ça ! J'ai rien cassé ! » Marie la soupçonnait plutôt d'avoir commis la faute elle-même. Mme Miranville avait contemplé les débris de porcelaine et haussé les épaules : « Il ne me plaisait pas, de toute façon. » Et elle avait demandé à Rama de nettoyer. L'autre en était restée mortifiée.

Il y avait un saladier entier de gambas. Marie se lança dans le long travail de décorticage, avant de jeter têtes et coques dans une marmite, avec un fond d'huile, des épices et du cotomili. Leur jus servirait de base pour sa sauce rouge. Il ne fallait pas perdre de temps.

Vers 4 heures de l'après-midi, Joséphin rentra de l'école. Elle lui trouva une petite mine, le regard soucieux. En classe, les autres élèves se moquaient de lui, de son accent, de ses difficultés. « Gros noir tu pues ! » Il ne comprenait pas cette méchanceté qui se déversait sur lui. « Oublie, mon tout-doux… Y disent ça mais c'est toi le plus malin. Y sont jaloux. Écoute la maîtresse, c'est tout ! » Marie n'avait que ça en tête : qu'il réussisse. Pouvoir aller à l'école était un privilège, au point qu'elle n'avait pas osé en parler à Josette. Makine travaillait, elle. Ses dix ans n'y changeaient rien. En semaine, quand elle sortait du petit restaurant de Pamplemousses où elle faisait la plonge certains midis, elle venait lui dire bonjour à la villa. À travers le portail, Marie lui tendait du pain, des gâteaux, des petites douceurs.

« Quelles nouvelles, au camp ? » Ce jour-là, Makine ne souriait pas. « Tous les soirs la bagarre… Maman est fatiguée de Papa. Hier, il a cogné sur elle. — Cogné ? Ayo, Makine ! Pas dire moi ça ! » Sa nièce souffla. « Il a vu Maman avec Gaudry. Jamais il la cognait avant. Mais hier… » Marie repensa aux paroles de Josette. Ne dis rien à Gabriel. Rien ! Makine s'emporta. « Moi aussi je suis fatiguée de lui. Vrai, Tatie, je voudrais y meurt. — Ma fille, retire ce vilain mot-là. » Sa nièce s'entêta. C'était la vérité. « Toutes les vérités font pas du miel dans la gorge » répliqua Marie. Elle lui glissa une petite pièce avant qu'elle reparte, choquée par ce qu'elle venait d'apprendre. Christian jaloux, Christian violent. Elle retournerait voir Josette dimanche et lui apporterait, en plus d'une ration de riz et de sucre, un peu de sa présence.

« Mamita... » reprit Joséphin d'une voix plaintive. « Plus tard, mon garçon... » Le rôti cuisait mais il fallait terminer la préparation de la mousseline de patates douces que Rama avait laissée en plan, bien sûr. Marie écrasa à la fourchette la chair orangée, ajouta du poivre et du piment. Il n'y aurait plus qu'à remettre la purée sur le feu quand les invités termineraient l'apéritif. Elle passa près de la buanderie et se rafraîchit un peu, avant d'enfiler une robe noire impeccablement repassée. Rama et Félicie avaient la même tenue – leur uniforme de soirée.

Vers 18 heures, alors que le directeur de la Mauritius Commercial Bank et son épouse entraient au salon, Joséphin se faufila de nouveau dans la cuisine. « Et toi ! Toujours là-même ? Je t'ai dit tu restes dans la dépendance ! » Félicie démoulait l'aspic de poisson sur une belle assiette. « Je dois finir le dîner, Joséphin. Va jouer, si te plaît. — Mais j'ai pas eu mon manger, moi... » Elle se passa une main sur le front. Joséphin avait pris l'habitude de goûter en rentrant de l'école ; elle avait totalement oublié de lui préparer son thé et ses biscuits. Elle saisit une banane dans la corbeille, ouvrit le frigo, en sortit un yaourt sucré, tendit le tout à son fils. Il s'assit pour peler la banane. « Apéritif fini » alerta Félicie. Rama, qui s'était occupée du service au salon, entra dans la pièce. « Encore là-même, le p'tit mendiant ? » Marie serra les dents et l'ignora, tout en mettant la sauce rouge à réchauffer. « Joséphin... Mange, mon garçon. »

« J'amène l'entrée » déclara Félicie en soulevant l'aspic de poisson. Des cris admiratifs s'élevèrent derrière la cloison. « Mamita ? » Marie jeta à peine un œil à son fils. Trop occupée. « J'ai vu Papa ce matin. » Quoi ? *Papa ?* Il délirait. « Joséphin ! Assez faire ton intéressant ! » Mais son fils insista. « Vrai, c'était Papa ! » Un vertige la saisit. Elle dut s'asseoir. « Il est venu pour moi à l'école. Même il est monté exprès sur le mur. »

Marie leva les yeux au ciel.

Tout se brouillait.

Un grain de beauté sous l'oreille, un nez busqué... Suzanne malade... Tous sur la plage ! Tous à la Pointe de l'Est ! Joséphin coco, mon petit Jo', bien noir, bien fort, un bon zilois... « Ça va, Marie-Pierre ? » Félicie était penchée sur elle.

Gabriel à Maurice. Tout près. Sa peau. Ses bras. De l'autre côté du mur, la soirée continuait. Elle fit un effort pour se ressaisir, mais la perspective du bonheur, du possible bonheur retrouvé, l'écrasait. Elle avait oublié ça, le cœur étoilé, le ventre qui s'affole. « Marie, la suite ! » cria Félicie en sortant la salade de cœurs de palmistes. Les mains fébriles, Marie emplit le saucier de gambas et pénétra à son tour dans la salle à manger.

À table, Ti Madame arrachait de grands éclats de rire au directeur de la banque. L'air était léger, enivrant. « Ah ! Une vraie sauce rouge ! s'exclama Alain Miranville. Comme ma nénène me la faisait autrefois ! » Marie servit en veillant à ne pas tacher la nappe. « Ma femme a le chic pour dénicher les meilleurs domestiques. » Ti Madame se figea ; une lueur froide dans l'œil.

« Et elle a aussi le sens des affaires ! Sans elle, je perdais cette maison !

— Alain, l'interrompit Ti Madame.

— Vous n'êtes pas la fille de Léon Neymorin pour rien » la complimenta le directeur.

Ti Madame se figea. Un bruit de fourchette contre la porcelaine. Marie s'empressa de regagner les fourneaux, l'esprit brumeux. La fille de Léon Neymorin. Une drôle d'idée se glissait dans les plis de son cerveau, perturbante.

Dans la cuisine, Joséphin terminait son yaourt.

Progressivement, le puzzle s'assemblait. Ti Madame. Ce sentiment de familiarité qui l'avait envahie au cimetière, la première fois. Son embauche soudaine, le salaire, leurs privilèges, les cadeaux faits à Joséphin. L'inscription à l'école. La nausée monta.

*

Elle s'avança dans la pièce, tenant à bout de bras la bombe glacée, laquée de lait de coco. Alain Miranville s'esclaffait à chaque mot du directeur de la banque, pendant que Ti Madame faisait la conversation à l'épouse. Évelyne Miranville-Neymorin. C'était bien ça. La sœur de Gabriel. Leurs regards se croisèrent. Marie ne comprenait pas tout encore, juste que c'était lui, forcément lui, qui avait tout orchestré. Le cimetière... La rencontre... Il l'avait humiliée, abandonnée. Laissée à sa sœur en gage. Une misérable domestique. « Marie ? » La voix de Ti Madame avait perdu de sa superbe. Même Monsieur ne parlait plus. Tremblante, elle posa le dessert sur la table, installa le couteau et la pelle à tarte sur le côté. Professionnelle jusqu'au bout. Nénène jusqu'au bout. Elle fixa encore les lèvres, les yeux, le front de sa patronne. Ses traits à lui dans ses traits à elle. La peau thé au lait. Les cheveux soyeux. Le nez légèrement busqué. Elle resta là. S'abîma dans la beauté de la trahison.

Tout est allé si vite.

Je veux plus rien entendre sur ton père, tu m'entends !

Elle m'avait traîné jusqu'à la dépendance où nous logions. Un drap, nos affaires dedans, vite – elle avait l'habitude. Ti Madame essayait de la raisonner. Marie, ce n'est pas ce que vous croyez, Gabriel ne voulait que votre bien... Vous voulez que je l'appelle ?

Je me souviens d'avoir été surpris. Gabriel. Comment Ti Madame connaissait-elle mon père ?

Ma mère ne décolérait pas.

J'ai rien à lui dire. Je vous laisse en famille.

Ti Madame, Évelyne, Tatilyne. Je ne sais plus quand je l'ai compris. Pas sur le moment, c'est sûr. Tu étais furieuse, Maman, tu n'expliquais rien. Tu es même partie sans ta paie du mois.

Dehors, plus aucun bus évidemment. Il faisait nuit.

On va marcher, Joséphin.

Je pleurais. Je ne voulais pas partir. C'était si bien, à la villa Talipot...

Tais-toi. On a aussi notre dignité.

On a retrouvé le camp Charrette, la case en tôle, la natte, les cancrelats. Angèle a essayé de me consoler. Tu ne m'as pas embrassé ce soir-là, Maman.

Ton père, ça... *Ton père !*

Tu étais en boucle.

Et moi, coincé entre deux fidélités impossibles.

Mars 1974

Les caniveaux noyés de boue. La poussière. Les fils électriques à ras du sol. La vieille charrette éventrée, à laquelle il ne restait même plus la dernière roue. Gabriel s'engagea dans le bidonville. Depuis la veille, depuis ce coup de téléphone vrillant la nuit, la voix d'Évelyne lui martelait le crâne. « Elle sait tout, Gaby. Elle a tout compris. Elle est partie avec Joséphin. »

Faire le vide en soi. Ce moment, il l'attendait autant qu'il le redoutait. Reculer n'était plus possible. De Marie, il se prépara à recevoir la tempête. De Suzanne et Joséphin, l'oubli des années. Il était prêt. Il voulait les revoir, leur demander pardon.

Une lumière chaude baignait le camp ; d'ici une heure, le soleil serait couché. Des silhouettes éclataient ici et là, au détour d'un mur en tôle, d'un arbuste ou d'un abri, certaines familières, d'autres inconnues, ou impossibles à identifier. Mais elle, il la reconnaîtrait au premier coup d'œil, il en était certain. Un sifflement aigu s'éleva sur son passage, qui fut repris un peu plus loin. Des ombres apparaissaient et disparaissaient devant lui, et soudain, il la vit.

Les cheveux coupés court. Les hanches amaigries. Elle avait les pieds nus comme toujours. La même, passée au tamis de la souffrance. Une beauté effilée, endurcie. Gabriel plongea dans son regard intranquille et sa poitrine explosa.

Marie se planta face à lui. Son corps tout entier semblait l'accabler de reproches, dressé face à lui dans une attitude guerrière. « Et tu as pas honte pour venir ici… » dit-elle du bout des lèvres. Toutes ses belles excuses volèrent en éclats. La colère fronçait cette bouche qu'il avait tant couverte de baisers. « Je… Je voudrais te parler. » Elle fit un pas, lui passa devant sans un regard. « On marche. » L'inversion des rôles. Des années plus tôt, c'était elle qui l'avait suivi. Il crut apercevoir la tête d'un petit garçon derrière un bout de tôle mais ne s'attarda pas. Elle filait déjà vers la route.

Marie.

J'ai pensé à toi jour et nuit. Pas une heure où tu n'étais pas avec moi, ta peau, ton sourire… Tu ne me croiras pas, c'est pourtant la vérité… Je me réveillais la nuit en criant ton nom. J'étais fou, terrifié par ce que les Anglais préparaient, piégé… Quitter Diego pour vous rejoindre était impossible, il n'y avait pas de bateaux, pas pour nous en tout cas. Les Américains, eux, pouvaient aller et venir à leur guise. Dès que j'ai pu, je suis venu. Je te le jure.

Elle leva la main pour lui intimer l'ordre de se taire.

Au loin, le champ de canne oscillait sous le vent. Marie continuait à marcher en fixant un point droit devant elle, silencieuse.

Et Joséphin ! Je ne pouvais pas le laisser comme ça. Évelyne m'a dit combien il était gentil, et intelligent… Est-ce qu'il ne méritait pas d'aller à l'école, d'avoir une meilleure vie que dans ce… ce dépotoir ! Peu importe le passé, Marie, c'est mon fils. Je donnerai tout pour lui. Pour vous. Pour Suzanne aussi. Je la considère comme ma fille, ma propre chair.

Elle continuait de lui opposer un silence compact, d'une dureté de pierre. Il se sentait impuissant. Lorsqu'ils arrivèrent au pied d'un jacaranda, en bordure du champ, elle s'arrêta. Avec la brise des derniers jours, les fleurs mauve pâle étaient tombées, déposant une neige lilas sur la terre. Elle leva le menton vers lui, révélant deux grands cernes bruns sous ses yeux.

Il était fier de lui, en somme ? Un bon père de famille ? Parfait. Après s'être si bien occupé de *son fils* et de *sa femme*, il pouvait s'occuper de *sa fille*, maintenant... Elle posa la main sur le tronc du jacaranda. Gabriel sentit la tête lui tourner. Le vertige empêchait l'air de circuler dans ses poumons. Mais oui, *sa fille*, sa petite Suzanne... Juste là dans le trou, sous la terre couverte de fleurs.

Il étouffa.

J'avais une sœur, autrefois. Elle aimait les animaux, les courses sur la plage, les bonbons de riz. J'avais quatre ans. D'elle, aucune image. Pas une photo. Personne n'avait d'appareil à Diego Garcia.

J'ai oublié son visage. Suzanne avait-elle le front lisse et bombé comme notre mère ? Des fossettes dans les joues ? La seule vision qui me reste d'elle, c'est un corps tordu sous un drap.

Elle pestait après moi, elle m'adorait. C'est ce que tu disais, Maman. Moi, ce que je sais, c'est qu'on jouait ensemble avec Mérou. On ramassait des coquillages. On bâtissait des châteaux de sable pour les écraser à pieds joints.

Quel frère ai-je été pour elle ? Pendant quatre ans, moi, son minuscule frère.

Janvier 1971

Suzanne.

L'enterrement.

Quand elle avait réalisé que sa fille ne respirait plus, Marie avait poussé un long cri silencieux. Une douleur telle qu'elle ne trouvait pas le chemin jusqu'à ses poumons, jusqu'à sa gorge. Elle avait cru s'évanouir. Mais en entendant les pleurs de Josette, puis d'Angèle, de Joséphin, de Makine, et bientôt du camp tout entier, elle avait compris qu'elle n'était pas inconsciente. Tout ce qui se passait était là, bien réel. Même Christian avait compris et hoquetait, le poing enfoncé dans son ventre. Quand Gaudry Depaz était arrivé, une heure après peut-être, accompagné d'un médecin qui avait eu pitié d'eux, il s'était laissé tomber à genoux devant le petit corps. Elle-même ne bougeait plus, pétrifiée par la souffrance.

Des femmes déposèrent la dépouille raidie, tordue, sur une natte au milieu de la pièce, allèrent cueillir quelques fleurs en bordure de route, allumèrent des bougies, murmurèrent des prières. Le médecin avait établi son diagnostic. « Ça ressemble au tétanos… L'infection a dû se généraliser rapidement. » Il se signa et s'éclipsa.

« Je vous salue Marie pleine de grâce… » chuchotaient les bouches autour de Suzanne. Une voix plus claire finit par emplir l'air vicié de la case. C'était Angèle, entonnant un chant de Diego Garcia. Le même, peut-être, que celui qu'elle avait eu pour le vieux Félix. Josette unit sa voix à la sienne, suivie de Gisèle, Makine, Becca et de tous les îlois réunis autour d'elle. L'âme des Chagos se mêla à celle de Suzanne, comme pour lui ouvrir un chemin.

Lentement, Marie rejoignit le chœur des femmes. La mélodie était une vague, une mélancolie, une purification – chanter comme on nage, épouser les sanglots du ressac.

Personne ne dormit cette nuit-là. Le silence, entrecoupé de murmures, enveloppait Suzanne. Joséphin veilla au chevet de sa sœur, personne n'ayant réussi à le déloger de la case. Marie avait l'impression que sa petite fille lui faisait une mauvaise farce, elle allait ouvrir les paupières, sautillante, reprendre ses jeux avec Mérou, raconter des histoires, éclabousser son frère en se jetant dans l'eau. L'image la poignarda. Comment accepter que la chair de sa chair ne ferait rien, jamais, de sa joie de vivre ?

Le lendemain, Gaudry arriva vers 9 heures avec un homme vêtu de noir. Un diacre qui travaillait à la paroisse voisine. « Toutes mes condoléances, madame… Je vous souhaite beaucoup de courage dans cette terrible épreuve. » Elle remercia d'un hochement de tête, mécanique. « Le père Larronde s'est installé aux Seychelles, c'est moi qui le remplace. » Elle eut un élan de reconnaissance envers Gaudry ; le père Larronde était de Maurice, c'est vrai. L'attention la toucha, puis la douleur reprit le dessus. Le diacre se pencha sur sa fille et traça le signe de la croix sur son front glacé. Il sortit son chapelet, commença ses prières – le rosaire comme un dernier au revoir.

« Mon père..., souffla Josette. Y va falloir l'enterrer... » Où pouvaient-ils... ? Marie fut reprise de sanglots. Ils allaient mettre sa fille en terre. Les arbres et les fleurs étaient en terre, les roses et les manguiers en terre. Mais Suzanne ? Le diacre agita les mains d'un air désolé. Ils n'auraient pas accès au cimetière Saint-Georges. Pour y être enterré, il fallait acheter une concession, et le prix était très élevé. La seule chose possible, hélas, était... Marie trembla. « La fosse commune. »

Même à Diego Garcia ces charniers n'existaient pas. Sa fille dans une fosse, il n'en était pas question. Elle préférait creuser à mains nues une tombe en bordure de champ ! D'ailleurs, c'est ce qu'elle ferait. Le diacre eut l'air gêné. « Ce n'est pas autorisé par la loi, vous risquez d'avoir des problèmes. » Ce fut le mot de trop. Des problèmes ? Elle aurait des problèmes ? Quel genre de problèmes pourraient bien l'accabler après avoir été injustement arrachée à son île, vendue comme une esclave, jetée dans la misère d'un bidonville, trahie par l'homme qu'elle aimait ? « Ma fille est morte. Sept ans, elle avait ! Alors les problèmes... » Le diacre recula d'un pas.

*

Sur la tôle recouverte d'une natte, un drap blanc posé sur elle, Suzanne fut portée par Henri et Jean-Joris, enfin au rendez-vous. Marie, soutenue par sa tante et sa sœur, marchait juste derrière, Makine et Joséphin autour d'elles. Lentement, les îlois firent cortège jusqu'à la lisière du champ de canne. La terre rouge brûlait. Gaudry avait repéré un jacaranda et creusé le sol à ses pieds. Marie s'approcha.

Un trou. Une béance. Elle songea qu'il y avait de la place pour deux.

Au milieu des chants funèbres, délicatement, tendrement, Suzanne Ladouceur rejoignit sa maison de poussière.

IV

L'avion survole l'Égypte. Bientôt, nous quitterons l'Afrique pour l'Europe. Là où a été inventé le monde tel que nous le connaissons, tel que nous le subissons.

Mon plus beau souvenir sur le vieux continent est aussi le plus cruel. Novembre 2000, Haute Cour de Londres. Ma mère commençait à faiblir. Les cheveux noués sous un fichu, le regard droit malgré ses petites lunettes, elle avait prétendu avoir trop peur de l'avion pour venir. En réalité, elle me poussait vers l'avenir, elle me passait le flambeau.

Notre défense était solide. J'avais confiance en l'avocat cette fois-là. À raison.

À l'issue d'un long procès, la Haute Cour a reconnu que le dépeuplement des Chagos était « illégal », en violation totale de la Charte des Nations unies. Elle nous accordait le droit de retourner, en théorie du moins, sur certaines îles de l'archipel. Mais pas à Diego Garcia.

Bien sûr, le camp adverse a fait appel. Bien sûr, il a fallu laisser la joie au placard. Attendre encore, toujours.

11 septembre 2001, World Trade Center. Guerre en Afghanistan. Le monde libre devient fou. La panique est totale. La base militaire de Diego se transforme en un

gigantesque porte-avions pour les B52. Les sous-marins à propulsion nucléaire croisent dans la baie. Les tortues fuient l'océan Indien.

Notre voyage de retour est annulé ; suspendu. On ne sait plus ce qui se passe. Il y a d'autres priorités pour les Américains et les Britanniques. Et voilà que Maurice, sortant soudain d'un long sommeil, s'oppose au Royaume-Uni et revendique sa souveraineté sur les Chagos. Combien de luttes encore, de manifestations, de protestations. L'espoir de rentrer chez nous était le plus fort. J'y croyais, mon Dieu, j'y croyais tellement !

La gifle finale, c'est juin 2004. Deux « orders in council » de la reine Élisabeth. Des décrets qui reviennent sur la décision de la Haute Cour de Londres. L'accès aux Chagos est désormais, et définitivement, interdit à « quiconque ». Notre espoir, piétiné.

Le verdict s'appuie sur une étude de faisabilité. Quelle faisabilité ? Qui a été missionné pour ça ? Le repeuplement de l'archipel est impossible, prétend l'étude : trop cher, préjudiciable pour l'environnement et surtout, la belle affaire, risqué pour nous autres îlois en raison de la montée des eaux…

Notre avocat, Robin Mardemootoo, réagit dans la presse : « Si l'eau monte pour les Chagossiens, elle monte aussi pour les militaires américains. L'environnement ? Des générations ont vécu là-bas en harmonie avec la nature. On ne peut pas en dire autant de l'armada militaire de Diego Garcia. » Sa conclusion tombe d'elle-même : « Si les Chagossiens avaient été blancs, jamais ils n'auraient été chassés de cette façon. »

Janvier 1975

« On fait une erreur une fois dans sa vie, et on passe le restant de ses jours à la réparer. On essaie ! Parce qu'on sait très bien qu'on n'y arrivera pas. » Gabriel chercha son paquet de Gitanes, son briquet. « Voilà ma vie. Tu en veux une ? » Le visage pétri par la fatigue de cette conversation déjà trop longue, Évelyne le repoussa. Tant pis. Il aspira la fumée du tabac, la recracha vers la nuit bleu marine. « Mon erreur a toujours été de me taire. Je me rattrape avec toi, Lézard. » À la seconde même où il prononça ces mots, la honte l'assaillit ; c'était avec Évelyne qu'il avait commencé à dissimuler, trahir, cacher. Pour protéger, ne pas blesser. La souffrance venait quand même – de plus loin, empruntant d'autres chemins, qu'importe puisqu'elle venait toujours. Une lumière s'alluma dans le lointain, clignota quelques secondes et disparut. Il porta une main à ses tempes. Sous son crâne, l'étau reprit le mouvement qui le torturait depuis des mois.

« Tu devrais te reposer, Gaby, ton état m'inquiète » souffla Évelyne. « Je me demande comment tu fais pour donner encore des cours. Tes élèves ne se plaignent pas ? Tes collègues ne te disent rien ? » Il ricana en écrasant son mégot. « J'arrive en classe, je donne des exercices, je lis le manuel, je corrige les exercices, je dicte les devoirs, l'heure est passée. Je recommence avec la classe suivante, puis avec l'autre encore. J'avance sans savoir ce que je fais, ce que je dis, mais j'avance quand même. » Il ralluma une cigarette – Évelyne tenta de l'en empêcher, trop tard. « Je n'en peux plus. » Le ton sur lequel il énonça cette petite, cette minuscule vérité le surprit lui-même. Une voix morte, comme une évidence trop souvent contournée qui finit par vous écraser. À bout, voilà. Vidé de toute énergie, de tout espoir. Son corps flottait dans un entre-deux, il continuait à marcher, à parler aux gens, mais c'était un autre que lui qui parlait, un autre que lui qui marchait. Il ne croyait plus en rien.

Marie… Laisse-moi voir au moins Joséphin. Je voulais vous aider, c'est tout… Lui offrir une bonne école… Est-ce qu'il va toujours à l'école ? Marie, s'il te plaît. Il est petit, il a besoin de son père. Pardon, Marie, juste une minute. Le voir, c'est tout, qu'il sache que je l'aime…

Dix fois, cent fois Gabriel était allé au camp Charrette ces derniers mois. Le matin aux aurores, avant qu'elle ne parte dans les champs de canne, le soir, au retour du travail, le samedi, le dimanche. Tout, il avait tout tenté, la contrition, la rage, la supplique, la raison, le cœur, la religion. Dix fois, cent fois elle avait refusé, le forçant à repartir seul, écartelé, vers son quotidien minable et désespérant.

« Tu as maigri, Gaby. Tu fumes, tu fumes, tu fumes… Tu pleures. Tu ne dors pas. Il faut te ressaisir. » Évelyne avait levé le menton avec un petit geste autoritaire. « Lézard ! s'émerveilla-t-il. Refais… — Refais quoi ? » Il sourit dans le vague. « Refais ce mouvement, là, quand tu lèves le menton. » Elle bondit du fauteuil et traversa la varangue.

« Gabriel ! Je suis sérieuse.

— Mais moi aussi, dit-il. Tu lui ressembles tellement quand tu fais ça.

— Je lui ressemble tellement ?

— Oui. À Maman... »

Elle s'immobilisa – le corps en tension, comme si elle hésitait, la gifle ou le baiser. « Arrête » dit-elle seulement. Elle se rassit.

« Tu sais quel est le problème des morts, Gaby ? murmura-t-elle après un silence. C'est qu'ils ne meurent jamais. Leurs fantômes sont plus vivants que toi et moi. » Il laissa l'idée cheminer en lui. C'était ça. C'était exactement ça. Suzanne était plus vivante que lui dans les yeux de Marie ; et leur mère était plus vivante qu'Évelyne puisqu'elle l'effaçait. Comme l'être humain est étrange, insatisfaisant. « Regarde dans quel état tu es, reprit-elle. Tu te trompes de combat, Gaby. Les morts, les vrais morts, je veux dire les vivants qui souffrent, ceux qui se lèvent tous les matins en réclamant la nuit pour que la journée soit déjà derrière eux, pour que le sommeil les emporte loin de la douleur, ce sont eux qui ont besoin de nous. » Gabriel sentit les yeux lui brûler. Évelyne lui arracha sa cigarette et l'éteignit dans le cendrier en marbre jaune. « Suffit, cette clope. »

Le visage de Marie lui revenait par vagues monstrueuses. « C'est pas ton fils ! Va-t'en ! » Elle hurlait, les cheveux en serpents effarés, piquée par la lumière. Joséphin... Si fier de lui au départ. Il le regardait en se disant, voilà, c'est un peu de moi, la trace de mon passage sur cette terre, je n'aurai pas vécu en vain. Puis : même s'il n'*est* pas de moi, il *tient* de moi. De Joséphin aujourd'hui, il ne savait plus rien. Son fils n'était peut-être pas mort, mais il avait pris la place d'un fantôme.

« Tant qu'on y est, reprit Évelyne d'une voix plus calme. Je sais que tu refuses que je t'en parle, mais justement. Le père va très mal. » Sur la toile du ciel, les étoiles formaient une fine poussière blanche. « J'espère qu'il va crever » dit-il d'une voix forte. « Gaby. Il faudra un jour que tu m'expliques. Tu sais que je lui en veux beaucoup moi aussi, mais la haine que tu as pour lui… Quelque chose m'échappe. » Il vacilla.

Ludna pleurait depuis tant d'années dans sa mémoire.

« C'est à cause de Maman ? » demanda-t-elle d'une voix douce.

« Il va très mal, tu disais ? » Elle soupira, n'insista pas. Désamorcer la bombe. « Il veut nous réunir avec le notaire. — Nous ? » Il alluma une énième cigarette qu'elle n'eut pas la force de lui retirer.

« Toi, moi… et Benoît.

— Ah ! Benoît ?

— Oui. Il est prévenu, il sera là le mois prochain. »

Sa cigarette se consumait ; une cendre légère, bleutée, s'éparpilla sur sa chemise. « Hé ! Mais il y a un cendrier juste là ! » s'énerva Évelyne. Il sentit la chaleur remonter jusqu'à la pulpe de ses doigts ; lâcha le mégot dans le morceau de marbre veiné. « Quitter Londres pour parler héritage, ça il veut bien… » Sa sœur acquiesça. Benoît ne s'était jamais mêlé à eux, pas même durant l'enfance ; hautain, prétentieux, il était le digne fils de leur père, mais n'avait rien de l'homme protecteur que dans les familles heureuses – en existe-t-il seulement ? – on appelle un frère.

Janvier 1975

De son crayon imaginaire elle sculptait l'air de ses lettres, taillant des arêtes dans la nuit, affinant des courbes, ici une montagne, là une plage, pour tromper son chagrin. Un grand « M », un petit « a », un grand « M » à nouveau, petit « a », petit « n », comme Gabriel le lui avait appris – sa main, une empreinte à la craie d'oursin.

Ces heures passées auprès de Gabriel, les avait-elle vraiment vécues ? Cette folie au moment de quitter l'île ? La tombe de sa mère, si loin, si loin... Le cimetière devait être dévoré de ronces aujourd'hui. Ou alors les colons l'entretenaient pour ne pas s'attirer la malédiction des défunts ; ratisser l'allée, ôter les mauvaises herbes, passer un chiffon sur la pierre tombale, aussi lisse qu'une joue d'enfant. À quoi ressemblait Diego Garcia ? Comment pouvait-on transformer la mer en autre chose que la mer ? La plage en autre chose que la plage ? Quand elle y repensait, c'était son île éternelle qui lui revenait, la sensation de l'eau sur sa peau, la jetée de la Pointe de l'Est, son village de Pointe-Marianne, la parcelle, les vapeurs de coprah chargées d'iode. Pas la prison des Anglais et des Américains. Est-ce qu'ils reconnaissaient la beauté de leur île, au moins ? Sa pureté ? Sa fragilité ? Elle laissa tomber son crayon invisible sur la paillasse et ferma les yeux. Tant de gâchis.

*

« Joséphin est emmaillé dans le malheur. » Angèle épluchait du manioc sur la table de sa petite case. Quand le courage lui manquait, Marie courait se réfugier chez sa tante. Elle s'épanchait en silence, parlait peu, inquiète pour son fils. Depuis plusieurs mois, tous les soirs au moment du coucher, Joséphin pleurait. Marie remontait le drap sur son torse, lui racontait une histoire, un conte de Diego Garcia – murmurait parfois un simple *Notre Père*. À la seconde où elle quittait son chevet, il éclatait en sanglots. Elle revenait le consoler et ne pouvait plus lâcher sa main jusqu'à ce qu'il s'endorme. Le mois de janvier était toujours le plus dur. Le souvenir de Suzanne, l'arrachement à leur île, tout lui revenait par bouffées violentes. Un bloc de pierre écrasait ses poumons ; pour un peu, elle aurait entendu le craquement de ses os, cédant un à un comme des élastiques trop tendus. Son corps, figé. La douleur, asséchante. Le sang ne coulait plus entre ses jambes, plus du tout. Elle se sentait vide.

« Je dois te dire, ma fille, déclara Angèle en repoussant les épluchures de manioc. Ton fils, vrai il a besoin d'un père. Pas bon son chagrin. » L'accusation la transperça. Mauvaise mère. Sa tante gardait les yeux baissés. « Jamais Gabriel a jeté le petit, même quand il a su pour Jean-Jo. » Marie explosa : « Deux ans il m'a pas donné de nouvelles, et quand il rentre à Maurice, il vient pas me voir, il envoie sa sœur faire de moi sa nénène ! » Elle claqua la langue, ajouta : « Le cheval mord la roche mais c'est le cabri qui casse sa dent. » Angèle rassembla les pelures de manioc dans un papier journal. « Je crois juste il voulait aider.

On est pauvres comme la gale… » Marie se tut et tourna la tête, fixa ses yeux sur un point de détail ; une assiette ébréchée posée sur la caisse en face d'elle. Elle avait pris cette habitude dès que l'émotion la menaçait. Se concentrer. Détourner la tristesse. Angèle s'essuya le front du revers de sa manche. La case résonna du bruit du couteau détaillant le manioc en petits dés. « Ta colère contre lui, ma fille, on dirait c'est ton moteur. »

Angèle visait juste. Marie puisait dans sa rage la force nécessaire pour affronter les jours. Elle avait besoin d'en vouloir à Gabriel. L'assiette ébréchée se troubla, tout devint flou ; la table, la caisse, la petite étagère en bois, la natte sur le sol. Mais contre toute attente, ce fut Angèle qui éclata en sanglots.

« Pardon ! Pardon ! Gabriel est venu, avoua sa tante. Il est venu ici… Y a bien longtemps de ça. »

Quoi ? Marie eut un mouvement de recul. Elle avait mal entendu. Mais son pouls ne mentait pas. Son cerveau avait parfaitement saisi les mots.

« Tous vous étiez dans les carreaux de canne, reprit Angèle. Première chose en arrivant Maurice, Gabriel est venu ici. Je l'ai trouvé maigre-maigre, tu sais… Il voulait te voir, embrasser Joséphin. Il a juste vu la misère. » Elle marqua une pause. « Et Suzanne ? il a demandé. J'ai pas pu lui dire. Mon ventre fait encore des nœuds, ma fille. Pardon… Je lui ai fait des menteries. Il a payé pour les autres. » La sueur remontait ses doigts liquides le long de sa gorge, l'enserrant lentement. « J'ai dit Suzanne est “guérie”… » Marie se sentit tanguer. Dire qu'elle attendait Gabriel à ce moment-là, qu'elle y croyait encore ! « Après je l'ai chassé. Elle te déteste ! j'ai dit. Jamais tu reviens ! Tu as trop fait ton Judas ! J'avais ça sur mon cœur. Pardon, ma fille. » Marie s'était levée. L'existence n'était rien d'autre que ça, une succession de vérités et de mensonges qui pouvaient faire basculer votre vie sur un mot, un cri, un silence.

*

Le crayon imaginaire s'éleva à nouveau dans l'obscurité, traçant des mots d'excuse, des caresses. Des appels. Marie aurait aimé ça : savoir écrire pour de bon. Le peu que Gabriel lui avait appris dormait à présent dans un coin de sa mémoire. Lire lui était redevenu difficile. « Maman » était le mot dont elle se souvenait le mieux. Elle espérait qu'un jour Joséphin en maîtrise davantage. Mais pour l'instant, il n'y avait plus d'école, plus de leçons. Elle écouta sa respiration, émue par le souffle de cet enfant qu'elle avait réussi à maintenir sept ans en vie. Aussi longtemps que Suzanne. Les larmes se pressèrent sous ses paupières et elle se tourna vers la tôle qui lui servait de mur.

Pendant des mois, ma mère a fait barrage. Elle refusait que je voie mon père. Je devais rester caché dans la case chaque fois qu'il venait. J'entendais des cris, des suppliques. Je me croyais responsable. Ma marraine me consolait de son mieux. Elle sucrait mon thé et me cuisait des carailles de kat-kat manioc, un mélange de racines, d'épices et de petits morceaux de porc, achetés moitié prix à la fin du marché. Ce goût-là reste en moi associé aux déchirements des adultes. Je n'en mange plus.

Février 1975

Le ciel virait déjà au noir. Entre les palmiers centenaires de la place d'Armes, le vent s'infiltrait avec des murmures menaçants. Gabriel referma son livre. À ses pieds, des colonnes de fourmis filaient dans une seule et même direction. Il comprit tout de suite. Un cyclone. « Restez pas là ! » lui cria un homme qui courait déjà. Les nuages s'amoncelaient au-dessus de Port-Louis, de plus en plus électriques. Gabriel n'attendit pas davantage. À peine fut-il lancé que le chemin commença à se brouiller.

La cascade s'abattit d'un coup sur ses épaules, lourde, méchante. Sur la route, des objets roulaient ; quelques cartons abandonnés précipitamment par un vendeur ambulant, une chaussure, une roue de vélo. Un déplacement d'air le força à s'arrêter – se faire tout petit pour que le vent vous épargne. Essayer d'avancer. Le bitume se liquéfiait et l'eau pénétra ses chaussures, ses chaussettes. Plus de temps à perdre. Gabriel reprit sa marche, courbé en deux. En temps normal, il aurait atteint son appartement en cinq minutes, mais le souffle le déportait vers la droite, rendant quasiment impossible toute progression. Un chien s'envola devant lui ; son maître tendit les bras et le rattrapa in extremis. Un cyclone ! Il se pencha à nouveau pour avancer, rasant presque le sol détrempé. La pluie avait pénétré ses vêtements, sa peau. Il n'y voyait pas à un mètre.

À force de persévérance, il finit par arriver chez lui. Tous ceux qui possédaient un toit s'étaient déjà calfeutrés. La porte de l'immeuble s'ouvrit, le vent s'engouffra à l'intérieur et la fit claquer violemment. Il appuya son dos sur le battant pour la refermer – premier verrou, deuxième verrou. Sauvé ! Trempé jusqu'aux os, frissonnant, il chercha mécaniquement l'interrupteur : électricité coupée. Il pouvait à peine distinguer l'escalier dans la pénombre. Ses vêtements mouillés lui collaient au corps.

Les vents redoublèrent de violence. La pluie pilonnait les toits. Il accéda au premier étage et se réfugia chez lui. Il n'avait jamais vraiment fouillé dans le bric-à-brac de son réduit ; il y trouva une lampe à huile, des bougies, dénicha quelques morceaux de carton, du gros scotch, des chiffons et commença à protéger ses fenêtres. Une caresse glacée le fit sursauter. Un filet d'eau venait de lui couler dans le cou. Il se rendit compte qu'il n'avait toujours pas ôté ses vêtements. Il se changea, se frotta avec une serviette et revint dans le salon. Une faible clarté détachait les contours des meubles. Il chercha des boîtes de conserve dans le placard, en sortit trois ou quatre. Thon et maïs. Il fouilla encore. Des biscuits. Le vent hurlait à présent, faisant battre ses fenêtres.

Joséphin.

Comment résisteraient les cases du camp Charrette ? Elles ne résisteraient pas. Mais Joséphin… Hélas ! Sortir maintenant était trop dangereux. Alors attendre. Et prier Dieu.

*

Deux jours. Deux longs jours enfermé dans son appartement. Le cyclone s'acharnait. L'eau ruisselait malgré les murs épais et il n'y avait pas assez de bassines pour la recueillir. Pas assez de seaux. L'image de son fils vendant de l'eau au cimetière lui fouillait les entrailles. À l'époque, Évelyne avait eu des mots précis, terribles : « Ton fils ressemble à un vieillard de sept ans. » Renoncer à lui était impossible. Marie n'avait pas compris ça, cette chose si simple : il ne pouvait pas les abandonner.

Sa furie avait tout balayé, l'avait rendue méchante. La jeune femme d'autrefois, souriante et vive, avait cédé la place à une gorgone. Empêcher deux êtres qui s'aiment de se voir, de se parler ? C'était ni plus ni moins que de la cruauté. Il éprouvait pour elle seulement de la rage, et parfois, cette rage se muait en haine. Mais cette nuit-là le ciel se précipitait sur la terre pour l'écarteler, la faire mourir. Imaginer Marie dessous, avec Joséphin, était pire que d'y être.

*

Au troisième jour, un calme irréel s'abattit sur l'île. Les bourrasques s'étaient apaisées ; la pluie ne martelait plus le toit. Gabriel descendit dans le hall, ouvrit la porte, prudemment d'abord, puis en grand. La rue était éviscérée. Les câbles électriques frôlaient l'eau. Mais à travers les lambeaux de brume, le ciel bleu perçait. Fragile, trompeur. Ils venaient d'entrer dans l'œil du cyclone. L'accalmie serait brève, la fin plus terrible encore. Gabriel avait au mieux trente, quarante minutes avant que l'ouragan ne reprenne. Il bondit. La perspective qu'il soit arrivé quoi que ce soit à son fils faisait voler en éclats sa prudence. Il saisit un sac, y fourra deux couvertures, des boîtes de conserve, les dernières bouteilles d'eau minérale qui lui restaient, et sortit en courant aussi vite que possible. De chez lui jusqu'au camp, il fallait compter une demi-heure à pied. Le risque était sérieux. Mais c'était la fin des autres qu'il redoutait, pas la sienne.

Dehors, la désolation. Le long du chemin, des voitures renversées, des arbres couchés, des branches arrachées. Des cadavres de chiens, qui lui en rappelèrent d'autres. Au-dessus de lui, l'azur fit une trouée plus importante, comme une goutte de bleu sur la toile blanche du ciel. Il essaya d'accélérer le pas, songea que s'il mourait là, bêtement rattrapé par le cyclone, il n'aurait même pas revu Joséphin une dernière fois.

Le ciel recommençait à s'épaissir quand Gabriel s'engagea dans le dernier tronçon. La terre rouge s'était transformée en boue, l'eau jaillissant à gros bouillons des caniveaux inondait tout. La pluie reprit d'un coup. Plus vite ! Il franchit le canal. Troisième case à gauche. Il n'avait pas oublié. S'engouffra sous le rideau tordu par le vent. Au milieu de la pièce, une table de guingois. Sur la droite, une planche qui devait servir de lit. La pénombre avalait la case, mais il devina, recroquevillés dans un coin, Joséphin et Marie. Ils étaient là. Joséphin ! Il s'entendit crier lui-même. Son fils courut vers lui et se jeta dans ses bras.

Marie s'approcha. Elle avait les cheveux défaits, une robe coupée au-dessus de la cheville. Pieds nus, comme toujours. Son œil brillait, effaré. « Papa… » Il laissa la chaleur de ces deux syllabes l'envelopper, le brûler. Cela faisait si longtemps… Son fils sentait le sucre et la peur, sa peau dégageait un parfum acide, mais cette acidité était merveilleuse, c'était l'odeur de la vie.

D'un coup, les vents redoublèrent de violence, libérant une pluie drue. Une plainte lugubre traversa la case. « Il faut protéger l'entrée ! » cria-t-il. Marie ne bougeait pas.

« Avec quoi on peut consolider les parois ? Vite ! » Elle sortit enfin de sa torpeur et lui tendit une chaise. « Ça n'ira pas ! Une planche… Tu n'as pas une planche ? » Il se retourna vers la paillasse. Voilà. Sous le matelas en mousse, c'était bien une planche qui servait de sommier. Il la planta devant l'entrée et boucha le trou d'air. Joséphin frissonnait. « Je suis là, coco, Papa est là… » Il sentit le regard de Marie sur lui, mais avec l'obscurité, il ne put rien y lire. Elle ne l'avait pas chassé. La mort rôdait autour d'eux et elle le savait.

« L'œil du cyclone s'éloigne déjà, expliqua-t-il à son fils, ça veut dire que bientôt la tempête sera finie. » En vérité, le pire était à venir.

Il tira de son sac les deux couvertures, en tendit une à Marie, l'autre à Joséphin. « J'ai pris une torche et quelques vivres. Allez-y. Sous la table. » Marie installa Joséphin en premier. Elle allait se faufiler à son tour quand un grand fracas déchira le ciel. Un hurlement traversa le camp. « Quelqu'un est blessé ! » cria Marie. Gabriel posa sa main sur la sienne. La retira aussitôt. « C'est juste le vent. » Il n'eut pas le temps de s'attarder sur ce bref contact qu'un autre bruit les fit sursauter, pareil à une explosion. Dans un réflexe, il lui ouvrit les bras.

Marie, contre lui.

Les rafales sifflaient et Gabriel, pétrifié, recevait sur sa peau la peau de cette femme qu'il avait tant aimée, il recevait sa chaleur, sa mémoire, sa douceur perdue. Elle enfonça un peu plus sa tête dans son cou. Quand il ferma les paupières il sentit, éternel et fugace, un baiser sous son oreille.

Février 1975

Il avait l'air hagard, les cheveux emmêlés. Quand du fond de sa case, repliée sur elle-même, elle avait aperçu Gabriel, Marie avait cru à un fantôme. Joséphin n'avait pas eu son hésitation, il avait couru vers lui et cet élan soudain, évident, l'avait guidée à son tour. Un pas. Il était venu. Malgré le cyclone il était venu. Les mots lui manquaient maintenant qu'Angèle lui avait révélé la vérité. Un autre pas. Ses forces l'abandonnaient. Gabriel devant elle, embrassant Joséphin. Le passé illuminait sa silhouette d'oiseau. À l'extérieur, le monde s'effondrait dans un chaos de métal et d'eau. Il l'avait prise dans ses bras. Il y avait eu ce baiser, timide comme une première fois.

Un mouvement de recul.

Il l'écarta brutalement. « À l'abri, sous la table, vite », et se recroquevilla à leurs côtés. Le cyclone rugissait, dehors, dedans, en elle. Ils étaient là, tous les trois, réunis par la folie du ciel – des animaux blottis les uns contre les autres, presque une famille. Marie agrippa un pied de la table, serra, serra, et se força à ne plus penser à rien.

Combien d'heures s'écoulèrent ainsi, elle n'aurait su le dire. Joséphin avait séché ses larmes ; Gabriel le tenait contre lui sans un mot. Soudain, le silence se fit. Les vents retombèrent. La pluie s'allégea. Marie lâcha le pied de la table ; la douleur dans ses doigts irradiait comme une crampe. « C'est fini » déclara Gabriel. Il se leva.

Joséphin et elle l'imitèrent. Après qu'il eut dégagé la planche de bois qui barrait l'entrée, une flaque de lumière pénétra dans la case, les obligeant à se protéger les yeux. Le soleil perçait à nouveau sur le camp Charrette.

Les cases étaient ravagées. Çà et là, des tôles gisaient, flottant sur des flaques aussi vastes que des bassins. Une odeur âcre, mélange de brûlé et de cadavres en décomposition, chatouillait les narines : c'étaient les rats noyés, gisant sur le dos ou collés à la boue. Jamais elle n'avait vu ça. À Diego Garcia, il n'y avait pas de cyclones. L'équateur les protégeait. Elle se tourna vers Gabriel. « Faut trouver Josette... » Sa sœur, sa nièce, sa tante... Comment chacune avait-elle résisté ? « Je t'accompagne » dit-il en prenant Joséphin par la main. Sous ses pieds, la glaise clapotait.

La case de Josette avait souffert. Parce qu'elle était plus basse sur le terrain que la sienne, l'eau avait tout inondé. Makine était en boule sur le lit. Au fond, Christian se balançait d'avant en arrière sans rien dire. En état de choc. Marie aperçut une tôle fichée dans le sol. Elle comprit. Un bout du toit avait été arraché par le vent et s'était planté à la verticale, à un pouce de Christian. Il aurait pu être décapité. « Où ça Josette ? » Sa nièce restait muette ; elle la prit dans ses bras. De son côté, Gabriel aidait Christian à se lever. Tout le bas de son corps était trempé, et aux odeurs d'eau sale et de boue se mêlait celle du corps qui lâche. « Ça va aller, ça va aller » répétait Gabriel. Mais ça n'allait pas du tout. « Makine, réponds-moi ! Josette où ça ? » La pauvre était incapable de répondre. Sans doute n'avait-elle rien bu, rien mangé depuis deux jours. « Gabriel ! Elle a besoin de l'eau ! » Il partit en vitesse.

« Makine... » murmura Joséphin en pressant le bras de sa cousine, gentiment, comme il l'avait fait autrefois avec Suzanne.

« Merci, Seigneur ! » C'était Josette qui avait crié. Elle se précipita sur Makine, talonnée par Gaudry. « Maman ! » Gabriel arriva lui aussi au même moment, son sac sur l'épaule. Josette parut surprise, mais il lui tendit une bouteille, un fruit, un morceau de chocolat, et elle ne posa pas de questions. Makine avala une longue gorgée d'eau. « Doucement..., dit Gabriel. Tu vas avoir mal au ventre si tu bois trop vite. » Il lui ôta la bouteille des mains pour réhydrater un peu Christian. Toujours en état de sidération, il poussait de temps à autre de petits cris. « Où tu étais, Josette ? » Sa sœur baissa les yeux. Marie tourna la tête, croisa le regard penaud de Gaudry.

« Et Angèle ? soupira-t-elle. — Pas vue. » Gabriel reprit Joséphin, sur ses épaules cette fois-ci, et sortit. « On va la chercher. Vous, dit-il aux quatre autres, vous restez là. » Marie le laissait faire. Elle n'avait plus aucune force.

À voir le bidonville dévasté, un découragement profond s'abattit sur elle : le peu qu'ils avaient, ils venaient de le perdre. Il faudrait tout reconstruire. Jeter ce qui avait été abîmé durant le cyclone. Retrouver des meubles, des ustensiles, des vêtements. Vider les caniveaux. Assainir le terrain. Et tout ça, avec quel argent ?

« Angèle ! » De l'autre côté du camp, sa tante avançait courbée en se tenant le mollet. Elle gémit en voyant Gabriel, se laissa tomber dans la boue. Marie courut vers elle. « Angèle, lever, pas reste en bas... » Sa jambe saignait. Des éclats de verre. Marie tâcha de retirer un à un les morceaux du mollet. « Marraine... » souffla Joséphin d'un air triste. « Ça va mon coco, j'ai rien. Fais-moi un gâté. » Il l'embrassa. « Heureusement c'est pas profond, confirma Marie, mais c'est mieux tu restes la case, couchée. » Aidée par Gabriel, elle raccompagna Angèle chez elle. « On retourne tantôt, promis. » Sa tante se redressa sur ses coudes. « Gabriel... Il faut tu pardonnes Marie... C'est moi... C'est moi la sorcière poison. » Elle retomba sur le lit, le visage barré par un rictus de souffrance. Marie vit Gabriel froncer les sourcils. « Plus tard, Angèle... » Plus tard, elle lui raconterait tout.

Au milieu du camp, deux femmes originaires de Salomon étaient penchées au-dessus d'un corps. Marie se signa, une fois, deux fois. Un geste. Un mot. Les autres n'avaient même plus la force de parler. Comment les aider ? Gabriel gardait un air sévère. Il n'avait plus le charme de ses dix-neuf ans, mais la gravité lui conférait une profondeur nouvelle. Ses yeux cernés projetaient une lumière sombre qui l'attirait, comme l'empreinte du malheur sur sa peau. Il y a de la beauté dans le désastre. Elle s'y reconnaissait.

Ils rebroussèrent chemin. Gaudry était déjà en train de vider des seaux d'eau boueuse, pendant que Josette sortait les affaires abîmées. « Joséphin, va aider Tatie » ordonna Marie, avant de faire un signe à Gabriel qui voulait dire « tu viens ? ».

*

Marie tira la table sous laquelle elle s'était réfugiée et s'y appuya, les pieds dans la boue. Une part d'elle rêvait d'un baiser de Gabriel, une caresse, de vraies retrouvailles ; l'autre part n'attendait plus rien. Ils s'étaient déchirés pendant des mois alors qu'ils souffraient du même mal. Ils se retrouvaient au moment où tout les séparait.

« Tu as entendu causer Angèle ? — Vaguement » dit-il. Elle inspira l'air de la case, le trouva écœurant, encore lourd de la catastrophe.

« La sorcière poison...

— Et ça veut dire quoi ?

— Qu'elle nous a fait des tromperies. »

Gabriel dressa la tête. Elle ne savait plus par où commencer. Parler lui coûtait tellement. « Angèle m'a dit elle t'a chassé un matin. Je savais rien. Je t'attendais, moi. J'ai prié les anges pour te voir. Elle t'a chassé comme un malpropre, mais moi je t'attendais. » Il fit quelques pas dans la case. « Quand Joséphin m'a dit tu étais là, tu l'as vu à l'école... J'étais contente, oh oui, bien contente. Et puis j'ai su pour ta sœur. Ça, Gabriel ! J'ai avalé des éclairs quand j'ai compris pour qui je faisais la nénène. »

Des cris leur parvenaient du dehors ; petit à petit, les îlois devaient découvrir l'ampleur des dégâts.

« Tout ça c'était la faute Angèle, continua-t-elle. Mais elle était bien malheureuse, elle aussi. Personne va oublier ton image avec Mollinart à la Pointe de l'Est, tu sais... » Il chercha le ciel du regard et elle ne termina pas sa phrase – à quoi bon ? À quoi bon remuer le malheur ?

« Mollinart et moi... On était des pions dans leurs mains, murmura-t-il soudain. Si tu savais comme je regrette. Oh ! Il n'y a pas de mots pour ça... » Sa peine rejoignait la sienne, et elle lui tendit la main. Il sursauta. « Je ne peux pas. » Ses doigts se refermèrent sur le vide. « Ce que tu as fait avec Joséphin, Marie... Ça m'a brisé. Avec tout ce que j'ai accepté... Jean-Joris, hein ? Mais ça ne fait rien, c'est mon fils, ce sera toujours mon fils. » Elle bredouilla d'une voix étranglée : « C'est à cause les menteries Angèle ! Je savais pas moi... — On s'est tous mal comportés, l'arrêta-t-il. Angèle, Mollinart, moi le premier. Mais toi, tu as mêlé un innocent à tout ça. » Ce fut le mot de trop. Elle éclata en sanglots.

J'étais désespérée, Gabriel, pardonne-moi, je t'en prie, je t'en prie. Elle tenta à nouveau un geste, une caresse.

Il attrapa son sac. « Tu vois... C'est comme si tu m'envoyais une invitation pour un bal, mais que la fête avait déjà eu lieu. Tu comprends, Marie ? » Il sortit.

Elle le suivit, hagarde, le vit embrasser leur fils devant les cases en ruine. « Je reviens demain, Petit Jo', avec des provisions et des affaires. Tous les jours je serai là. » Joséphin s'accrochait à lui, perdu.

« Tu comprends, Marie ? » Non, elle ne comprenait pas. À Diego Garcia il n'y avait pas de bal, on n'envoyait pas d'invitations, on se retrouvait sur la plage, on allumait un feu, on mangeait, on buvait, la danse unissait les êtres, elle ne les éloignait pas.

Gabriel partit sans se retourner.

Pourquoi tu te bats, Joséphin ? Cinquante ans que ça dure. Tes insomnies, ton dos cassé, tes maux de tête, jamais de répit, y croire encore, mais y croire pourquoi, jamais vous ne gagnerez, ils sont plus forts, ils vous écrasent, le Royaume-Uni, bon sang, et l'Amérique, tu ne te rends pas compte ? Pot de fer contre pot de terre, et tu as embarqué ta femme dans tout ça, bientôt ta fille, fous-lui la paix à Pierrine, elle a sa vie à faire, les combats des pères, ça va deux minutes, à quoi bon s'acharner en vain ? Ta mère a lutté, ta tante, ta marraine, tous les anciens ! Formidable, d'accord, mais c'était une autre époque. Tu veux vraiment y retourner aux Chagos, la vie sauvage, la pêche, les crabes, l'éloignement, un monde déconnecté, c'est ça ton avenir ? T'occuper des morts au cimetière ? Jouer les Robinsons ? Arrête, maintenant, lâche, souris sur la photo et lève le poing très haut, c'est déjà bien, la force du symbole. Tu as tenté, Joséphin, tu as fait tout ton possible, qui pourra t'en vouloir ?

Non. Je lui ai fait une promesse. Je ne lâcherai pas.

Février 1975

Au milieu des roches noires, empêtrés dans les filets des pêcheurs, des éclats de coques de bateaux et des troncs arrachés constellaient la plage. « Je me demande encore comment cette cabane a tenu ! » La petite maison de Mollinart avait résisté au déluge ; sans doute parce que la tempête avait surtout cogné le centre de l'île. Ils s'assirent à l'ombre d'un veloutier. Depuis son divorce d'avec Geneviève, Mollinart avait fui la ville et s'était installé à Grand-Gaube, en bord de mer. Un campement sans luxe – presque pas de meubles, pas de décoration. L'infini pour horizon. « Regarde, dit-il en pointant la main devant lui. Tu les vois ? » Gabriel plissa les yeux. Hormis quelques pirogues rescapées, il ne voyait rien. « Mais si, juste devant toi... » Il cligna des paupières, regarda de nouveau. Non. Rien. Le ciel était d'un blanc laiteux ; paisible. « Les Chagos... » murmura Marcel avec un sourire vague. « Pile en face, là... Tiens ! Tu es au courant que Gervaise s'est formé au large de Diego Garcia ? » Gervaise, le nom de baptême du cyclone. Qui avait décidé de donner des noms de femmes aux tempêtes ? « Non. Je l'ignorais. » Mollinart détacha une feuille du veloutier et la malaxa dans ses mains. « Et du côté de ta famille ? Des dégâts ? »

Chez Évelyne, un morceau de la toiture avait été arraché et ils avaient retrouvé la sirène de la fontaine brisée en deux, le buste de fille d'un côté, la queue de poisson de l'autre. À Beau-Bassin, seul le grand manguier avait été touché apparemment. Son beau géant, déraciné au milieu de la cour. Un gisant. « J'aurais préféré que ce soit le vieux plutôt que l'arbre. » Évelyne n'avait pas ri. S'était contentée de lui rappeler que Benoît serait à Maurice à la fin du mois.

Marcel jeta la bouillie de feuille devant lui, ramassa une branche de corail, qu'il se mit à frotter du pouce. « Six morts, donc ? » Gabriel acquiesça. « Et dix-sept blessés. Personne n'a jugé bon de les mettre à l'abri. Le bidonville est dévasté.

— Tu sais ce que je pense ? Le gouvernement n'aidera jamais les îlois, à moins d'y être contraint...

— Contraint comment ? »

Marcel lâcha le corail pour s'allumer une cigarette. « Tu en veux une ?... Eh bien... Il faut que les Chagossiens portent plainte. Contre le gouvernement britannique. » La fumée s'effilocha sous le vent. « Contre le gouvernement britannique. Les Chagossiens ? — Oui, Gabriel ! Seule la loi pourra réparer le tort qui leur a été fait. » Il voyait d'ici le tableau : les îlois, analphabètes, illettrés, face à des avocats soutenus par la couronne d'Angleterre... « Marcel. Comment veux-tu qu'ils y arrivent ? Avec quels moyens, avec quels appuis ? — J'ai mon idée. Tu es très bon aux dames, c'est entendu, mais as-tu déjà joué au poker ? »

*

« Ah ! C'est vous, le numéro deux ! » Basculé dans son fauteuil, Gaëtan Duval étudiait un dossier avec un conseiller qui s'éclipsa aussitôt. Une poigne solide. « Le numéro deux ? » Gabriel sourit par réflexe. « Vous êtes bien le fils cadet de Léon Neymorin ? — Ah… Oui… Tout à fait. — J'ai appris que Léon était malade, hélas. Ah ! La vie ne fait pas de cadeaux. Bon, bon, ne restez pas planté comme ça, asseyez-vous, voyons. » Une bouteille de vin était posée sur la table, déjà débouchée. « Du bordeaux… J'espère que vous apprécierez. » Il prit le verre que Duval lui tendait, remercia, essayant d'éclaircir ses idées, mais l'homme occupait tout l'espace. Gaëtan Duval. L'idole de son père. Le chef du Parti mauricien. Celui qui allait sauver l'île de l'indépendance, rassembler les créoles, empêcher les Indiens d'arriver au pouvoir. Le King !

« Alors ? Vous vouliez me parler des Chagos, m'a dit mon ami Marcel. Vous y avez travaillé longtemps ? — Sept ans, monsieur. De 1967 à 1973. » Gaëtan Duval poussa un long sifflement. « Sept ans, c'est pas rien, ça ! Surtout ces années-là… » Surtout ces années-là, en effet. Il posa ses yeux sur la banderole bleue qui ornait le mur.

« N'oublie pas, l'avait mis en garde Mollinart, il possède un charisme redoutable. Ne te fais pas avoir comme moi. » Pendant des années Marcel, à l'instar de son père, avait contribué à la bonne santé du Parti mauricien ; il croyait au King, à sa droiture. « J'ai lâché des milliers de roupies… Le jour même où Ramgoolam nommait le gouvernement d'unité nationale, Duval acceptait de devenir son ministre. Je ne m'en suis toujours pas remis. »

Le vin était bon, mais tiède. Face à lui Duval attendait, le corps en tension. Gabriel se lança : « Je ne sais pas si vous avez visité les bidonvilles de Cassis, de Pointe-aux-Sables ou Rochebois, monsieur. Certains îlois vivent à neuf dans une même chambre. Ils n'ont pas de sanitaires. Ne mangent pas à leur faim. Les enfants sont déscolarisés. Depuis le cyclone, c'est encore pire. Six morts et dix-sept blessés… » Duval eut un geste agacé de la main. « Oui ! C'est bien triste, évidemment... Encore une conséquence néfaste de l'indépendance... — Justement, monsieur... » C'était maintenant que tout allait se jouer. « J'ai des documents confidentiels en ma possession. Tous accusent le Premier ministre Ramgoolam d'avoir négocié à son avantage le détachement des Chagos, dès 1965, avec le Royaume-Uni. Je vous en montre un, juste un... » Il retourna la feuille vers lui ; c'était la copie du document attestant de l'accord financier secret. Trois millions de roupies versés par les Anglais à Maurice. Duval resta prudent. Pas un mot. Pas un sourire. « L'opinion mauricienne n'est pas encore au courant de tout ça, continua Gabriel, mais si tel était le cas ? Les gens lisent la presse. Ils écoutent la radio. » Il se tut, guettant la réaction de son interlocuteur. Duval fit traîner sa gorgée de bordeaux avant de demander brusquement : « Vous attendez quoi de moi ? »

Les mots de Mollinart revenaient en boucle dans sa tête. « Tu sais ce que Duval disait durant les meetings anti-indépendance ? "Je n'aime pas les Anglais, mais j'aime leurs livres sterling que je peux glisser dans ma poche..." ! C'est ce qui le rapproche le plus de Ramgoolam. Son rapport à l'argent. »

Gabriel se redressa. Rangea la copie du document compromettant dans sa sacoche. Pas de grandiloquence, pas d'effusions, une demande simple, réaliste.

« Je veux intenter une action en justice contre le gouvernement britannique. Demander des dommages et intérêts pour les victimes chagossiennes. Tout seul, je ne peux rien faire. Je n'ai pas de contacts, pas de réseau. Et je ne parle même pas des îlois... Mais si vous m'aidiez, nous pourrions trouver un moyen d'informer la population mauricienne de ce qui s'est vraiment passé au moment de l'indépendance. À un an des nouvelles élections... »

Duval reposa son verre vide. Une lueur s'était allumée dans sa pupille. « Il faut défendre ces pauvres gens, vous avez raison. Je vais vous aider à mobiliser la justice britannique. Mais pour ça il nous faut un Chagossien. » Il disait déjà « nous ». « Un Chagossien ? — Oui. Vous ne pourrez pas agir en votre nom. Seule une victime directe sera légitime à le faire. Il faut que vous convainquiez un Chagossien de jouer ce rôle-là. Quelqu'un de solide. Plutôt un homme. » Il ne lui laissa pas le temps de répondre. « Fameux, ce bordeaux. » Les deux verres se remplirent à nouveau.

« Un homme, donc, reprit Duval. Avec une femme il y aura trop d'émotions, des larmes, des cris, et mon enfant-ci, et mon enfant-ça… Les juges ne demandent qu'une chose : des faits. Croyez-en mon expérience d'avocat. » Gabriel se força à sourire ; bien sûr, bien sûr. « Dès que vous avez votre îlois, je vous trouve un cabinet de renom à Londres. Attendez ! J'ai un ami qui pourrait nous aider. Je l'appelle tout de suite. » Il ouvrit un calepin et composa un numéro avec des gestes énergiques. Gabriel se tassa dans le fauteuil.

« Alex ? Oh ! Hello Alex ! How are you, my friend ?... » Dans un anglais parfaitement fluide, Duval exposa la situation à son interlocuteur. Gabriel l'imaginait à l'autre bout du monde, encore en robe de chambre, attablé devant une tasse de thé dans la salle du petit déjeuner. « What's the name ? Sherdon, you say ?... Okay… Where are they ? Yes… Good. Thank you, Alex. Whenever you want… You are very welcome here in Mauritius. » Il raccrocha et lui tendit ses notes. « Le cabinet Sherdon, à Londres. Les meilleurs avocats, me dit mon ami. Voici leur adresse. Alex Bradley est… un spécialiste. Il s'occupe de mes affaires en Angleterre. Si besoin, il pourra vous représenter là-bas, vous avez ma parole. » Il riait presque à présent.

« Expliquez-moi tout de même, mon cher… Pourquoi faites-vous ça ? Je veux dire, je comprends que la misère de ces gens vous touche, comme elle me touche moi aussi d'ailleurs, mais on sent chez vous comme… Ah ! Comme une nécessité… »

Gabriel avait anticipé cette question. « Je n'aurai qu'à dire la vérité, que j'ai un fils chagossien. » Mollinart l'avait secoué : « Tu es fou ! Ne parle pas de ça ! Une maîtresse si tu veux, mais pas un enfant ! »

« J'aime une Chagossienne. » Le sourire de Duval se fit canaille. « Voilà ! Nous y sommes ! Cherchez la femme… » Il se leva, donnant le signal du départ. « Bon. Tenez-moi au courant. Je suis avec vous, mon cher. Et pour les informations… » Gabriel glissa l'adresse du cabinet d'avocats dans sa poche. « Vous attendez que je prévienne Marcel. Rien ne doit filtrer avant mon feu vert. Nous sommes bien d'accord ? » La lueur dans ses yeux s'était transformée en feu.

Duval le raccompagna à la porte et posa une main sur son épaule. « Au fait, n'oubliez pas de transmettre mes amitiés à votre père. Je lui garde toute mon affection. »

Février 1975

Une semaine après le cyclone, le travail dans les champs de canne n'avait pas repris. La récolte détruite par Gervaise les laissait désemparés. Marie passait ses journées au camp Charrette, essayant de nettoyer, réparer, reconstruire ce qui pouvait l'être, chez elle comme chez les autres. Gaudry et Josette avaient réussi à assécher le sol en ouvrant complètement le toit au soleil. Les deux affichaient ouvertement leur liaison depuis que Christian semblait devenu fou. Le pauvre errait entre les cases, un sourire d'enfant sur les lèvres, absent. La mort, qui l'avait frôlé de si près avec cette guillotine volante, lui avait fait passer le goût de l'alcool et de la violence. Il faisait peine à voir. De leur côté, Joséphin et Makine aidaient à déblayer les maisons, chassaient les rats, les corbeaux attirés par les cadavres de bêtes encore coincés sous les décombres.

« Papa ! C'est quoi ça ? » Gabriel tenait à bout de bras un sommier métallique qu'il déposa à l'entrée de la case, le souffle court. « Votre nouveau lit. Je vous ai pris un matelas aussi. J'arrive… » Il repartit avec Joséphin, posa le rectangle de mousse encore enveloppé de plastique à côté du sommier. Marie fit un pas vers lui, « merci… », mais il se crispa. Un froid. Un silence.

« Tu pourrais mettre le lit tout au fond sur un côté, pour gagner un peu de place, non ? » Gabriel avait repris un ton neutre. Elle acquiesça. Que pouvait-elle faire d'autre ? Depuis une semaine, il avait tenu parole, était passé tous les jours voir Joséphin ; mais il gardait ses distances avec elle. Il sortit la table, les chaises et les quelques malheureuses affaires qui avaient résisté au cyclone pour faire de la place, mit sur chant le sommier pour le faire glisser à l'intérieur. « Et d'un. » Il procéda de la même manière avec le matelas. Un drap de dessous, un drap de dessus, deux oreillers qu'il avait déjà apportés. « Voilà. » Le lit ressemblait presque à celui de son ancienne vie ; l'image la blessa. « Merci Gabriel… » répéta-t-elle. Il réinstalla la table, les chaises et les bibelots, objets, ustensiles, avant de s'éponger le front. « Maintenant, il faudrait que je parle à Gaudry, dit-il. Tu sais où il est ? »

Ils le trouvèrent en train de clouer des planches. Une étagère pour les provisions. Josette s'affairait de son côté à ramasser le linge rincé plusieurs fois à l'eau brune de la rivière. « Gaudry, l'interrompit Marie. Gabriel veut te parler.
— À moi ? » s'étonna-t-il. Il jeta son marteau au sol. Au loin, Christian les fixa une seconde, comme traversé par un éclair de raison. Puis il éclata de rire et reprit sa déambulation.

*

« Si jamais je dis oui, mais je perds le procès… Comment y vont m'embêter ? — Rassurez-vous, Gaudry. Vous ne risquez rien. Au mieux vous touchez les compensations, vous êtes relogés et vous attirez l'attention des Mauriciens et des Anglais sur vous ; au pire les choses ne changent pas. » Josette épousait les attitudes de son amant ; s'il souriait, elle souriait ; s'il fronçait les sourcils, elle les fronçait aussi.

« La grande justice, seulement... C'est bien compliqué, non ? bredouilla Gaudry, hésitant. Lawyers, avocats... Y faut payer, ça. — C'est vrai. Mais ce problème-là n'est pas le vôtre. Le financement viendra de l'opposition mauricienne. Je vous donne ma parole que vous n'aurez pas une roupie à débourser. » Gaudry se détendit, imité par Josette. Elle était folle de lui comme elle l'avait été autrefois de Christian. Marie en conçut de la peine. L'homme droit et solide de Diego s'opposait au clochard violent qui avait fait du mal à sa sœur ; entre les deux, le combat était trop inégal.

« Il me faut la signature d'un Chagossien pour transmettre la plainte aux avocats anglais. Si ce n'est pas vous, Gaudry, ce sera un autre... » Gabriel étira sa phrase. « Mais si c'est vous, c'est mieux. On m'a dit que vous étiez le meilleur. Le pilier du camp Charrette. » Gaudry pointa des yeux brillants sur Josette, qui se mit à glousser comme une adolescente. « D'accord pour signer alors, mais comment ? Jamais j'ai su écrire... » avoua Gaudry.

Marie croisa le regard de Gabriel. Une seconde.

« Il vous suffira de faire une croix, ou de laisser votre empreinte avec un peu d'encre. Vous allez incarner à vous seul la cause chagossienne, Gaudry. La responsabilité est énorme. Il faut que vous en soyez conscient. »

L'espoir retomba. Marie aussi aurait pu incarner la cause chagossienne. À Diego Garcia, elle avait rassemblé ses affaires en une heure et abandonné son île au milieu des soldats, elle avait survécu à la traversée, entassée avec les autres dans la cale surchauffée, sa fille mourante dans les bras, son fils inquiet contre son ventre, le sang mouillant sa jupe, ce sang qui depuis ne coulait plus, elle avait retrouvé sa sœur sur le quai du port, vécu l'enfer du bidonville, la honte, l'humiliation, elle se sentait la fureur nécessaire pour défendre leurs droits. Mais elle n'osa rien dire.

« J'accepte » déclara Gaudry en bombant le torse. Gabriel lui serra la main. Marie détourna le regard. Elle était l'une des seules du camp qui aurait pu signer de son nom.

*

En regagnant sa case, elle aperçut une camionnette à l'orée du camp. Elle mit ses mains en visière. « Ah ! Le Secours catholique, enfin ! » annonça Gabriel. Une équipe de quatre ou cinq personnes était en train de distribuer des bidons d'eau et des vivres. Les gens remerciaient, certains se jetaient sur les sacs, d'autres n'avaient plus la force de bouger. « Regarde, là... » dit soudain Gabriel. Devant eux, une silhouette frêle penchée sur un blessé. Une soutane. Marie n'en crut pas ses yeux. « C'est lui-même, ça ? — C'est sûr. » Le père Larronde. Le père Larronde était là. Au moins sept ans qu'elle ne l'avait pas revu. La dernière fois qu'elle avait prononcé son nom, elle allait enterrer Suzanne.

« Viens. » Il la tira par la manche et s'avança vers le curé. « Mon père ? » Le vieil homme leva la tête. Il y eut une seconde de flottement, avant qu'un reflet illumine ses pupilles. « Vous me reconnaissez ? Gabriel Neymorin ! Nous avons voyagé ensemble sur le *Sir Jules*, il y a des années... — Oh ! Oui, oui, mon garçon, je m'en souviens... Et là... » Il ouvrit ses bras. « Marie-Pierre Ladouceur... Ma fille... » sourit-il en lui prenant les mains. Il ne l'avait pas oubliée. L'émotion l'envahit d'un coup. Elle sentit sur sa peau la barbe clairsemée, fine comme un duvet. « Mon père... » Sa voix se brisa. Elle aurait voulu lui parler de Suzanne, de Joséphin, de Diego Garcia, mais n'arrivait plus à articuler la moindre phrase.

« Alors vous aussi, on vous a arrachés aux Chagos...

— Que voulez-vous dire ?

— Ah, Gabriel… J'ai vécu neuf ans aux Seychelles. Mon dernier ministère… Là-bas aussi, il y a des îlois. De Salomon surtout, et de Peros Banhos. Déportés. »

Marie se rapprocha de Gabriel. Besoin de le sentir près d'elle ; les rides du père Larronde charriaient trop d'histoires, trop de souvenirs.

« Quand donc êtes-vous rentré à Maurice ? — En décembre dernier. Ma santé me joue des tours, je ne suis plus aussi vaillant qu'autrefois. Il a fallu m'hospitaliser quelques jours. Mais avec ce cyclone, je ne pouvais pas rester les bras ballants. » Il serra le crucifix sur son torse. « Agir pour les plus fragiles… C'est le sens de ma mission sur cette terre. »

Il allait faire quelques pas lorsque Christian bondit devant eux. Le père Larronde trébucha et Gabriel le rattrapa de justesse. Marie perçut son hésitation ; le père Larronde ne voulait pas y croire lui non plus. Elle avoua dans un souffle : « Christian Tasdebois. »

Le curé roula des yeux. Derrière le dos voûté, la crinière sale, se tenait l'homme qu'il avait marié dans l'église de Diego Garcia. « L'alcool a pesé lourd sur lui, expliqua-t-elle. Et depuis l'enfer cyclone, sa raison est toquée. » Le père Larronde baissa la tête, « je comprends, je comprends », et se signa. Aussi brusquement qu'il avait jailli devant eux, Christian tourna les talons et disparut. « Dieu est grand et son mystère reste entier, ma fille. Que Dieu, dans sa miséricorde, vous donne à tous la force d'aimer et d'avancer. »

Il continua son tour en s'appuyant sur sa canne. De temps à autre, des cris, des éclats de voix vrillaient l'air. Marie vit Josette débouler et se jeter aux pieds du curé, Gaudry derrière elle, à distance respectueuse. Sa sœur agitait les bras en tous sens, criait – elle devait lui raconter, Christian, Gaudry, Suzanne aussi peut-être, la misère, les efforts ruinés par le cyclone. Ils échangèrent plusieurs minutes, jusqu'à ce qu'elle glisse un bras sous le sien pour le raccompagner. Le curé, songea Marie, devait avoir près de quatre-vingts ans.

« Mes enfants, on ne peut pas laisser Christian dans cet état, reprit-il. L'homme bon qu'il a été mérite notre compassion. » Deux autres membres du Secours catholique les rejoignirent. « On va l'emmener avec nous, à la paroisse. » Les bénévoles aidèrent Christian, qui s'était assis dans le caniveau, à se relever, et le menèrent jusqu'à la camionnette. « Je crains que la justice des hommes ne soit pas à la hauteur de vos souffrances, soupira le curé. Mais rassurez-vous. La justice de Dieu y pourvoira. »

Joséphin, silencieux jusque-là, tendit alors les bras vers Gabriel.

« Qui est ce petit ? » demanda le prêtre avec un sourire.

Marie répondit la première : « Notre fils. »

Qu'il est long, le chemin pour rentrer chez soi. Long et incertain. Tissé d'épreuves, de duels et de silences. Je me sens soudain fatigué. Si les Nations unies ne nous donnent pas raison, vers quelle instance pourrons-nous nous retourner ? Qui, au-dessus de la Cour internationale ? Qui, au-dessus du monde ?

Quand les cauchemars me surprennent la nuit, c'est ça qui me vient à l'esprit. La limite. Nos limites. Y a-t-il un instant dans une vie où on se dit : ça y est, j'arrête, c'est terminé ? À quel moment sait-on qu'il n'y a plus rien à faire sinon soulever son chapeau, merci madame, merci monsieur, et s'en aller ?

Si rien n'est réglé de cette histoire avant ma mort, je reviendrai hanter les couloirs des tribunaux. De mes os nus je creuserai la terre jusqu'à rejoindre le cimetière de Diego Garcia. Alors, enfin, je pourrai me reposer.

Mars 1975

La plainte courait sur trois pages, sans compter les annexes. « … C'est pourquoi nous poursuivons aujourd'hui l'Attorney General au nom des secrétaires d'État aux Affaires étrangères et à la Défense. Nous réclamons un dédommagement pour intimidation, privation de liberté et violences liées à notre déportation des Chagos et à notre déplacement à l'île Maurice. Nous faisons valoir nos droits en tant que citoyens du Royaume-Uni et affirmons que les autorités ont enfreint la loi non seulement en nous déportant des Chagos, mais également en nous interdisant d'y retourner. » Gabriel en avait fait quelques copies pour les distribuer. Personne au camp Charrette ne pourrait le lire, mais il connaissait la valeur d'un texte imprimé. Certains afficheraient le document aux murs, ou ce qui en tenait lieu, tel un trophée. Même Mollinart l'avait fait de son côté. « Les choses sont lancées, Gabriel ! Il faut tout de suite passer à la deuxième étape. »

À la fin de sa lecture, les îlois applaudirent. Marie avait coiffé ses cheveux en arrière, dégageant son front bombé et ses grands yeux. Ses deux fossettes. Gabriel se sentait faiblir, parfois. Gaudry, ému d'être propulsé au centre de l'attention, flottait comme si le procès était déjà gagné.

Angèle réclama un peu d'eau. Gabriel fit mine de ne pas l'entendre. Il ne lui adressait plus vraiment la parole depuis que Marie lui avait tout révélé.

Josette se dirigea vers le robinet de la cour. Elle tendit à sa tante un verre dans lequel nageaient des particules brunes. Ils n'avaient pas mieux. La reconstruction était si lente.

Gabriel se tourna vers le tableau d'ardoise qu'il avait récupéré au collège. Il écrivit un mot à gauche du tableau, « Justice ». Dessina une étoile dessous. À droite, « Opinion ». Dessina un soleil dessous. Entre les deux, il traça une double flèche. « Voilà. Nous venons de lancer ici – il pointa la justice – notre première action officielle contre le Royaume-Uni. Avocats, magistrats, tribunal, etc. Pour la renforcer, il faut que l'opinion mauricienne nous entende. » Il désigna le soleil. « Les Mauriciens ne connaissent pas votre histoire ! Ceux qui vous croisent vous prennent pour des mendiants, c'est tout. Ils ne savent pas que vous avez été injustement bannis de chez vous. Il faut leur expliquer tout ça, les alerter, susciter leur indignation… » Son index épousa la courbe de la double flèche. « Il y aura bientôt de nouvelles élections. Si le peuple réclame des comptes à Ramgoolam, ce dernier devra faire un geste envers vous. Ne serait-ce que pour être réélu. En commençant par vous reloger, par exemple. » Un grand oui éclata dans l'assistance. « La prochaine étape, dit-il en reprenant le vocabulaire de Mollinart, c'est l'organisation d'un sit-in. On doit manifester. »

*

Une cinquantaine d'îlois. Des cartons ornés de slogans. C'était l'heure. Marie avait revêtu une robe blanche et orné ses cheveux d'un bandeau coloré.

« Tu es sûr que tu ne veux pas venir ? » avait demandé Gabriel à Marcel au téléphone. Son ami orchestrait tout depuis Grand-Gaube, refusant de se déplacer. « J'en ai trop vu, mon garçon. Et ma présence risque d'être mal perçue. Je penserai à vous. »

Dimanche. Les cloches de l'église résonnèrent au loin. « Tout le monde paré ? En route ! » Lentement, ils firent cortège jusqu'au centre-ville de Port-Louis. Joséphin trottait devant eux. « Papa… C'est vrai je vais pouvoir crier ? » Marie éclata de rire et lui-même ne put retenir un sourire. L'excitation les portait comme un courant puissant. Le moment était venu de se battre ; défier l'ennemi, avancer le visage nu. On les avait trop longtemps écrasés. Le règne de la souffrance docile était terminé.

Après trois quarts d'heure de marche, ils arrivèrent devant les bâtiments du haut-commissariat britannique. Marie mit ses mains en porte-voix. « Grands madames ! Avec moi, devant ! » Josette, Angèle, Makine, Gisèle, Becca et tant d'autres se pressèrent autour d'elle. C'était son idée : que les femmes et les filles soient en première ligne, pour éviter que la police n'intervienne tout de suite. On ne s'attaque pas aux femmes. Les hommes se répartirent derrière, et Gabriel hissa son fils sur les épaules. À bientôt huit ans, il commençait à se faire lourd. De toutes ses forces de petit garçon, Joséphin cria : « Rends-nous Diego ! »

Ce fut le déclic. Marie entonna la première note d'un chant qu'elle avait imaginé en hommage à Suzanne. *« Moi j'avais sept ans… Moi j'avais sept ans dans Chagos… »* Sa voix fut portée par celles des autres femmes. À l'arrière, quelques ravanes les accompagnèrent. *« J'peux pas oublier… Jamais je vais oublier, maman… »* Elles chantaient, et Gabriel se sentit emporté par la vague, amour et courroux mêlés, quelque chose comme une révolte, si profonde qu'elle se confondait avec l'air qu'il respirait. Quand le chant mourut sur ses lèvres, Marie relança le slogan : « Anglais ! Rends-nous Diego ! » La violence de son cri. Un boulet craché par sa bouche, la rage intacte. Les femmes reprirent en chœur. « Rends-nous Diego ! » « Anglais voleurs ! Rends-nous Diego ! » Et les femmes répétaient : « Rends-nous Diego ! » Elle leva les bras vers le ciel, poings fermés : « Chagos ma seule terre ! Maurice la misère ! » Tous, hommes, femmes, répondirent par une clameur grandissante. Les ravanes soutenaient la vindicte, suscitant la curiosité des passants.

Soudain, il les vit. Avec leurs uniformes clairs, leurs képis. Les policiers se ruèrent sur Marie et les femmes en front de cortège. « Vous n'avez rien à faire ici. Partez ! » Ils étaient cinq ou six. Au lieu de reculer, Marie s'avança vers eux. Rien ne semblait lui faire peur. « Anglais ! Maurice ! Voleurs et complices ! » Elle s'était détachée du groupe. Une éclaireuse. « Rends-nous Diego ! » continuaient les femmes derrière, comme en sourdine. Un policier posa la main sur elle. « Lâchez-moi ! » Son sang ne fit qu'un tour ; Gabriel posa Joséphin et se précipita vers elle pour l'aider, mais un agent le ceintura. De l'autre côté, un policier venait de sortir sa matraque. Marie le défiait. « Vous n'avez rien à faire ici. Rentrez chez vous ! »

Rentrer chez eux ? gronda-t-elle. Mais c'était justement ça qu'ils demandaient ! C'était ça qu'on leur refusait ! Courbé sous le poids de l'agent, il la contempla par en dessous. Elle avait des airs de géante. Ses cheveux s'élevaient vers le ciel, furieux, ses pieds devenaient racines. Elle posa son index sur la poitrine du policier. « C'est la faute votre gouvernement si on rentre pas chez nous ! Chez nous, c'est Chagos. Diego Garcia, Peros Banhos, Salomon ! » Un attroupement se formait autour d'eux. Gabriel essaya de se défaire de l'emprise du policier, en vain, on le traîna par les épaules à l'extérieur du cercle. Autour de Marie, il aperçut des lumières, comme des flashs. « Battez, rendez ! J'ai pas peur la police ! Jusqu'au bout on va crier, continuait-elle. Tu entends ça ? Jusqu'au bout ! » Une colère immense battait sous son nombril, qu'il pouvait entendre résonner jusque dans son cœur. Le policier agrippa son bras pour la faire taire, elle hurla plus fort, un autre policier vint en renfort, elle se laissa tomber exprès, les emportant dans sa chute. Angèle, malgré ses blessures, se jeta dans la mêlée, suivie par Josette. Des ongles enfoncés, les matraques qui ripostent, des cris, des coups de dents, les femmes se révoltaient contre les uniformes. « Rends-nous Diego ! » Les hommes avaient pour consigne de ne pas se battre ; en cas de violence, ils seraient tout de suite emprisonnés, mais la situation dégénérait tellement qu'ils s'élancèrent à leur tour. « Chagos ma seule terre ! » Marie donnait des coups de tête, des coups de pied. Gabriel l'imita et réussit soudain à se libérer du sbire. Il courut vers elle. Les policiers n'arrivaient pas à la calmer. Elle était plus forte qu'eux. Elle était invincible. Ils ne pouvaient pas deviner que sa violence venait de loin, de ce jour où une femme nommée Thérèse Ladouceur avait accepté de la laisser vivre pieds nus. Elle tonnait, griffait, se débattait, elle était la tempête, elle était tous les cyclones, la mer en furie, la révolte d'une île, elle tendait sa peau déchirée au-dessus de l'océan, elle frappait les idoles de son coupe-coupe et les déposait sanglantes sur le rivage. Gabriel comprit qu'il l'aimait toujours.

Mars 1975

Le problème des îlois

Quatre arrestations et trois blessés, tel est le bilan de l'affrontement qui a eu lieu hier en fin de matinée à La Chaussée, juste en face du haut-commissariat britannique, entre les membres de la « Riot Unit » de la force policière et une cinquantaine de manifestants îlois.

Après avoir manifesté devant l'hôtel du gouvernement, les manifestants ont regagné le Jardin de la Compagnie en scandant des slogans tels que « Ramgoolam soucère di sang », « Anglais volères », et « Séle solition : révolution ».
Arrivés devant le haut-commissariat britannique, les manifestants organisèrent un « sit-in » qui gêna considérablement la circulation routière à La Chaussée.
Vers midi, les membres de la « Riot Unit » tentèrent de repousser les manifestants vers le Jardin de la Compagnie. Ces derniers...

Marie scruta pour la dixième fois sa photo en une de *L'Express*. Pieds nus, vêtue de sa robe légère, elle se débattait au milieu des cinq policiers qui l'encadraient. Le photographe avait parfaitement saisi le moment.

Ce qu'elle préférait dans l'article, c'était la légende sous sa photo, que lui avait lue et relue Gabriel :

« Arrêter les îloises » : plus facile à dire qu'à faire.

Il avait distribué une quinzaine d'exemplaires du journal dans tout le bidonville. Leurs trophées. « Mamita ! » s'était écrié Joséphin. « Tu es comme si une vedette ! » Elle avait éclaté de rire et posé un baiser sur sa tête. C'est vrai qu'on ne voyait qu'elle sur la photo. Mais ce n'était pas le plus important. Elle se tourna vers Gabriel. Son regard brillait.

À la maison, Bettina a dédié une armoire complète à la lutte chagossienne. Des livres, des boîtes, trois ou quatre classeurs épais regroupant photocopies, documents, articles de presse, articles de blogs, photos, témoignages, lettres de sympathie ou d'encouragement à la cause. Elle travaille à l'ancienne, découpe les journaux patiemment, les glisse dans des pochettes plastique, elle joue les archivistes, ne laisse rien passer. J'ai moins de patience qu'elle pour ça.

Un jour de découragement, je lui ai demandé pourquoi elle s'acharnait à tout compiler. Elle m'a regardé en souriant. « D'après toi ? Pour que Pierrine puisse continuer plus tard. Pour qu'elle sache d'où elle vient. »

Mars 1975

« Il arrive. » Penchée à la fenêtre, Évelyne hésitait entre l'excitation et la crainte. « Tu es sûre que c'est lui ? — Sûre. » Elle avait retrouvé Gabriel dans son appartement de Port-Louis quelques heures plus tôt. Benoît devait les y rejoindre avant qu'ils ne partent tous pour la Jalousie. « Ça fait combien ? Onze ans, douze ans qu'on ne l'a pas vu ? » Douze ans et trois mois précisément, pensa-t-il, mais il ne répondit rien. Il aurait aimé être parfaitement indifférent ; ce frère prétentieux, privilégié, qui les accablait sous les vivats paternels… L'idée seule de le revoir avait ruiné son sommeil plusieurs nuits d'affilée. *Docteur* Benoît Neymorin… Diplômé de l'université de Cambridge. Jamais une lettre, jamais un coup de fil. Des pas dans l'escalier. « J'y vais » souffla Évelyne. Il lui serra les mains très fort, comme il le faisait chaque fois que sa sœur, petite, avait besoin d'être rassurée. Il ne ferait pas semblant. Ne forcerait ni ses sourires ni sa gentillesse, lui parlerait le moins possible.

La porte s'ouvrit.

Benoît, empâté, presque chauve, s'avança dans la pièce. Un léger sourire relevé en coin. Déplaisant. Gabriel aurait voulu rester assis sur le sofa, les bras ostensiblement croisés, mais les bonnes manières en lui l'emportèrent. Il se leva. Ni l'un ni l'autre ne surent comment se comporter. Benoît finit par tendre la main devant lui, comme il devait le faire avec ses patients. Évelyne, muette. Gabriel alla chercher trois verres et posa sur la table une bouteille de jus. Cigarette. « Tu sais que tu ne devrais pas fumer ? » lança Benoît de ce ton qui l'avait toujours rendu fou. « C'est drôle, tu viens à peine d'arriver et j'aimerais déjà que tu sois parti. » Gabriel cracha la fumée vers le ciel. Évelyne lui jeta un regard implorant. Benoît ricana. « Les années passent mais toi, tu es toujours aussi con. — C'est bon, vous êtes contents ? s'interposa-t-elle. Les retrouvailles sont ratées comme vous le vouliez ? » Gabriel cligna des paupières ; d'accord, d'accord, il ne dirait plus rien. Benoît semblait amusé. Elle se tourna vers lui : « Raconte-nous plutôt, toi. À Londres, ça se passe comment ? » Il sirota son jus de mangue en prenant des poses. « Extraordinaire. Il faudra que tu viennes un jour, cette ville est extraordinaire. » Gabriel apprécia le « tu ».

« Tu as un cabinet ? demanda sa sœur.

— Oui. Avec une secrétaire et une cinquantaine de patients. Je suis obligé de refuser du monde.

— Les pauvres, ironisa Gabriel.

— Hé ! Ça suffit, là ! »

Peine perdue. Évelyne n'y arriverait pas. Cette petite réunion de famille ne servait à rien. Dire que le pire les attendait encore à la Jalousie. Gabriel se leva. S'il ne partait pas sur-le-champ pour Beau-Bassin, il n'aurait plus jamais le courage de le faire. « On devrait y aller » dit-il en prenant ses affaires. « Maintenant. »

*

Quand le taxi s'arrêta devant le grand portail blanc, il eut l'impression de recevoir un seau d'eau glacée au visage. Dégrisé. D'un coup. La Jalousie se dressait devant lui, fidèle à ce qu'elle avait toujours été : la plus belle maison de Beau-Bassin. Collée au portail, échangeant avec le marchand ambulant de brioches, sa mère l'attendait sous son chapeau de paille. Elle n'avait pas changé de place, depuis toutes ces années qu'elle était morte, elle se tenait là, souriante. « Chauds, chauds… Chauds makatias chauds ! »

Évelyne et Benoît franchirent le portail. Le fantôme maternel retomba en poussière. Gabriel gravit le perron de basalte, la nausée au ventre. À l'intérieur, le hall avait toujours sa fraîcheur d'antan – un parfum de cire et de miel. Mais la grande volière aux airs des *Mille et Une Nuits* avait disparu. À la place, il n'y avait qu'un grand vide. Où étaient les oiseaux ? Les inséparables, les mandarins, les perruches ?

« On est là ! Georgette, c'est nous ! » cria Évelyne. Benoît passa un doigt sur un meuble, inspecta la poussière. Dans le salon, les fauteuils étaient toujours là ; avec les mêmes revêtements en cuir, le protège-tête en tissu, les larges accoudoirs sur lesquels sa sœur aimait poser ses fesses. Le petit guéridon au fond. La bibliothèque. Il reconnaissait tout. Il ne reconnaissait rien. C'était un sentiment chaotique, à la fois doux et violent. Le temps n'avait pas eu prise sur les choses, et dans cette pièce aux meubles d'acajou, il retrouvait son enfance fixée sur les objets. Mais sa vie avait pris trop de virages ; ses souvenirs n'étaient plus qu'un décor. Cette maison-là, c'était un autre homme que lui qui l'avait connue et qui y avait vécu.

« Bonjour, pardon, bonjour… » Une femme d'une quarantaine d'années, petite et ronde, la peau très noire, se tenait devant eux. Elle portait des pantoufles roses aux pieds. « Ah ! Georgette, voici mes frères, Benoît et Gabriel. » Un salut formel et elle les invita à la suivre. « Depuis son attaque, expliqua Évelyne, on l'a installé dans la grande chambre du fond. Enfin, *ta* chambre, Gaby... C'est plus commode pour les soins. » Son père dans son lit ? Dans sa chambre ? Gabriel s'arrêta. Combien de vies superposées allait-il devoir affronter d'un coup ? Porte de droite, la chambre parentale, où il avait trouvé leur mère inerte, où il se cachait petit, celle qui n'était pas faite pour les enfants. Porte de gauche, la salle de bains, l'étagère avec la Brillantine du père, la douche tout confort – leur entrée dans la modernité et les rêves du futur. Tout au bout, son royaume, mais sans le tableau vivant du manguier, son confident, arraché – stigmates du cyclone. Et Benoît qui avançait d'un pas tranquille, comme s'il avait quitté la maison, la ville, le pays la veille au soir. C'était au-dessus de ses forces. Il ne pouvait pas. Évelyne lui jeta un œil par-dessus son épaule. S'il te plaît... Courage...

Georgette patientait devant la porte, gardienne des Enfers. La nausée se fit plus intense. Toutes les odeurs, toutes les sensations de la maison le bombardaient d'émotions contradictoires, l'encaustique, la vanille, la moquette râpeuse, le crépi des murs, la citronnelle antimoustique, le parquet qui grince, et surtout le parfum épicé de sa mère qui flottait dans l'air, intact, comme pour donner corps à son fantôme. Il plongea.

Allongé dans le lit, la tête tordue d'un côté, les mains crochetées comme des serres posées sur son ventre, l'œil gauche roulé dans une paupière exagérément ouverte, le père les accueillit avec des borborygmes. Évelyne rapprocha les chaises près du lit. « Benoît et Gaby sont là ! » Ni l'un ni l'autre ne parvenaient à prononcer le moindre mot. Même Benoît avait perdu sa superbe. Il posa une main sur sa bouche pour ne pas pleurer, pour ne pas vomir. Leur sœur traversa la pièce et se pencha sur le père ; un baiser sur le front, du bout des lèvres. L'œil malade tourna dans son orbite, faisant rouler la fine opercule blanchâtre qui le recouvrait, pareille à celle des poissons jetés sur le pont des bateaux. Gabriel accusa le coup. Il voulait crier et fuir, fuir à nouveau. Où était le vieux, l'ignoble, le monstre derrière le malade ? Arrête ta mauvaise comédie, enlève donc ce masque, montre-moi ton visage... Et tes mains... Tu ne vas pas me faire croire que tu vis avec ces mains-là ? Où sont les vraies, celles avec lesquelles tu crevais la poitrine de Ludna et nous donnais des gifles ?

Benoît effleura le corps paternel. Un rictus sur ses lèvres de carton ; c'était peut-être l'émotion. « Je vais prévenir le notaire » annonça Georgette. Elle s'éclipsa et revint avec un homme en costume gris, de petites lunettes sur le nez. Il souleva son chapeau. « Me Doisnel. »

Il ouvrit aussitôt son porte-documents et attrapa un stylo. « M. Léon Neymorin m'a demandé de vous réunir tous les trois pour qu'il n'y ait aucun désaccord entre vous le jour où, le plus tard possible évidemment, votre père nous quittant, il sera question de l'héritage. » Le vieux fit rouler à nouveau son œil dans l'orbite. Dans son langage, un geste qui devait signifier « continuez ». « Bien. M. Léon Neymorin ici présent souhaite léguer à Mme Évelyne Miranville, née Neymorin, la maison de la Jalousie avec tout le mobilier, linge, vaisselle, décorations. » Évelyne se tordait les mains. « Monsieur laissera à M. Benoît Neymorin les parts de sa société d'import-export et les dividendes afférents, le titre de président-directeur général et le nom de la société Neymorin Export. » Les yeux de Benoît s'emplirent d'un feu – ah ! la médecine ou l'export, il faudrait choisir... « Quant à vous, monsieur Gabriel

Neymorin, monsieur votre père souhaite vous léguer son assurance-vie déposée sur le compte de la Mauritius Commercial Bank. »

Un grand blanc suivit la lecture des actes. Autant Gabriel voyait bien ce que pouvaient représenter la maison ou la société, autant le montant de l'assurance-vie lui était strictement inconnu. « Pouvez-vous nous donner les chiffres correspondant à ces différents biens ? » Me Doisnel se tourna vers le père, dont les lèvres tremblèrent. « Je... Je dois me renseigner, monsieur. Je n'ai pas les montants avec moi. Mais je ne manquerai pas de vous communiquer ces informations en temps utile. » Le notaire s'éclaircit la gorge. « M. Léon Neymorin, enfin, a ajouté une dernière clause. Il regrette de ne pas avoir de petits-enfants et promet au premier d'entre vous qui... réparera ce regret... la somme de... Voyons voir. Ah ! voilà. De 200 000 roupies. »

Évelyne lança un regard entendu à Gabriel. Non. Non, Lézard... Il ne voulait pas parler de Joséphin. Benoît les surprit : « Vous avez des choses à nous annoncer, vous.
— Moi non, dit Évelyne. Mais Gaby... » Le père roula son œil d'avant en arrière plusieurs fois. « Papa, dit-elle d'une voix forte. Tu as un petit-fils. Il s'appelle Joséphin. C'est le fils de Gaby, tu m'entends ? » Le notaire essuya ses lunettes. « Quel âge a cet enfant ? — Sept ans » répondit Gabriel, déstabilisé. « Qui est la mère ? — Marie-Pierre Ladouceur... Vous ne la connaissez pas. Elle est chagossienne. » À ce mot, le père s'étrangla ; un son rauque remonta de sa gorge et mourut dans un hoquet ridicule. Évelyne comprit qu'il l'appelait.

« Qu'est-ce qu'il y a ? Hein ? Quoi ? » Elle colla son oreille contre ses lèvres, attendit. Et soudain elle blêmit. Gabriel devinait déjà les paroles. Sa sœur se redressa. « Il n'est pas en forme aujourd'hui. On en reparlera demain… » Mais le vieux poussa un grognement d'animal. « Je crois que Monsieur proteste…, intervint le notaire. Madame, pourriez-vous nous répéter ses mots, s'il vous plaît ? » Non. Sa tête remuait. Non, non. « Ne t'inquiète pas Évelyne. Dis-moi. » Son regard désolé.

« Il ne veut pas…

— Pas quoi ?

— Il ne veut pas donner son argent à…

— Oui ?

— … à un petit Mozambique. »

Gabriel regarda l'homme allongé devant lui. Celui qu'il aurait aimé comme un père s'il avait été différent. Sa maladie n'excusait rien. Il était gâté de l'intérieur depuis bien longtemps. Pour Gabriel, tout était clair à présent. Il n'avait plus rien à attendre de Léon Neymorin et cette certitude le libérait d'un inutile espoir.

« Les *Mozambiques,* comme tu dis, ne t'ont pas toujours dégoûté… » L'œil globuleux s'affola dans l'orbite. « Elles t'excitaient bien les Noires, autrefois, pas vrai ? » Un silence étouffant tomba sur la pièce. L'œil roulait, roulait. Gabriel arracha le stylo des mains du notaire et approcha la mine du front paternel. « Gaby ! » cria Évelyne dans son dos. « Quoi ? Tu ne veux pas savoir ? Tous, là, vous ne voulez pas savoir ? » Le stylo était suspendu à quelques millimètres de la peau. Benoît avait croisé ses doigts en prière, Georgette et le notaire paraissaient sidérés. La mine bleue s'enfonça dans la chair ridée ; la peau buvait l'encre avec gourmandise – un tatouage.

Il quitta la pièce en refermant la porte derrière lui, doucement, comme sur la chambre d'un mort. Sur le front infâme il avait tracé deux mots : « Pardon Ludna. »

Mars 1975

L'euphorie était retombée. Malgré le succès du premier sit-in et l'article de *L'Express*, les îlois étaient toujours noyés au milieu du bidonville. Gabriel avait revu Gaëtan Duval. Était rentré de leur entretien la mine sombre. « Le cyclone a tout perturbé. Les Mauriciens aussi ont été gravement touchés et ils ont… la priorité du gouvernement. Ce sont eux qui votent. Pas vous. » Marie avait posé la tête sur son épaule pour le consoler. Depuis la manifestation à Port-Louis, Gabriel s'était adouci. Il osait la regarder pour de bon, parfois même lui sourire. Elle-même y allait par étapes, un geste ici, un frôlement là, consciente qu'il lui fallait à nouveau l'apprivoiser.

Elle rentrait des champs de canne, où le travail avait fini par reprendre, quand elle aperçut Gabriel assis devant sa case, la tête dans les mains. Elle le fit entrer, ferma la petite porte qu'il avait construite pour elle.

« J'ai revu mon père » commença-t-il. Elle se souvenait de sa mine paniquée le jour où l'homme avait fait une attaque. Mais il parlait si rarement de lui. « Comment il va ? » Il s'étendit sur le lit. Ignora sa question. « J'ai très mal à la tête. » Elle mit de l'eau à bouillir. « Gabriel… » insista-t-elle. Il tourna vers elle des yeux rougis. « Je le hais. Oh ! Rassure-toi, il me le rend bien. Il *nous* le rend bien !

— Quoi ça, nous ?

— Bah…

— Parce que je suis zîloise ? Que j'ai pas l'éducation ?

— Oui. On va dire ça. »

Elle versa l'eau chaude sur des graines de cumin et de poivre. Une recette de sa mère pour soulager les migraines. « Tiens. Ça va faire ta tête claire. » Il se redressa. « Marie. J'ai réfléchi. Je voudrais réinscrire Joséphin à l'école du Sacré-Cœur. C'est trop important. On doit mettre toutes les chances de son côté. » Elle serra sa main sans réfléchir. Cette fois, il la lui laissa.

*

Joséphin craignait l'accueil de ses camarades : son retard serait important, d'autant que les cours se tenaient toujours en anglais. « Mets-toi au premier rang et écoute la maîtresse. La moitié du travail sera faite. Je t'aiderai pour l'autre. » Gabriel avait confiance en lui.

Dès le mardi suivant, Joséphin reprit le chemin de l'école. Son cartable débordait de part et d'autre de sa frêle silhouette.

« Marie, à quelle heure tu finis le travail, exactement ?

— À 3 heures.

— Alors je viendrai te chercher et on ira l'attendre à la sortie des classes. »

La journée passa vite. Là où le cyclone avait fauché les champs, la canne avait pourri, mais déjà de nouvelles pousses surgissaient ici et là, qu'il fallait dégager du reste pour qu'elles se gorgent de soleil. « Et toi ! Tu dors ou tu coupes ? » lui lança Josette. Ni l'un ni l'autre. Elle rêvait.

À 3 heures tapantes, alors qu'elle finissait de jeter la paille de canne sur le tas en bout d'allée, elle aperçut le taxi. Elle fit une bise à Josette et courut vers lui.

« On va d'abord passer chez moi, comme ça tu pourras te reposer un peu, annonça Gabriel. Joséphin ne sort qu'à 4 heures. » Elle acquiesça. Remarqua la fine entaille sur son cou rasé, l'odeur fraîche de ses joues se mêlant à un reste de parfum. Chemise blanche, pantalon de flanelle. Et elle, les mains coupées par la canne, le jupon taché de terre, la peau imprégnée de sueur. Ses pieds nus. Comme la répétition d'une scène ancienne.

*

« Vingt roupies, s'il vous plaît. » Gabriel tira un billet de sa poche et salua le chauffeur. L'immeuble devant eux, du béton couvert d'un crépi jaune, comportait deux étages. Il chercha sa clef, poussa la porte d'entrée. « Je suis au premier » souffla-t-il. Sa voix était altérée. Elle-même ne trouvait pas la force de parler. L'évidence de ce qui allait suivre. Elle lui emboîta le pas – le *Sir Jules* à l'horizon, une silhouette d'oiseau, un homme de la ville, bien sûr. Une porte à nouveau, « c'est là », son cœur battant.

Est-ce que la magie reviendrait, est-ce qu'ils sauraient à nouveau, est-ce qu'ils trouveraient les gestes, les caresses ? Ils se mouvaient lentement – remodeler le temps, se préparer à la vérité des retrouvailles. Marie avait peur, mais c'était une peur enivrante, à laquelle elle s'abandonnait sans aucune résistance.

Gabriel l'attira à lui.

Leurs bouches qui se cherchent, s'aspirent, lui qui lui dévore le cou, la nuque, les seins. Elle tend les mains vers sa chemise, fait glisser un à un les boutons et jette au loin le vêtement, il la serre contre lui, promène sa langue sur sa peau, et elle, avide, retrouve le petit nuage de chair sous son oreille, passe une jambe autour de sa taille, agrippe son dos, laisse ses cheveux s'emmêler sur son visage. Le lit est grand. Leurs corps s'y retrouvent, douloureux, impatients. Le reste du monde s'efface. Ils ne parlent pas. Rattrapent le temps perdu, le temps gâché. L'amour a le goût des regrets.

Des regrets, ma vie en est pleine. La vôtre pas ? On compose tous avec, bien sûr, on transforme les peines, on se trouve des excuses. Puis on embrasse les joies et on allume des brasiers. On invente nos errances. Nos ridicules.

Quand Bettina a voulu me présenter sa famille, elle a eu une seconde d'hésitation, elle qui n'hésite jamais. J'ai cru que c'était à cause de moi. De qui d'autre ? Elle, la peau café au lait ; moi, bien noir, bien fort. Je me trompais. Elle était gênée par sa propre famille. Ou plutôt, par l'idée que je risquais de m'en faire.

Mais quoi, Bettina ? Elle prend une grande inspiration. Chuchote en baissant la tête :

La sœur de ma mère a épousé un Chinois...

Le métissage, c'est toujours trop ou pas assez. Il n'y a pas d'équilibre. Pas de recette, pas de dosage. Quoi que vous fassiez, vous serez pris pour celui que vous n'êtes pas.

Avril 1975

Vers 16 heures, alors que Gabriel allait quitter le collège royal, la secrétaire administrative vint le trouver en salle des professeurs. « Monsieur Neymorin, un coup de fil urgent pour vous. » C'était Évelyne.

« Il est mort. »

Demander qui n'était pas nécessaire.

Elle lui donna rendez-vous au jardin de Pamplemousses et raccrocha.

*

Les nénuphars étaient en pleine explosion de nacre. Larges comme des plateaux ronds, dentelées sur les bords, les feuilles formaient une immense mosaïque aquatique. « Le cœur a fini par lâcher, tu vois. » Le jardin était magnifique en cette saison. « Dommage que Benoît soit parti avant. Mourir devant son fils médecin, souffla Gabriel, aurait été grandiose. » Sa sœur haussa les épaules.

« Il n'est pas médecin.

— Quoi ?

— Benoît n'est pas médecin, répéta-t-elle froidement. Après ton départ, la semaine dernière… Le père a fait une petite attaque. Celle qui l'a tué était en réalité la troisième. Il commençait à s'étouffer, alors on s'est tous tournés vers Benoît. Il a paniqué, incapable de faire quoi que ce soit. Et il nous a avoué qu'il n'était pas médecin. »

Elle eut un sourire amer.

« Juste infirmier. Un petit infirmier d'hôpital de banlieue, mal payé, mal considéré. Voilà. » Gabriel en resta bouche bée. De son frère il s'attendait à tout, mais pas à cette mauvaise comédie. Quel orgueil l'avait poussé à s'inventer cette légende, quelle folie ?

Évelyne lui prit le bras et ils longèrent le bassin. « Toi aussi, tu as des choses à me dire. » Des visiteurs les dépassèrent, qui se dirigeaient tous vers la palmeraie. « Pardon Ludna ? » Il regarda sa sœur, remarqua pour la première fois les rides très fines au coin de ses yeux. Il n'avait jamais su la protéger. Tous ceux qu'il aimait, il les avait blessés. Les meilleures intentions du monde ne conduisaient pas aux meilleurs choix. Il s'éclaircit la gorge, chercha ses mots, mais c'est la phrase la plus crue qui lui échappa finalement : « Il la violait. » Évelyne encaissa.

« Je les ai surpris un jour, dans la cuisine. Ludna pleurait et lui... Lui était derrière elle. Sur notre table de petit déjeuner... » Le souvenir remontait en lui, acide. « Je crois que Ludna m'a vu. Mais lui, non. Je ne sais pas... J'ai l'impression que ce n'était pas la première fois. » Sa sœur lui fit signe de s'arrêter. Ils trouvèrent un banc et s'y laissèrent tomber. Elle contenait ses larmes avec difficulté. « C'est pour ça que tu es parti aux Chagos ? — Oui. Je ne pouvais plus rester dans cette maison. Et je ne pouvais pas te le dire non plus. Tu étais si jeune... Où serais-tu allée ? » Les larmes s'échappèrent de ses paupières fermées. Il passa un bras sur son épaule. « Il y a autre chose que je ne t'ai jamais dite, Lézard... »

*

« Maman m'aime plus. — Qu'est-ce que tu racontes, voyons ! Maman t'aime, évidemment. » Sa petite sœur secoua la tête. « Non. Elle m'aime plus... — Pourquoi tu dis ça ? » Elle passa ses bras autour de son cou et s'accrocha à lui très fort. « Lilyne, qu'est-ce que tu as ? » Cette môme ! Il avait autre chose à faire ; le professeur de mathématiques leur avait donné trois exercices pour le lendemain. Il la berça quelques secondes, les yeux fixés sur le manguier. Les fruits seraient bientôt mûrs. Il pourrait demander à Octavie de faire une tarte, ou alors un sorbet. Avec un peu de coco râpé dessus, ce serait un délice. « Bon, tu arrêtes maintenant, d'accord ! Tu veux jouer, c'est ça ? » Il posa Évelyne sur le lit, attrapa la poupée en feuille de bananier tissée par la nénène et la lui tendit. « Laisse-moi travailler, maintenant. » Il se remit à son bureau.

Si j'ai sept billes dans mon sac, que Paul m'en donne cinq et que je lui en rends deux, combien de billes me reste-t-il pour jouer ?

Pourquoi les problèmes d'algèbre étaient-ils si compliqués ? La petite voix perça le silence. « Maman, elle parle plus. » Il se tourna vers elle. « Comment ça, elle parle plus ? — Quand je lui parle, elle répond pas. » Un silence. « Et elle garde les yeux fermés. » Tous ses sens se mirent en alerte. « Bon... Tu m'attends ici, d'accord ? Je reviens. » Il prit la peine de refermer la porte derrière lui.

Ses poumons allaient exploser. La chambre des parents était à l'autre bout du corridor. Son père ? Au bureau. Les nénènes ? Dans la cour. Il n'avait jamais remarqué que ce couloir était si long. Les murs tanguaient. Il se raccrocha au chambranle une seconde, inspira profondément et d'un coup, ouvrit la porte.

Sa mère était étendue en travers du lit, inerte. Le corps déjà froid.

Il se précipita à son chevet, « Maman, Maman », lui prit la main, la secoua, trouva un papier serré à l'intérieur. Découvrit au même moment les boîtes de médicaments autour d'elle. Vides. Elle avait tout avalé. C'était lui qui était allé les acheter ; « Gaby chéri, va voir M. Zhang à la pharmacie et prends ça pour moi » ; il l'avait fait, il avait obéi… Malgré les larmes qui lui brouillaient la vue, il se força à déchiffrer le message : « À mes enfants chéris » sur le recto. Au verso, d'une écriture beaucoup moins précise, malhabile même, quelques mots incompréhensibles : « Je les ai vus… Il faut libérer les oiseaux… » Il avait rangé le papier dans sa poche, n'avait pas touché aux médicaments. Une fois dehors, la mort avait hurlé en lui.

*

« Je me souviens très bien du médecin qui disait qu'elle avait fait une crise cardiaque. Une banale crise cardiaque » murmura Évelyne en séchant ses larmes. Le père était rentré à la hâte du bureau. Gabriel se souvenait encore de sa voix étranglée : « D'où viennent ces médicaments ? » Quand il lui avait avoué que leur mère lui avait demandé d'aller les acheter, et qu'il l'avait fait, il avait vu une lumière noire embraser son œil ; de ce jour, la haine ne l'avait plus quitté.

« J'imagine que Maman avait découvert ses relations avec les nénènes, dit-il, mais on ne le saura jamais vraiment. » Évelyne chercha un mouchoir dans son sac. « Elle est fautive elle aussi. On n'abandonne pas ses enfants parce qu'on est trompée. C'est tellement égoïste… orgueilleux… » Il ouvrit les paumes devant lui. « C'était peut-être autre chose, Lézard.

— Comme ?

— Je ne sais pas. Comme une vengeance. »

Sa sœur hoqueta. Il posa une bise sur sa joue. « J'ai besoin de digérer tout ça. » Elle pointa le doigt vers la palmeraie. Depuis quelques jours, tous les visiteurs s'y pressaient. Le talipot était en fleur. « On ira le voir une autre fois, d'accord ? — Oui. Une autre fois. »

Relis-moi la Bible, Joséphin, le passage dans lequel Jésus chasse les marchands du temple.

La Pâque juive était proche et Jésus monta à Jérusalem.

Les vendeurs de bœufs, de brebis et de pigeons, ainsi que les changeurs de monnaie étaient installés dans le temple.

Il fabriqua un fouet avec des cordes et les chassa tous hors du temple, ainsi que les brebis et les bœufs. Il balaya la monnaie des changeurs et renversa leurs tables.

Et il dit aux vendeurs de pigeons : Ôtez tout cela d'ici ! Ne faites pas de la maison de mon Père une maison de commerce !

Ses disciples se souvinrent qu'il était écrit : « Le zèle de ta maison me dévore. »

Les Juifs prirent la parole et lui répondirent : Quel signe nous montres-tu en agissant ainsi ?

Jésus leur répondit : Détruisez ce temple et en trois jours je le relèverai.

Les Juifs dirent : Il a fallu quarante-six ans pour construire ce temple et toi, en trois jours, tu le relèverais ?

Sauf que lui parlait du temple de son corps.

Elle me souriait.

Tu comprends, Joséphin ? Tout n'est pas à vendre. On n'achète pas la dignité. On n'achète pas un pays. On n'achète pas l'âme ou la foi. Certaines choses sont sacrées et doivent le rester.

Mai 1975

Les champs s'étendaient devant elle avec des reflets verts, épousant les vallons et les collines. Les cannes projetées vers le ciel commençaient à se gorger de sucre – on les presserait quelques mois plus tard. Deux sous la toise à Noël, un sou la toise le reste de l'année.

« *Oh Marie, Marie, Marie !* » fredonna Gaudry sur un air de séga à la mode. Il ramassa un tas et le jeta dans son grand panier, repartit aussitôt en sifflotant. L'année dernière, il avait été décoré « meilleur coupeur de canne » de la saison, et avait touché un petit sou supplémentaire en reconnaissance. Elle lui fit un geste de la main et reprit sa tâche. Le travail de la canne était plus fatigant que celui du coprah. Regarder devant soi. Abattre le coupe-coupe, oublier la douleur dans le bras, les ampoules aux mains, les poignets enflés, le dos en bouillie. Jeter la canne derrière soi, avancer d'un pas. Les feuilles étaient tranchantes et lui cinglaient les jambes sous sa jupe. Josette avait un meilleur coup de main, filait plus vite qu'elle dans sa rangée, n'oubliant jamais de l'encourager d'un mot ou d'un regard.

Malgré la proposition que Gabriel lui avait faite – « venez vivre avec moi à l'appartement… Joséphin sera mieux... » –, Marie avait décidé de rester au camp. Elle se méfiait d'elle-même, de ses sentiments trop entiers, de ses élans furieux, débordants. La souffrance était devenue son horizon ; la sérénité son impossible. Elle prenait ce que la vie lui offrait, doucement, prudemment, retrouvait Gabriel chez lui en fin de journée, puis rentrait à Cassis, la peau gorgée de son parfum.

Un soir qu'elle approchait du camp avec Josette, elle aperçut une foule à l'entrée. Les îlois formaient un groupe compact et bruyant. De son tabouret en plastique, Angèle leur fit de grands gestes. « Ah mes filles ! Une grosse nouvelle ! Mon cœur va éclater... On va avoir l'argent ! Les Anglais vont faire la compensation. »

Elles poussèrent toutes deux un grand cri. « Quand ? Combien ? » Marie porta la main à sa poitrine. Les choses bougeaient enfin ! « Un monsieur anglais est venu tantôt... Il fait le tour aux villages. Rochebois, Pointe-aux-Sables et nous... Je crois il va repasser demain matin.

— C'est qui ?

— Un monsieur spécialiste... juriste... Ayo... Trop compliqué, zenfants. Gaudry ! Viens expliquer, toi. »

Gaudry se détacha de la foule et approcha, rayonnant. « On a gagné ! » Il souleva Josette dans ses bras et l'embrassa. Joséphin accourut à son tour et se jeta dans leurs jambes. On a gagné ! « Raconter, matelot... » demanda Josette, impatiente. « Alex Bradley, ça. Un grand monsieur sorti de l'Angleterre. Il a dit le gouvernement britannique veut trouver un arrangement. Y ont peur de nous ! Ah, ah, ah ! Une bande de capons... Il a dit le dédommagement c'est 650 000 livres sterling ! » En entendant ce chiffre, Josette hurla. Une telle somme ! Ils pourraient se construire des maisons, des palais, des routes avec ça ! « Quand ça, Gaudry ? Quand ça on est payés ? » voulut savoir Marie. Il ôta sa casquette pour se rafraîchir, salua encore de loin un îlois qui criait son nom. « Bradley a dit dans pas longtemps. Quinze jours ? Un mois ? » C'était une merveilleuse nouvelle. La vie retrouvait ses couleurs. Elle avait hâte de raconter ça à Gabriel. Il avait promis de passer le lendemain. Elle lui envoya un baiser imaginaire.

*

Vers 7 heures du matin, tandis qu'elle préparait le thé pour Joséphin, un homme se présenta devant sa case. Il avait la peau blanche, les cheveux si blonds qu'ils paraissaient blancs, et parlait un français marqué par un fort accent anglais. Le visage du soldat déboulant dans sa case lui traversa la mémoire. Elle reposa sa timbale et alla l'accueillir. Josette et Gaudry se tenaient derrière lui. « Mademoiselle Ladouceur. Je me présente, Alex Bradley, du cabinet Sherdon de Londres. » Elle lui serra la main, gênée de ne pas s'être mieux lavé le visage. « Du thé ? » Il accepta et tous entrèrent dans la case.

« J'ai vu votre photo dans le journal il y a plusieurs semaines. Vous m'avez impressionné… Notre gouvernement se préoccupe sincèrement de votre sort, vous savez. Il a eu vent de votre mouvement et a préféré négocier avec vous plutôt que d'aller au tribunal. Je pense que monsieur – il désigna Gaudry – vous a déjà tout expliqué. Le Royaume-Uni est prêt à vous verser 650 000 livres en compensation du mal qui vous a été fait. Ce n'est que justice. » L'homme parlait bien, et il parlait beaucoup – elle ne comprenait pas tout. Elle glissa une main dans ses cheveux, essayant d'aplatir une mèche récalcitrante. On leur avait fait du mal, ça oui, et même si aucun billet ne ferait jamais revenir Suzanne, l'idée de pouvoir offrir un avenir à Joséphin lui allégeait la poitrine.

« Quand ça on reçoit l'argent ? » demanda Josette. « Très vite. Dans moins d'un mois. Pour cela il vous suffit de signer ce document. J'ai apporté un papier pour chacun d'entre vous. » Marie ne put rien lire ; tout était écrit en anglais. Elle interrogea Bradley. « La lettre indique que vous acceptez la compensation financière offerte par le gouvernement britannique. Regardez, là… » Il pointa une ligne. « Vous voyez les chiffres : 650 000 livres sterling, soit 40 millions de roupies. Sacrée somme, n'est-ce pas ? » Josette éclata de rire et traça une croix au pied de la lettre. « Oh ! Excusez-moi, madame, il me faudra aussi votre empreinte. Le pouce » dit-il en sortant un petit tampon encreur. Elle appuya son doigt dessus puis le reporta sur le papier, une gamine, sous les vivats de Gaudry.

Marie eut une seconde d'hésitation. Elle aurait aimé que Gabriel soit là. L'Anglais jeta un regard circulaire. « Le cyclone de février a été terrible, apparemment. J'en suis désolé… » Les parois en tôle, l'absence d'électricité et de latrines, le robinet extérieur duquel gouttait une eau à peine potable… Vrai, elle n'en pouvait plus. Elle emprunta un stylo à l'Anglais et de sa plus belle écriture signa : « Marie-Pierre Ladouceur. » L'avocat lui tendit une copie : « Celle-là est pour vous. Voilà. » Il rangea les documents dans sa besace, « mesdames ; monsieur », et prit le chemin de la sortie.

*

La journée dans le champ de cannes fut sans doute la plus belle depuis son arrivée à Maurice. Tous chantaient, heureux de cette nouvelle positive à laquelle ils n'osaient plus croire. Gaudry se pavanait dans les rangées comme un roi. La joie, enfin. Ils rentrèrent un peu plus tôt que d'habitude, Marie fit sa toilette, piqua à Josette un peu du parfum qu'elle avait trouvé par hasard sous le siège d'un bus, sans doute tombé du sac d'une grande dame.

« Tu vas voir, une grosse nouvelle, une très grosse nouvelle ! » Josette s'esclaffait dehors, poussant Gabriel devant elle. Marie lui offrit un vrai baiser d'amoureuse ; c'était si bon de retrouver ses lèvres, ses bras, sa chaleur. « Eh bien ! Quel accueil ! — Viens. Viens vite. »

Elle lui tendit aussitôt la lettre pliée en deux. « Qu'est-ce que c'est ? » Elle éclata de rire. « Lis ça ! » Il s'assit sur le matelas en mousse, déplia la feuille. Mais l'allégresse qu'elle attendait ne vint pas. C'était même tout le contraire. Plus il lisait, plus son visage changeait de teinte. Jaune. Blanc. Il desserra le nœud de sa cravate et jeta le papier sur la table. « Dis-moi que tu n'as pas signé ça. »

Une pierre dans son ventre. L'angoisse, si forte. Elle avait oublié combien cela faisait mal. Bien sûr qu'elle avait signé. Et de sa plus belle écriture. « Marie... Qui vous a donné ça ? » Gorge sèche. Les mots ne sortaient pas. « Qui ? » répéta-t-il presque en criant. « Un homme. Un monsieur de l'Angleterre... Alex Bradley. » Il tapa son poing contre sa paume. « Qui a signé ? — Mais nous tous, nous tous ! Pourquoi ? » Elle tremblait à présent. « Et c'est Bradley qui vous a fait signer ça ! » C'était grave, elle ne savait pas pourquoi, mais c'était très grave. Tétanisée, elle attendit le nouveau coup. « Marie, bredouilla-t-il, vous avez signé ce document pour recevoir de l'argent, hein... Mais en échange... » Il s'arrêta de nouveau. Quoi ? Quoi encore ? « En échange, vous vous êtes engagés à abandonner toute poursuite contre le Royaume-Uni et surtout... Vous avez renoncé définitivement à votre droit de retour aux Chagos. »

*

Dis-moi que tu n'as pas signé ça. Dis-moi que tu n'as pas signé ça. Dis-moi que tu n'as pas signé ça.

Une lettre en anglais ; elle ne parlait pas anglais, personne ici ne parlait anglais. Personne ou presque ne savait lire. Gabriel avait explosé. Les ordures ! Jusqu'au bout ! Il avait levé le bras, comme pour casser quelque chose. Josette, Gaudry et Joséphin le regardaient depuis le seuil, interdits. « L'argent ! » hurlait-il. « Leur saloperie d'argent ! » Elle s'était assise à côté de lui. Plus rien ne passait dans sa tête. Elle flottait.

« On ne les laissera pas faire. Je vais prévenir Mollinart. Il y a sans doute un moyen de prouver que vous avez été abusés. Vous ne saviez pas ce que vous signiez. Il vous a dit que vous renonciez à votre droit de retour ? » Marie serra les mâchoires. « Moi pas. Et Josette non plus. »

Tout à coup, il porta une main à sa bouche et courut dehors. Marie s'étendit sur le matelas. Au-dessus de sa tête, le ciel était noir. L'orage à nouveau ? Elle éclata d'un rire nerveux. C'était seulement le toit. Les spasmes de Gabriel. Elle ferma les yeux.

Non.

Elle ne pouvait pas accepter ça. Pas après tout ce qu'elle avait vécu. Suzanne la regardait, Mérou blotti contre elle. Joséphin aussi. Son bébé… Le cordon enroulé autour de son cou. Elle se défendrait avec les dents s'il le fallait. Mais les laisser faire ? Jamais.

La guerre pouvait commencer.

V

Cela semble toujours impossible, jusqu'à ce qu'on le fasse...

Est-ce à lui que vous pensez, Josette et toi, quand vous créez en 1983 le Groupe Réfugiés Chagos ? Nelson Mandela. Notre icône. Il croupit dans une geôle sud-africaine au moment où débutent nos manifestations. Vous avez compris ça, qu'il nous faut un étendard, une structure pour porter notre voix. J'ai quinze ans à l'époque, je suis au lycée. Tu n'hésites pas à me faire entrer dans le groupe, Maman. Tu dis que nous sommes des résistants, que rien n'est impossible. Au fond de ton sac, coincé dans un porte-cartes, tu gardes la photo de Madiba.

Se référer à lui aujourd'hui n'a rien d'original, surtout si l'on est noir et que l'adversaire est blanc. Qu'importe. On ne demande pas à la révolte d'être à l'avant-garde. On lui demande de modifier le réel.

Je m'accroche à sa force. À la simplicité d'un message qui dit : Faites-le. Faites-le, et vous changerez le cours des choses. C'est ce mouvement qui me conduit à La Haye.

Mai 1975

Marée basse. Les rochers découpaient leurs rondeurs sur les flaques orangées. Mollinart admirait le spectacle, debout, les poings enfoncés dans son bermuda. « Marcel ! » Il tourna la tête.

Gabriel avait encore le ventre secoué de spasmes, conséquence de ses violents vomissements. Marie lui avait passé un peu d'eau sur le visage et la nuque. « La guerre » avait-elle répété d'une voix blanche.

La guerre. Guerre froide, guerre coloniale, guerres intestines, guerre des nerfs. La guerre, en effet. « On va se battre, Marie. Je te le promets. » Gaudry et Josette se tenaient en retrait, brisés. Il avait promené une main morte dans les cheveux de Joséphin – « Il faut que je parle à Mollinart ; je reviens après ». Marie restait droite. Un soleil noir brillait dans ses yeux. Il avait emporté cet éclat de fureur avec lui – un moteur, un élan.

« C'est la mauvaise heure, monsieur. » Le chauffeur de taxi ne s'était pas trompé. Deux heures pour atteindre Grand-Gaube ! Plus du double du temps habituel. Les voitures klaxonnaient de toutes parts, les gens s'insultaient, les mobylettes slalomaient dangereusement entre les camions et les bus. Un enfer de bruit, de gaz et de poussière. Les routes étaient toujours en piteux état. Gabriel se sentait bouillir. Il n'arrivait plus à réfléchir seul. Quel accord avaient pu passer les Britanniques avec Maurice via le cabinet Sherdon ? S'il avait été là, au camp Charrette, au lieu de donner ces cours absurdes au collège, de régler les problèmes administratifs de succession, jamais les îlois n'auraient signé cette lettre du diable ! « Il n'y a pas un autre chemin ? » demanda Gabriel à bout de patience. Le chauffeur répondit en augmentant le volume de la radio. C'était bien ça, la question : trouver un autre chemin. Gabriel se renfonça dans le siège, cloué par une nouvelle crampe d'estomac. Alors attendre, puisqu'il n'y avait rien d'autre à faire. La route avait fini par s'éclaircir et Grand-Gaube était apparu.

*

« C'est une catastrophe. Le cabinet Sherdon… Ils nous ont trahis. Bradley est à Maurice, figure-toi. Il a fait le tour des bidonvilles. Avec ça. » Gabriel donna à son ami la copie de « l'accord » entre îlois et Britanniques. Le crâne de Mollinart se constella de taches rouges ; comme autrefois. « Ils ont osé faire ça… » Il relut le document. La lettre tremblait dans ses mains. « Une promesse de combien ? 650 000 livres ? Attends, attends… » Il ouvrit un tiroir et en sortit une calculatrice. « Avec le nombre d'îlois déportés à Maurice… ça fait un peu moins de 600 livres par personne. » Ils échangèrent un regard amer. Le chiffre parlait de lui-même. « À peine de quoi acheter quelques meubles. Le renoncement à leurs îles en prime… De la part de *nos* avocats ! Je pensais avoir tout vu, mais là… »

Gabriel se massa les tempes. Crâne en étau, douleurs cervicales. « Je comprends mieux pourquoi Gaëtan Duval t'a demandé de ne pas balancer le document sur Ramgoolam.

Il a traité avec les Anglais directement. Tu vois, il a été plus malin que nous. » Mollinart remua la tête. « Je suis sûr que le gouvernement britannique a arrosé les deux camps. On n'est jamais trop prudents… Et je ne serais pas étonné non plus que Ramgoolam ait passé un pacte avec Duval. À quelques mois des élections générales… » Marcel se leva. « Je ne bois plus comme avant, tu le sais, mais là, j'ai besoin d'un truc fort. » Gabriel leva la main ; « pour moi aussi un double ».

*

La prison de l'ignorance. Ce que tous, puissants, politiques, notables, faisaient payer aux îlois, c'était leur ignorance. Gabriel en était convaincu. Combien d'analphabètes parmi eux ? Marie avait quelques souvenirs de leurs leçons chagossiennes, mais sa mémoire lui jouait des tours. Cela faisait si longtemps qu'elle ne s'était pas exercée. Et quand bien même ! Personne ne parlait anglais. Des gens démunis. Celui qui ne sait ni lire ni écrire est d'une matière vulnérable. Et c'étaient les puissants eux-mêmes qui les avaient empêchés d'accéder au savoir.

« Quelle est notre marge de manœuvre ? demanda Gabriel. Juridiquement, on doit pouvoir démontrer qu'ils ont été abusés et qu'ils ont signé à l'aveugle, n'est-ce pas ?
— Sans doute, soupira Mollinart. Mais il va falloir œuvrer contre le cabinet Sherdon. Contre nos propres avocats ! C'est insensé. » Il vida son whisky ; Gabriel en fit autant, reprit une cigarette.

« Je veux que Marie et Joséphin puissent retourner un jour à Diego Garcia.

— Je te comprends, Gabriel. Je te comprends.

— Tu sais ce que m'a dit Marie avant que je vienne ? Que plus rien ne pourrait lui faire mal, maintenant.

— Alors elle sera plus forte qu'eux. »

Il fallait au moins qu'elle le croie. Pour avoir le courage de se battre, de rester debout.

« Bon ! reprit Mollinart. Les Anglais veulent jouer à ce jeu-là ? Eh bien ils vont le regretter. Tu avais raison : on va les balancer.

— À qui ?

— Je ne fais pas plus confiance à la presse mauricienne qu'à la presse britannique. Donc…

— Aux Américains ? » tenta Gabriel.

Marcel rouvrit le tiroir et en sortit une pochette. « Il faut que je trouve les coordonnées du *Washington Post.* Mais ça, ce ne sera pas difficile. — Tu les crois plus honnêtes ? » Marcel ricana. « Honnêtes ? Mais il ne s'agit pas d'honnêteté, Gabriel, seulement de tactique. Le *Washington Post* ne passera pas à côté d'un tel scoop. Avec la guerre du Vietnam, les sujets militaires sont devenus ultrasensibles. Alors la base de Diego Garcia illégalement créée, tu vois un peu… Dis-moi ce que tu en penses. Pour commencer. » Marcel lui tendit un document qu'il n'avait encore jamais vu. Une trace ultime de l'héritage de Geneviève.

C'était une lettre secrète de Denis Greenhill, un diplomate britannique, au secrétaire Paul Gore-Booth du Foreign Office, datée du mois d'août 1966. Missionné pour établir si Diego Garcia était un terrain immédiatement transformable en base ou non, Greenhill écrivait : *« Unfortunately along with the birds go some few Tarzans or Man Fridays whose origins are obscure. »* Il n'y avait pas que des oiseaux sur l'île *malheureusement*, il y avait aussi des « hommes Tarzan », des « Vendredis » aux origines obscures. Mollinart tapota ses doigts sur la table. « L'ONU a donné son accord pour créer la base américaine uniquement parce qu'il n'y avait pas de population autochtone sur l'île… Soi-disant… En deux coups de cuillère à pot, les Anglais ont transformé les îlois en travailleurs saisonniers. Cette note constitue une première remise en cause de la procédure légale, non ? » Gabriel se frotta les tempes – la migraine ne passait pas. « Oui… Il me semble. » L'idée était bonne, et de toute façon ils n'avaient plus le choix. Chacun ses armes.

En juin 1980, un débat à l'Assemblée avait révolté ma mère. Les vieux démons mauriciens nous sautaient de nouveau à la gueule. Le parti d'opposition, mené par Anerood Jugnauth, souhaitait inclure dans la définition du territoire mauricien l'archipel des Chagos.

Refus catégorique des Anglais, qui avaient sorti le drapeau rouge. « Le BIOT fait partie du Royaume-Uni et de ses territoires d'outre-mer, avait déclaré le ministre des Affaires étrangères britannique, exactement comme la France possède les Dom-Tom. Il fait partie du territoire britannique, on ne peut rien y changer. Ceci est un fait, et un fait ne peut être nié… »

Leur ligne de défense ne variait pas : c'était avec l'accord de Maurice que Diego Garcia avait été, selon leurs propres mots, « excisé ».

Le Premier ministre Ramgoolam, toujours au pouvoir, avait abondé en ce sens : « Nous avons été consultés et avons accepté de céder Diego Garcia. Le gouvernement britannique a payé trois millions de livres de dédommagement… Le pays se ridiculiserait aux yeux du monde s'il voulait inclure Diego Garcia dans le territoire de l'État mauricien. Diego Garcia ne nous appartient pas. »

Nos avocats nous ont prévenus : l'axe majeur de la défense britannique devant la Cour internationale de justice sera encore et toujours celui-là. Les dirigeants mauriciens ont reconnu officiellement le détachement des Chagos. Que le parti d'opposition soit à présent au pouvoir n'y change rien. Tout gouvernement, quelle que soit sa couleur politique, engage par ses choix le destin de son peuple.

Juin 1975

Elle avait choisi des fleurs blanches, parfumées. Des fleurs comme elle n'aurait jamais pu s'en acheter seule. « Je te les offre, Marie, prends ce qui te fait plaisir. » Quand Gabriel lui avait tendu la composition, elle avait cru tenir sur son ventre un bouquet de mariée.

Elle déposa les fleurs au pied du jacaranda. Suzanne allait fêter ses dix ans. Elle avait grandi d'un coup ; lorsqu'elle prenait la pose – la main sur la taille, le sourire espiègle –, elle ressemblait à une petite jeune fille. Marie écarta ses doigts sur le tronc. L'écorce mince et grise, patinée par le temps, lui procurait un semblant de consolation.

Tu sais ce qu'ils nous ont fait, Suzanne ? Le piège qu'ils nous ont tendu ?

Elle s'assit sur la terre, s'adossa à l'arbre.

J'aurais dû continuer mes leçons. Apprendre l'anglais. Savoir faire des discours. Depuis j'ai réfléchi, ma fille. Je n'ai rien pour les défier, pas d'argent, pas de diplômes, pas de pouvoir. Mais ce rien, c'est assez pour me battre. Ce rien, c'est moi. Mon corps. Mon souffle. Quand on est pauvre, on n'a que ça : soi-même.

L'idée l'avait cueillie un jour au réveil. Une grève de la faim. L'arme de ceux qui n'ont rien d'autre à offrir. « Mais tu vas te ruiner la santé, Marie ! Une grève de la faim ? Tu sais combien c'est dur, combien c'est douloureux ? » Gabriel avait secoué la tête plusieurs fois. « Non. Trop risqué. » Elle l'avait laissé dire. Sa décision était prise.

Je tiendrai le temps qu'il faudra. Je n'ai plus peur. J'ai signé pour recevoir un peu d'argent, pas pour me priver à tout jamais de Diego Garcia. Pas pour me tuer moi-même. Tu comprends, Suzanne ? Je suis prête. Il y a un moment, paraît-il, où le corps devient si léger qu'on a l'impression de voler. La faim, on ne la sent plus.

« Tu dormiras à la maison avec Joséphin. » Gabriel était inflexible. « Je ne te laisse pas seule sur ta paillasse avec ce qui t'attend. » Chez lui, tant que durerait la grève. D'accord. Après… Après on verrait.

J'ai appris une chose, Suzanne : il ne faut pas rêver trop loin. Encore moins tenter le diable. La vie prend des chemins trop imprévisibles.

*

Dans la nuit, tandis que Gabriel dormait à côté d'elle, paisible, une sensation oubliée la réveilla. Comme un souvenir fantôme. Elle ouvrit les yeux, se leva doucement, marcha sur la pointe des pieds jusqu'à la salle de bains. Oui. C'était bien ça. Elle avait de nouveau ses règles.

Juin 1975

« Grève de la faim – Jour 1. » Un simple carton en guise de calendrier, et avec lui une pancarte : « Rends-nous Diego ! » Ils poussèrent la grille du Jardin de la Compagnie, face à l'ambassade du Royaume-Uni. Un peu de rosée couvrait encore les bancs. Marie s'approcha de la statue en bronze, scruta l'homme armé d'une plume. « C'est qui ? — Léoville L'Homme. Tu as déjà entendu parler de lui ? » Elle fit signe que non. « Un poète..., dit-il. Le premier poète mauricien. Journaliste aussi. Il s'est beaucoup battu pour que les gens de couleur accèdent au droit de vote. — Un ami de la famille alors. » Sa remarque le fit sourire. Il lui caressa la joue, s'attarda sur sa fossette en déclamant : « *Lieux chers à mon enfance, ô quartier des Salines, / J'ai parfois le regret de vous avoir quittés...* »

Marie serra contre elle ses morceaux de carton. « Les Salines, c'est pas la zone du cimetière Saint-Georges ? — Si. » Il venait de manquer son effet. Un tisserin fila devant eux, une paille au bout du bec, chercha son nid dans le badamier.

« Dis son nom encore, demanda-t-elle.

— Léoville L'Homme.

— Joli... Juste son nom sur une page, ça fait poésie.

— C'est vrai… »

Elle reprit ses cartons. « J'espère il y a plus de monde devant l'ambassade. C'est trop calme, là-même… » Elle passa devant lui et se dirigea d'un bon pas vers le bâtiment. Il la regarda, seule avec ses slogans, sa chevelure féroce, ses pieds nus, il la regarda marcher droit devant elle, vers le drapeau britannique flottant au-dessus de l'édifice, balançant les hanches dans sa robe de coton, le dos bien droit ; il la regarda, si petite dans la lumière du matin, déterminée pourtant. Elle : « Tu viens, tu viens pas ? »

La ville se réveillait lentement ; un jeudi d'hiver austral. Les rues silencieuses. Les employés, les ouvriers, encore invisibles. Marie s'assit. Son sourire radieux au milieu des cartons. Elle était seule. Les îlois avaient dû partir aux champs, Joséphin à l'école ; Angèle traînait toujours la jambe. « On viendra te trouver tantôt… » La vérité, c'était qu'ils n'y croyaient plus. La trahison du cabinet Sherdon les avait tous assommés. Gaudry, si fier au départ, avait pleuré trois jours durant. Piégé comme un rat, le héros du camp ! Josette travaillait deux fois plus, sans se plaindre des ampoules qui constellaient ses mains. La souffrance physique comptait pour rien depuis que la honte se mêlait au désespoir. Seule Marie s'était élevée, le regard brûlant. « Je suis chagossienne, moi ! Et j'ai pas le droit de revoir les Chagos ? » Belle de sa fureur, elle avait essayé d'entraîner sa famille, ses amis, ses voisins. « Assez palabrer. Il faut qu'y nous entendent. » Tous partageaient ses idées ; personne son courage. Une grève de la faim ? Pas raisonnable. Gabriel soutenait leur point de vue. Elle allait se détruire pour rien ; les dirigeants ne se mouilleraient pas pour sauver une petite îloise entêtée. Encore moins si elle était seule. « Tu lui dis, Gabriel… Si te plaît. Tu lui dis je l'abandonne pas…, l'avait imploré Josette. Seulement, une journée pas travaillée, c'est une ration de riz qui part pour Makine... »

Marie jeta un œil à l'ambassade. « Le journaliste il va venir ? » Gabriel s'assit près d'elle, les grilles dans son dos. « Aujourd'hui même, Marie, je ne crois pas. » Il s'était chargé de prévenir la presse mauricienne mais avait reçu un accueil assez froid. La campagne pour les élections de 1976 commençait déjà à agiter les esprits ; la gestion de l'après-cyclone occupait tous les débats. « Ah... Et l'Américain ? »

Mollinart avait réussi à joindre le *Washington Post* une semaine plus tôt. « Tu décroches ton téléphone, tu appelles la rédaction, tu expliques avec ton plus bel accent que tu as un gros sujet et on te passe tout de suite un journaliste, s'était-il émerveillé. Ils sont incroyables ! Le type s'appelle David Ottaway. Un spécialiste du monde arabe et de l'Afrique. Il est souvent à l'étranger comme correspondant. Je lui ai envoyé par les messageries aériennes une copie de la note secrète de Greenhill. Il est censé me rappeler quand il l'aura reçue. Croisons les doigts. »

« Les Américains..., temporisa Gabriel. C'est en bonne voie. Mais il faudra être patients. — Bien sûr y faudra. Je suis prête. » Elle tourna la tête vers lui, le regard grave. « La seule chose qui compte, c'est garder la foi. »

*

La matinée s'écoula lentement. Les gens passaient devant eux sans s'arrêter, jetant à peine un coup d'œil aux slogans. Marie ne criait pas ; elle guettait plutôt le visage des Anglais qui entraient ou sortaient de l'ambassade. Pas que des Anglais d'ailleurs, beaucoup de Mauriciens aussi, qui devaient réclamer un visa, un passeport, un appui quelconque. Vers midi, elle enfonça son poing dans son nombril. « Ça va ? » Son ventre s'était mis à grogner – « Je veux il se tait » répliqua-t-elle. Gabriel passa un bras autour de son épaule. Un jour, deux jours, trois jours admettons. Mais après ? Comment ferait-elle ? Il n'y avait pas que le ventre. La tête aussi. Le mental. Résister au plaisir de croquer dans un fruit ou un morceau de pain. C'était contre elle-même qu'elle devrait lutter.

L'après-midi se révéla tout aussi morne. Peu de monde, et ce sentiment accablant de solitude. Vers 16 heures, Gabriel lui proposa de rentrer. Cette première journée lui laissait un goût amer. La grève était lancée, mais seulement pour Marie. Il ne s'était rien passé. Sans l'aide des autres, elle n'y arriverait pas.

Il irait au camp Charrette. Il convaincrait les îlois de l'entourer, quitte à mettre en place un roulement pour le travail dans la canne, un tirage au sort, qu'importe ! mais ils ne pouvaient pas la laisser seule. Ils devaient manifester avec elle.

Ce soir-là, il attendit que Marie soit couchée pour grignoter, sans un bruit, debout devant l'évier de la cuisine, un tout petit morceau d'ananas.

L'avion amorce sa descente sur Paris. Le ciel est nuageux et la température de 15 degrés. À l'aéroport, il faudra récupérer nos valises et filer jusqu'à la gare du Nord. J'espère qu'on ne se perdra pas. La fin approche. Ou bien est-ce le début ?

Juin 1975

« Rends-nous Diego ! » Le policier leva la main pour qu'elle se taise. Oh, il pouvait cogner s'il voulait ! Elle cria plus fort encore. « Anglais voleurs ! » Les ongles du policier s'enfoncèrent dans son bras, mais elle ne lâcha pas la grille. « Laisse ma sœur tranquille, toi ! » Josette s'interposa, le tira par la veste, déchirant le tissu dans un craquement. Il dégaina sa matraque. « Dégagez tout de suite ! » Mais la matraque resta suspendue dans les airs et Josette se rassit aussitôt, enlaçant ses doigts à la grille. Marie l'imita. « Rends-nous Diego ! » Le policier siffla pour appeler du renfort. Angèle, Becca, Gisèle, Corinne, Liseby, Anna se précipitèrent à leur tour et se mirent en cercle autour d'elles, leurs bras emmaillés dans une chaîne humaine. « Grève de la faim – Jour 3. » Sa sœur, sa tante, ses amies – elles étaient venues la soutenir cette fois.

À travers l'arc des jupes devant elle, Marie aperçut le bas de pantalon des policiers, et dessous encore, leurs chaussures cirées, boueuses, brillantes ou usées. Elle se concentra sur leurs mouvements ; un pas ici, un pas là. La tête lui tournait mais elle ne devait pas s'évanouir ; les autres la protégeaient. Elle y arriverait. Angèle demanda à parler au chef de la brigade. Marie se serra contre Josette, fixa les tongs en plastique de sa tante défiant les souliers en cuir. « On a pas le fusil, on a rien, rugissait-elle. Et vous allez cogner la matraque sur nous ? J'ai soixante ans, gabelou ! » Marie et Josette échangèrent un regard. Depuis quand Angèle avait soixante ans ? Elle venait à peine de franchir le cap des cinquante. « Ta maman, ta grand-maman je pourrais être ! » Les souliers reculèrent. « Je suis désolée, madame… Mais on a des ordres… — L'ordre de frapper ta grand-mère ? » Une hésitation, et la chaussure gauche se souleva, comme suspendue sur la pointe. Josette lui donna un petit coup de coude ravi. « Ma nièce fait la grève la faim ! Combien de jours toi tu as manqué le casse-croûte, hein ? » Talon, pointe. Il recula encore. « On est pas des zanimaux. On défend notre droit, c'est tout. Laisse-nous maintenant. » Il y eut quelques échanges, quelques grognements, puis un coup de sifflet : les pantalons s'éloignèrent. La chaîne des femmes se rompit, et Marie tendit le visage vers le vent frais. Elle s'appuya sur la grille pour se lever, embrassa sa tante pendant que Josette lui faisait fête, hilare. « Et toi ! Soixante ans, ma tantine ! »

Le calme revint peu à peu, et toutes s'installèrent le long du mur de l'ambassade, clamant leurs slogans chaque fois que des gens passaient devant elles. Des promeneurs s'arrêtaient, intrigués. Certains se souvenaient de l'affaire des Chagos pour l'avoir lue dans la presse. La plupart s'indignaient. Pourquoi ne leur avait-on rien dit ? Jamais la question des îlois n'avait été soulevée au moment du référendum sur l'indépendance. Quand les porte-monnaie s'ouvraient, spontanément, Josette récupérait les pièces dans une petite casserole – de quoi acheter des feutres, des ciseaux, des chutes de tissu pour faire des banderoles.

« Combien ? » demanda Marie. Josette compta. « À peine 100 roupies. » C'était bien, mais pas assez. « Gabriel m'a dit on peut arriver à 500 un samedi… » Il avait passé le relais aux femmes aujourd'hui – sa sœur voulait le voir. « Rends-nous Diego ! »

Vers 11 heures, Marie perçut une odeur de friture et d'épices. Son estomac se rétracta. Elle vomit une bile claire qui lui tordit les entrailles. Dans la rue, un marchand ambulant venait à leur rencontre. « Samossas chauds ! » Elle se força à fermer les yeux ; mais c'était pire : le parfum de viande au curry, de pâte croustillante s'immisçait dans ses narines, terrible. « Samossas ! »

« Fais-le aller, pitié » demanda-t-elle à Josette. Le goût tapissait déjà son palais, délicieusement salé, la chair hachée finement, peut-être quelques petits pois, l'huile bouillante... Vertige. « Bois » ordonna sa sœur avant de se diriger vers le marchand. Marie attrapa la gourde. L'eau ruissela en elle, mais pas de quoi tromper son estomac. Rien ne lui paraissait plus désirable que ce petit triangle chaud farci à la viande. Au loin, Josette discutait avec le marchand, qui finit par s'éloigner. L'odeur se dissipa, lui laissant dans le ventre le souvenir de la faim.

Juin 1975

La queue devant la mairie s'étirait sur trente mètres. Gabriel s'était pourtant levé tôt pour être sur place avant l'ouverture officielle. Que pouvaient vouloir tous ces gens, hommes et femmes mélangés, costumes, kurtas, saris ? Il prit place dans la file. « Ça fait cinq mois qu'on attend le retour de l'électricité ! s'indignait une dame aux cheveux gris. Vous vous rendez compte ? Je dois cuire le manger sur un réchaud. Mes enfants sont malades. » Là, c'était un Indien au visage buriné, se lamentant sur sa récolte perdue. « J'ai plus rien… Le gouvernement doit m'aider ! » Les mêmes demandes partout. De l'aide. Des compensations. Sortir de la misère. Marie et les autres ? Noyés dans la montagne des plaintes.

Après une heure d'attente, il accéda enfin au bureau de l'accueil. Une femme d'environ cinquante ans le salua mollement. « Vous venez pour quoi ? — Déclarer mon enfant. » Un sourire lui rajeunit le visage. « Félicitations ! » Elle lui tendit un ticket. « Deuxième étage, bureau n° 3. Salam ! » Gabriel s'engagea dans l'escalier. Le bâtiment dégageait une odeur de poussière et de béton, de produits d'entretien. Il trouva tout de suite le bureau, poussa la porte. Deux personnes avant lui. La chaise en skaï crissa sous son poids.

« Personne suivante ! » Un homme de petite taille, moustachu, lui fit signe. Gabriel tendit son ticket et le regarda échouer aussitôt dans la poubelle. « Je vous écoute. » L'agent avait une voix mécanique. « Je viens déclarer mon enfant. » L'autre glissa une feuille dans sa machine à écrire, pas plus ému que ça.

« Votre nom ?

— Gabriel Neymorin.

— Nom de la mère ?

— Marie-Pierre Ladouceur. En un mot, Ladouceur.

— Prénoms de l'enfant ?

— Joséphin.

— C'est tout ? »

Gabriel hésita. Une idée le percuta.

« Diego.

— Joséphin, Diego, d'accord. Date de naissance de l'enfant ?

— 17 décembre 1967. »

L'employé fit retomber ses mains sur le bureau. « 1967 ? Mais ce bébé a déjà sept ans ! » Gabriel resta interdit. « Vous déclarez votre fils sept ans après, vous ? » Il arracha la feuille de la machine à écrire. « Ah... Pardon... Mais je veux le reconnaître... » L'agent plaça une nouvelle feuille dans la machine. « Justement. C'est une autre procédure, la reconnaissance. Toujours le même refrain. J'ignorais que c'était moi le père, etc., etc. Bon ! fit-il d'un air irrité. Le nom actuel de l'enfant, alors ?

— Eh bien... Joséphin, Diego Ladouceur.

— Que vous souhaitez reconnaître officiellement, on est d'accord ?

— Absolument.

— Il s'appellera donc Joséphin, Diego Neymorin. » Gabriel se gratta la tête. « On ne peut pas laisser Ladouceur ? Neymorin-Ladouceur ? » L'autre le fusilla du regard.

« On ne peut pas, non. À vous de choisir. » Son ruban encreur bloqua au même moment ; il pesta en secouant la machine, nettoya la bande. « C'est pas vrai ! Mais rien ne marche aujourd'hui… La date de naissance, on l'a déjà indiquée… Lieu de naissance ? — Diego Garcia, Chagos. »

L'homme leva les yeux. Cette fois, Gabriel put y lire un vrai sentiment. De la gêne. De la compassion, même. « Votre fils est chagossien… — Oui. » L'autre lissa sa moustache plusieurs fois.

« Malheureusement, alors, je ne peux pas l'enregistrer.

— Comment ça ?

— Vous ne l'avez pas déclaré à la naissance, en 1967 ?

— Non. Mais à Diego Garcia, personne ne déclarait les enfants. Il n'y avait aucun service administratif.

— Je vois… Mon problème, c'est que… Au regard de la loi, votre fils aujourd'hui n'est pas mauricien. Il est né entre le référendum et l'officialisation de l'indépendance, tout a beaucoup bougé à cette période. Il n'a pas de carte d'identité, j'imagine ?

— Non.

— Alors il faut d'abord lui obtenir la nationalité… C'est un autre bureau.

— Si mon fils n'est pas mauricien, bredouilla Gabriel, il est quoi aujourd'hui ? Britannique ? »

L'employé déboucha une bouteille d'eau et remplit deux gobelets. « Non plus. Vous savez, avec toute cette pagaille… » Il remua la main dans l'air. « Il n'est que citoyen du British Indian Ocean Territory. Le BIOT. Chagossien britannique, si vous voulez… » Gabriel explosa. « Mon fils est citoyen d'un pays où il n'a plus le droit de vivre !

Alors quoi ? C'est un apatride, c'est ça ? » Il retomba sur sa chaise, scandalisé.

L'agent de la mairie déboutonna le col de sa chemise. « Je suis vraiment désolé, monsieur. J'ai appris ce qui a été fait aux îlois, et vraiment je trouve ça… révoltant. » Il marqua une pause. « Vous êtes mauricien, donc votre fils le sera aussi. C'est juste une étape de plus à régler. Allez au bureau de la Citizenship Section. Dans l'autre bâtiment… Et revenez me voir après. Ah ! Un conseil… Voyez un notaire aussi. Un testament, un document officiel, n'importe quoi. C'est une sécurité. » Gabriel se radoucit. L'homme le raccompagna à la porte et lui serra la main. « Battez-vous, monsieur. Il n'y a que ça. »

Après le couperet des deux décrets royaux de 2004, après de nouvelles manifestations, une nouvelle grève de la faim, nous avons obtenu, nous les déracinés, les apatrides, la citoyenneté britannique. Il aura fallu plus de trente ans. Pourquoi ? Que faisiez-vous, tous, dans vos bureaux, vos administrations ? Trente ans. Certains meurent à cet âge. Mais notre patience était récompensée. On nous accordait enfin une identité, on nous donnait le droit de vivre et de voyager armés d'un passeport.

Certains m'en ont voulu. Notre belle unité a commencé à se fissurer. La citoyenneté britannique ? La couleur de l'ennemi ? J'étais fou ! Moi aussi je vendais mon âme au diable !

Ils n'ont pas compris. Cette nationalité n'est pas intime, viscérale, originelle. Elle est stratégique. C'est un moyen de défense essentiel. Des Anglais qui empêchent d'autres Anglais de vivre sur un territoire anglais, ça se plaide devant un tribunal, ça se renverse. Moi, j'y crois.

Juin 1975

Combien de jours déjà ? Neuf ? Dix ? Elle ne savait plus. Mais le miracle était là. La métamorphose. Tout était souple en elle, fluide, agréable. Les migraines avaient disparu. Elle se sentait légère. Un bien-être inouï. Elle n'avait plus faim. La ville s'enfonçait dans du coton. Sans souffrance. Gabriel était là.

Des gens étaient venus la photographier, lui poser des questions. Elle avait souri, répondu peut-être, mais répondu quoi ? Elle ne savait plus. Elle flottait. C'était comme nager dans le lagon, aspirer le ciel dans sa tête, dans ses muscles. Des vagues dans le ventre, sur les pieds, sous les yeux, des vagues partout. Le temps n'existait plus. Elle était une âme libérée du corps.

Juin 1975

« Bien, déclara Me Doisnel avec un ton de circonstance. Permettez-moi tout d'abord de vous présenter de vive voix mes condoléances pour le décès de votre père... » Gabriel croisa le regard de sa sœur. « Voici comme convenu l'estimation des différents biens. La société Neymorin Co. que votre frère, si j'ai bien compris – sa procuration est là –, reprendra d'ici peu est d'une valeur de 950 000 roupies. La maison familiale de Beau-Bassin, dite "la Jalousie", avec son mobilier complet, est estimée à un million de roupies. Pour madame donc. » Évelyne hocha la tête. « Quant à vous, monsieur Gabriel Neymorin, votre père vous a légué son assurance-vie, laquelle s'élève à la hauteur de... 28 000 roupies. » Il crut avoir mal entendu. « 28 000 ? — Attendez, je regarde à nouveau, répondit le notaire, oui, c'est bien ça. 28 000 roupies. » Ce fut plus fort que lui, Gabriel partit dans un grand éclat de rire. « Maître, ce n'est pas possible, protesta Évelyne. Un million pour moi, un million pour Benoît, et même pas 30 000 roupies pour Gabriel ! C'est légal, ça ?

— Tout est légal, madame.

— Et les 200 000 roupies réservées au premier petit-enfant ? »

Doisnel agita négativement son index. « Votre père s'est opposé devant moi à ce que la somme soit versée au fils de monsieur et d'une Chagossienne. Je regrette. — Que va devenir cette somme ? » Le notaire déboucha son stylo. « Elle sera intégralement versée au Parti mauricien, comme exigé par feu M. Léon Neymorin. Je vais vous demander une signature ici, et là, s'il vous plaît. »

Évelyne lui présenta un visage défait. « Si tu ne veux pas que je signe, Gaby, je ne signe pas. » Il haussa les épaules. Apposa sa griffe au bas des pages. « Ne t'inquiète pas. Au moins, je ne lui devrai rien. Vraiment rien. » Sa sœur allait ajouter quelque chose mais se ravisa au dernier moment ; elle signa.

« Bien. Parfait ! » conclut Doisnel. Il repoussait déjà sa chaise pour les raccompagner. « Maître ? dit Gabriel. Je pourrais vous parler un instant ? » Il se tourna vers Évelyne : « Tu me donnes une minute, s'il te plaît ? Je te retrouve dehors. »

*

« Qu'est-ce que tu voulais lui demander ? » l'interrogea-t-elle tandis qu'ils s'engageaient dans l'allée principale du jardin de Pamplemousses. « Un conseil juridique. Au sujet de Marie. » Il n'en dit pas plus, regarda à peine le bassin aux nénuphars. « Quel courage…, soupira Évelyne. Tu crois qu'elle va tenir le choc ? Bientôt deux semaines, déjà… Je ne sais pas comment elle fait. — Moi non plus. »

Son courage le sidérait. Tous les matins, elle se levait en disant : « C'est aujourd'hui. » Aujourd'hui que les Anglais cèdent, que la presse défend les Chagos, que la vie recommence. Elle faisait sa toilette, se coiffait, embrassait Joséphin avant qu'il ne monte dans le bus scolaire. Tous les matins elle s'asseyait devant les grilles de l'ambassade, avec ses pancartes, ses slogans, sa ténacité. Les gardiens la saluaient à présent comme une collègue. Un petit employé britannique était même venu la féliciter quelques jours plus tôt, en secret. « Accrochez-vous, ils seront obligés de bouger... » Mais tous les soirs, quand elle allait se coucher, la situation n'avait pas avancé d'un iota. Gabriel était désespéré. En haut lieu, personne ne se souciait de sa santé. Ses vomissements l'inquiétaient. Elle avait de plus en plus de vertiges. Des tremblements soudains. Il fallait passer la vitesse supérieure avant que son état ne se dégrade trop. Le *Washington Post* traînait... Mollinart avait essayé de recontacter David Ottaway, en vain. Le journaliste était en déplacement, lui avait-on dit. Les entrefilets de *L'Express* ne suffiraient pas. Et lui qui comptait sur l'héritage pour lancer une nouvelle procédure judiciaire, avec des avocats dignes de ce nom cette fois. 28 000 roupies !...

« Je peux t'aider, Gaby. On partage. Je te donne la moitié de mon héritage. — Tu vas vendre la Jalousie ? » Elle hésita une seconde, gênée. « Je... Je ne sais pas... — Si tu ne la vends pas, considère que tu n'as pas un centime de plus que moi. La maison est là, elle vaut un million, mais c'est de l'argent virtuel ; il n'y a rien dans tes caisses encore. » Elle se rapprocha de lui, ses yeux humides de petite fille rivés aux siens. La Jalousie lui faisait l'effet de ces maisons de contes, tantôt accueillantes et protectrices, tantôt hantées et dangereuses. À l'image des êtres humains – ambigus. « Garde-la, souffla-t-il. C'est la maison de notre enfance, celle de Maman. » Évelyne posa sa tête sur son épaule, n'ajouta rien. Ils restèrent quelques minutes ainsi, silencieux, unis.

Gabriel se ressaisit le premier. « Bon, dit-il d'une voix faussement agacée. Il est encore loin, ton arbre ? »

Au cœur de la palmeraie, on ne voyait que lui. Le talipot. L'arbre préféré d'Évelyne. Il faisait près de quinze mètres de haut. Il fallait se tordre le cou pour admirer sa fleur au sommet. Un bouquet de plumes végétales, argentées, qui oscillaient sous la brise. La fleur n'était pas belle en soi, mais elle était rare, elle était unique. Une floraison par siècle. Après quoi l'arbre mourait. Il tourna autour du palmier roi pour l'admirer sous toutes les coutures. Dans quelques jours, ce serait terminé.

« Tu es content de l'avoir vu ? » Il posa un baiser sur sa tête. Songea qu'il devrait emmener Joséphin aussi, avant qu'il ne soit trop tard. Une fleur tous les cent ans. « Très, Lézard. » Évelyne lui sourit.

« Gaby… »

Ses yeux brillaient.

« Je suis enceinte. »

*

Ils s'assirent sur un banc, non loin du talipot. Sa sœur, enceinte. Le temps était-il passé si vite ? La jeunesse, engloutie ? Il la voyait encore jouer au mikado, tirant délicatement sur la baguette la plus difficile à atteindre. La vie la rattrapait à présent. « Alain doit être fou de bonheur… » murmura-t-il. Évelyne lui pressa le bras et cette fois, les pleurs lui échappèrent pour de bon. Il crut à des larmes de joie, mais sa sœur tremblait. Elle ne tremblait pas d'ailleurs, elle chancelait. Un mauvais pressentiment l'envahit. « Qu'est-ce que tu vas m'annoncer ? » Elle se moucha un grand coup. Tenta d'affermir sa voix. « C'est difficile, Gaby… Tu te souviens de Savita ? » Son amie indienne. La fille de Rose-Hill. Quel rapport avec cette histoire ?

« Savita n'existe pas. Elle n'a jamais existé.

— Quoi ?

— Savita s'appelle Ranjit. Ranjit Balasamy. »

Il posa les bras sur ses épaules. « Attends, attends. Qu'est-ce que tu racontes ? — C'est moi qui ai eu l'idée. Pour ruser avec Papa... Le préparer à l'idée que je fréquentais un Indien... » Il n'en revenait pas. Il n'avait rien deviné, rien suspecté. « Pour ce que ça a marché ! Une amie "malbar" ne valait pas mieux à ses yeux... Mais s'il avait appris pour Ranjit, il m'aurait déshéritée moi aussi, c'est sûr... »

L'image de sa sœur en jeune maîtresse de maison, mariée, responsable, lui avait paru tellement satisfaisante – n'était-ce pas ainsi que finissaient toutes les femmes ? L'imbécile. Comme si Évelyne s'était assagie au fil du temps, lissée, rangée... Marie n'était pas comme ça, sa mère n'était pas comme ça ; sa sœur non plus évidemment. Il avait été plus simple pour lui de le croire, c'est tout.

« On s'aime depuis le collège, poursuivit Évelyne. Je n'ai jamais rien dit à personne. Ça fait presque dix ans. Tu es le seul à qui j'en aurais parlé, mais au moment où j'allais le faire, tu as fui aux Chagos. » Il balbutia : « Mais Alain... Pourquoi tu l'as épousé, alors ? — Pour quitter la maison, pour échapper au père, pour respecter les convenances, pour avoir l'impression qu'il se passait quelque chose dans ma vie ! » Elle marqua une pause. « Peut-être que je voulais essayer d'oublier Ranjit... J'étais seule, tu comprends ? » Gabriel encaissa. La solitude de sa sœur, il en était en grande partie responsable. « Alors ton bébé... ? — De Ranjit, bien sûr. » Elle lui sourit. « Alain se doute de quelque chose ? — Tu penses ! Rien. Ah ! Le jour où il l'apprendra... Ce sera terrible. Je me prépare au pire. »

Il y eut un silence.

« Ranjit vient d'un milieu modeste. Il est docker à Mahébourg. Mais c'est un homme merveilleux, tu verras.

— Tu vas l'installer à la Jalousie ?

— Pourquoi pas ? »

Elle eut ce petit geste gracieux du menton qui lui rappelait leur mère.

« Un Indien à la maison... Ce serait un sacré pied-de-nez, pas vrai ? »

Ça ! Un sentiment de fierté allégeait soudain l'âme de Gabriel, la faisait tournoyer dans une volupté neuve ; la journée ne se révélait pas si mauvaise que ça, au contraire, c'était une journée comme il en avait peu vécu depuis des années – une journée folle, vivante, une journée de liberté.

Juin 1975

Les intestins broyés, l'estomac ramassé sur lui-même. « Grève de la faim – Jour 16. » Et cette flèche blanche qui lui transperçait la tête. Au pied des grilles, entourée par la foule, Marie respirait difficilement. « Chagos ma seule terre ! » Ils devaient être cinquante, soixante peut-être. Joséphin lui fit un câlin. Angèle l'embrassa aussi. « Allez, je l'amène à l'école. Courage ma fille, tiens bon. » Elle avait chaud. Gabriel lui tamponna le front avec un linge humide. « Marie… Si tu te sens trop mal, tu peux arrêter. Tu m'entends ? » Elle cligna des yeux. Le gouvernement britannique n'avait toujours pas annoncé qu'il réexaminait leur droit de retour aux Chagos. Elle ne lâcherait pas avant. Elle était déjà loin, si loin, c'était à eux de céder. Sinon… Sinon ils auraient sa mort sur la conscience. Et le chagrin d'un orphelin à porter.

Le temps n'avait plus prise sur elle. Des visages se succédaient dans une ronde effrénée. Gabriel, Joséphin, Josette, Makine, Gaudry, Angèle. Courage ! Le père Larronde et même Christian – un sourire perdu qui lui avait fait peur. Un jour de vertige, elle crut reconnaître Henri et Jean-Joris, poussés par Gisèle. Étaient-ce bien eux ? Elle ne savait pas. Le visage le plus doux demeurait celui de

Suzanne. Sa fille lui rendait visite lorsque le soleil était au plus fort et que les humains se cachaient dans leurs trous. Suzanne ! Où est Mérou, ma chérie ? Je t'ai déjà dit de laisser ce chien dehors. Le seau… Prends le seau. Parfois, elle oubliait pourquoi elle se trouvait là, accrochée à ces grilles dans la rue, des cartons posés autour d'elle, le ventre creusé par quelque monstre intérieur. Le dernier assaut de son corps sur son esprit.

« Gabriel ! On l'a ! On l'a ! » Un brouhaha se déversa dans ses oreilles, sa tête, et soudain, elle sentit un grand vide à côté d'elle, comme un froid. Gabriel avait dû partir à la rencontre de la voix. Les gens parlaient, parlaient. Elle saisissait des bribes. Des noms. Sa tête lui faisait mal. Si vide. Soudain, un papier dansa sous son nez. « Marie… L'article du *Washington Post* ! Ça y est ! On l'a ! » Elle ouvrit la bouche en quête d'un peu d'eau. « *… Les îlois ont été évacués de Diego Garcia de manière honteuse pour permettre la construction de la base américaine…* Et la note de Greenhill ! Ils l'ont publiée ! » Soif… « Le monde entier va enfin savoir ce qui s'est passé. » Elle fit un effort, déglutit. Gabriel dut le voir car il glissa entre ses lèvres la gourde doucement, doucement. L'eau faisait mal, lui tordait le ventre. « Dix-huit jours, mon Dieu… Marie-Pierre, vous m'entendez ? C'est Marcel. Marcel Mollinart ! Il faut tenir, Marie-Pierre. Encore un peu, d'accord ? On y est presque. » Elle remua la tête. D'accord. Tenir. Un peu.

Juin 1975

Attablé face à Joséphin, alors que Marie dormait déjà, plus faible que jamais, Gabriel repoussa son assiette vide. Il mangeait peu depuis qu'elle avait entrepris sa grève de la faim, mais il mangeait tout de même. « Ce poulet-là, bien bon, Papa » dit Joséphin en reposant sa fourchette. « Tant mieux, mon coco. Viens. » Il le prit sur ses genoux. Son fils s'affinait de jour en jour lui aussi, et une minuscule fossette commençait à lui creuser la joue droite ; seulement la droite. De Jean-Joris il gardait peut-être les yeux ronds, le front large, mais on ne pouvait plus parler de ressemblance. Gabriel en était persuadé : le mimétisme l'avait emporté – un inconnu serait entré dans le salon et les aurait trouvés ensemble, le père rivé au fils, le fils rivé au père, il n'aurait jamais douté de leur lien.

« J'ai un cadeau pour toi. Attention, c'est fragile. » Joséphin défit le papier de soie, délicatement. Un cri d'émerveillement. Dans sa petite main étincelait un coquillage – la porcelaine mouchetée. Son fils ne sembla pas la reconnaître. « Ce n'est pas n'importe quel coquillage. Celui-ci est magique. Il vient de Diego Garcia et appartenait à ta sœur et à ta grand-mère avant toi. » Gabriel l'avait vernie quelques jours plus tôt et la porcelaine brillait comme autrefois. La tombe de Thérèse Ladouceur. Une inscription dans le basalte. Burin, marteau. Les Américains entretenaient-ils le cimetière ? Joséphin caressa le coquillage. « Quand c'est on retourne à Diego, Papa ? » Il regarda son fils. L'embrassa sans répondre.

Juin 1975

Vingt et un.

Plus la moindre force. Mal. Vingt et un. Beaucoup de monde. Dimanche, peut-être ?

« Rends-nous Diego ! »

Gabriel ? « Je suis là, Marie. » Le jardin, Léoville L'Homme, l'ambassade. Encore un effort. Son ventre hurle. Sa tête cogne.

Vingt et un.

Les grilles dans son dos.

Joséphin ; petite main dans la sienne. Des voix de femmes. « Respecter nous la guerre ! »

Et soudain, un bruit de métal. La grille s'ouvre. Des hommes. Blancs. Bien habillés. « Madame… » Chaussures claires. « Nous voulions vous l'annoncer de vive voix. Le gouvernement britannique vient de nous téléphoner. Ils acceptent de revenir sur le différend qui vous oppose… » Tout flotte autour d'elle ; les lumières clignotent. « Assez palabres ! Le retour les Chagos, c'est bon ? » Vertige. « Le document que vous avez signé n'est plus considéré comme valable. La procédure recommence. » Clameur, vivats. Gabriel. « Rends-nous Diego ! » Vingt et un. Mal… Chaud… « On a gagné ? » Un chapeau se soulève. « Vous avez remporté la manche. » Des cris, des cris, des cris. « Marie, tu as réussi ! » Des larmes. Gabriel. Le cœur qui explose. Vingt et un ! Autour d'elle tout est blanc. Immense. Froid. Ça doit être ça… La neige.

*

Marie se réveilla au milieu des machines d'hôpital. Sa tête cognait mais elle aperçut tout de suite Joséphin, Gabriel et Josette. Ce fut un déluge de baisers. « Tu as gagné, Marie ! Tu les as fait plier. » Elle se redressa sur son lit. Une part d'elle refusait d'y croire – elle avait tant souffert de l'espoir déçu. Mais les sourires et la lumière dans le regard de Gabriel la rassurèrent. « La vérité, ça ! On a gagné ! » insista Josette en tapant dans ses mains. « Mamita ! Guette ça un p'tit coup. »

Son fils lui montra le journal.

Cette fois, Marie se reconnut à peine à la une de *L'Express*. Affaiblie, soutenue de part et d'autre par Josette et Angèle, elle semblait vieille, à bout de forces. Elle n'avait même pas le souvenir d'avoir été prise en photo.

« Je te lis l'article » dit Gabriel en lui serrant la main. Il posa sa voix et se lança :

Plus qu'une photo, un document extrêmement émouvant que le visage de cette gréviste de la faim, enfin parvenue à la fin de son long calvaire. Pour les deux camarades, une fin d'épreuve qui ne saurait être accueillie dans la joie.
Une question se pose : est-il nécessaire que des compatriotes, déjà par trop défavorisés, risquent leur vie pour que la légitimité de leur revendication soit enfin reconnue ?

En tout cas, ce document est à verser au déficit du colonialisme britannique...

Marie hocha la tête, mais ce simple geste résonna dans tout son corps. Elle vit alors les tuyaux dans son bras, le goutte-à-goutte d'une poche remplie de liquide au-dessus d'elle. Perçut des odeurs de caoutchouc et de javel. C'était donc ça, un hôpital.

« Le gouvernement Maurice va construire pour nous des maisons, déclara Josette. Et quand même on va avoir la compensation... — ... Qui sera revue à la hausse. On va négocier pour, en tout cas » compléta Gabriel.

Marie reprit son souffle. Et le retour à Diego ? Quand ? Ses yeux se posèrent sur Joséphin.

Des touristes. Ils veulent faire de nous des touristes, des pèlerins, des mendiants. Mars 2006. Pour calmer les tensions, le Royaume-Uni nous permet enfin d'accéder aux Chagos. Une semaine de « tournée humanitaire ». Ainsi font..., trois petits tours et puis s'en vont. Ils nous offrent ce cadeau. Nous, ça veut dire une centaine de Chagossiens. Ça veut dire pas tout le monde, on va un peu trier, désolés, on rappellera quand ce sera fait. Qui vient, qui reste à Maurice ? Qui a la priorité ? Les anciens. D'accord. Et après ? Tous ont participé au combat. Tous ne seront pas récompensés. Pas trop nombreux, surtout... Des fois qu'on viserait le repeuplement sauvage de nos propres îles. Josette, Makine, Angèle : refoulées. Nous deux, Maman, on cochait bien les cases. On sera de l'expédition.

Ladies and Gentlemen, Trochétia Croisière vous propose : trois escales d'une journée sur les trois îles. D'abord Salomon, puis Peros Banhos et enfin, Diego Garcia. Nous sommes prévenus : sécurité maximale, on ne fera pas ce qu'on voudra. L'île est « au cœur du dispositif de l'armée américaine dans sa guerre contre le terrorisme » et on y interroge « des suspects de haut niveau ». Comprenne qui pourra.

Je veux casser le programme des Anglais, leur imposer notre propre cérémonial. Sur chacune des îles, procéder à la remise en ordre des lieux de mémoire, nettoyer le cimetière. Partout, déposer une stèle, bâtir un monument, graver notre histoire. Ils ont accepté. Pas le choix.

« Un grand départ pour un grand retour » titre *L'Express*. C'est beau, c'est tentant. J'aimerais tellement que ce soit vrai.

Juillet 1975

Au camp Charrette, le premier déménagement se préparait déjà. Deux semaines après l'arrêt de la grève de la faim, les îlois s'étaient vu remettre l'adresse d'un appartement de transition – un geste en attendant que soient bâties les maisons. Certaines cases étaient déjà désertes. D'autres avaient des allures d'exode. Des affaires entassées partout, des balles de linge, des objets, de petits meubles. « Tu veux garder les draps, j'imagine ? » demanda Gabriel à Marie, qui avait donné le sommier et le matelas à Josette, relogée avec Gaudry et Makine à Pointe-aux-Sables. Marie et Joséphin, c'était décidé, s'installaient définitivement chez lui. Gabriel avait le sentiment qu'enfin tous les trois allaient former une famille. Il avait acheté un lit-bateau pour leur fils, revu l'aménagement de son appartement. Évelyne leur ouvrait les portes de la Jalousie pour stocker les affaires. Les relations de sa sœur avec Marie, encore un peu tendues, s'assoupliraient au fil du temps ; il ne voulait pas la brusquer. Le déjeuner à suivre serait bien suffisant.

« Oui ! Tout ce qui vient de Diego, je garde. » Après quinze jours d'hospitalisation, Marie reprenait enfin des forces, même si les vertiges la saisissaient encore par moments, sans crier gare.

Assise sur sa chaise en plastique, elle supervisait le grand chambardement. Gabriel glissait la pile de linge dans une valise quand il vit quelque chose tomber. « Oh ! Tu l'as toujours ! » Le cahier d'écriture. Bien rangé entre les draps, il s'était ouvert à la page des « A » majuscules. Josette passa une tête. « Tout correct ? » Marie lui fit signe que oui. « Il faudra je refais les leçons, Gabriel… Avec Joséphin… » Leur fils entrerait au cours élémentaire en janvier, et pour Marie comme pour lui, il n'y avait pas à transiger : Joséphin ferait des études.

« Tchak ! »

Gabriel sursauta. C'était Christian, la main serrée comme une lame, le bras plié en deux. « Tchak ! » répéta-t-il plus fort, les yeux exorbités, ravi de sa plaisanterie. « Christian ! Pas fini embêter les gens ! » le rabroua Josette. Il fonça dans la foulée vers un autre groupe d'îlois, les pieds traînants, la main levée. « Vraiment… Son esprit pas bon, murmura Marie. Il devrait pas retourner ici ; ça lui refait le cyclone en dedans. » Gabriel était peiné de le voir dans cet état. Le père Larronde insistait pour qu'il sorte et voie du monde : surtout, éviter le repli sur soi. Les résultats n'étaient pas très concluants. Christian semblait de plus en plus fou, même si, très ponctuellement, un éclair de lucidité illuminait sa pupille.

« La gamelle ? — Oui ! Je garde aussi. » Gaudry sortit de la case, une caisse à outils dans les bras. « Vous avez besoin quelque chose ? — Non merci, on a tout ce qu'il faut. » Josette cria. « Christian ! Viens ici. » Il approcha en clopinant et elle lui tendit la caisse. « Range ça là-bas pour moi. » Il éclata de rire à nouveau et obéit, avec son visage de grand enfant perdu. « Le pauvre, souffla Gabriel. — Pourquoi ? lui asséna Josette. Il est moins pire aujourd'hui que quand il était soûl, crois-moi. »

*

Le taxi s'engagea dans l'allée de la Jalousie. Malgré lui, Gabriel chercha le manguier au fond du terrain. Il ne s'habituait pas à ce vide. Évelyne les attendait sur le perron. Gabriel déchargea le coffre et laissa un pourboire au chauffeur, qui repartit aussitôt. « Mets ça là, Gaby, on rangera après. Enfin vous voilà ! » Elle les embrassa plusieurs fois, très gaie, et complimenta Marie. « Ce que tu as fait est remarquable. Vingt et un jours. C'est impressionnant, tu sais. La volonté peut faire des miracles... — La foi, répondit Marie tête baissée. La foi surtout. »

Joséphin courait déjà à l'intérieur, ébahi. « Entrez, entrez ! » Gabriel allait traverser le vestibule, Marie à son bras, quand il pila brutalement. Face à lui, la cage aux oiseaux de leur enfance. Avec son dôme en bulbe de palais indien, elle était rouillée ici et là, mais un coup de pinceau suffirait à la rafraîchir. « Tu l'as retrouvée ? » Sa sœur hocha la tête. « Elle était restée au garage, figure-toi. » À la place des oiseaux, Évelyne avait disposé de jolies fleurs et des plantes grasses. « Je ne me voyais pas enfermer à nouveau des perruches ou des inséparables. C'est terminé, ça. » Sa sœur était une merveille. Il l'aimait tant.

Marie glissa ses doigts entre les barreaux de la cage. À la sentir près de lui, à l'endroit même où sa mère, dans sa longue robe, lui avait confié sa tristesse il y a des années, l'émotion le prit. « Allez, venez..., dit Évelyne. On va s'asseoir sous la varangue en attendant le déjeuner. »

Ils s'installèrent face au verger, au milieu des coussins qui ornaient les fauteuils en rotin. Le temps pouvait s'arrêter une seconde, une vie. Gabriel se sentait enfin heureux. C'était un sentiment pur, dégagé de toute pensée – un état du corps. Mais des bruits de pas résonnèrent sur le carrelage. Il tourna la tête, découvrit un homme de grande taille, la peau brune. Gabriel fut saisi par sa beauté. Alain Miranville ne pourrait pas rivaliser longtemps. « Savita » avait les sourcils épais. Le regard franc, brillant. Un corps délié. Il s'inclina. Ses mains tremblaient. Évelyne le rejoignit aussitôt, agitée elle aussi. Il y eut un silence. Gabriel leur sourit.

Août 1975

L'eau sur la peau ; chaude, régulière. La mousse qui enveloppe le corps. Une cascade. Elle coupait la douche quand la température commençait à tiédir, ne se lassant pas de ce confort qui l'avait tant fait rêver au bidonville. Après avoir enfilé une robe, elle ouvrit la porte pour évacuer la buée. Face à la glace, elle tressa ses cheveux et les remonta en chignon. Se massa la peau des bras, du ventre, des jambes à l'huile de coco. Ses talons frottés à la pierre ponce, si épais d'ordinaire, lui semblaient à présent légers, légers. Elle n'avait plus honte de ses deux pirogues. En était fière, même. Elle se rapprocha du miroir, lissa du doigt ses sourcils. Ce qu'il manquait, c'était… « Joséphin ! » Attablé dans le salon de Gabriel, son fils était en pleine séance de coloriage. « Tu as un jaune dans tes crayons de couleur ? Amène-moi si te plaît. »

Lentement, elle l'appliqua sur ses paupières. Le résultat dépassa ses espérances ; la cire dorée rehaussait le noir de sa peau, illuminant ses traits. « Tu es belle » lui dit son fils.

*

Sur la plage de Pointe-aux-Sables, le feu brûlait déjà. Un samedi de séga, comme autrefois. Du seraz de poisson, du poulpe qu'elle était allée piquer le matin même dans la baie de Cap Malheureux, du riz, des bananes au coco. Les trois anciens bidonvilles réunis : Cassis, Rochebois et Pointe-aux-Sables, pour fêter les nouveaux logements et la réouverture de leur plainte contre le Royaume-Uni.

Le père Larronde, que Gabriel avait invité, prononça le bénédicité au-dessus des grillades. Les mouches, affamées, tourbillonnaient autour. Tous se signèrent, même Christian, qui singeait les gestes des uns et des autres. Josette se tourna vers Marie : « Tu vois, avec lui j'ai perdu un mari, mais j'ai récupéré un fils. — Josette... Pas bon... Un jour y faudra aller voir Nicolin à Melrose. » Sa sœur eut un geste sec de la main ; non, c'était fini. La prison, il ne fallait pas y penser.

Christian se rapprocha de Josette. Blottit sa tête contre son épaule comme un enfant. Gaudry l'attrapa par la chemise et le tira en arrière sèchement. « Bouger, matelot ! s'énerva-t-il. — Et toi, là ! Finis faire ton jaloux... » Josette minauda avant de lui accorder un baiser d'impératrice. Christian poussa deux beuglements tristes et s'en alla.

« Marie ! lança Angèle. Mange donc, ma fille ! Ça va refroidir... » Les assiettes débordaient. Tous les plats étaient délicieux ; elle goûta un peu de tout – « Des petites quantités régulièrement, plutôt qu'un gros repas toutes les quatre heures » avait dit le médecin –, savoura chaque bouchée : la texture croustillante des camarons, parfaitement nacrés à l'intérieur ; la fraîcheur du chatini coco ; le beurre du farata coulant dans sa gorge ; le cari poule brûlant doucement la langue. Les sauces coulaient sur les doigts, les parfums se mêlaient.

Près du rivage, Gaudry battait des cannes à sucre au marteau : avec le dessert, le jus frais serait un délice.

Christian s'assit près de lui, la mine rieuse à nouveau, fasciné par ses gestes. Derrière eux, deux silhouettes tassées, quoique familières, trinquaient à la bière : Henri et Jean-Joris. Elle s'approcha d'eux sans crainte. « Hé ! Marie-la-beauté ! » cria Henri en se prosternant. Jean-Jo lui colla une bise sonore, comme s'ils s'étaient quittés la veille ; elle remarqua qu'il manquait un doigt à sa main de géant. « Tu es notre reine la fierté, Marie ! » s'exclama Henri avec des accents emphatiques. « Ta grève, là... Jamais Jean-Jo il aurait tenu ! » Il pinça le bourrelet de son camarade, qui protesta mollement. Ils n'avaient pas changé, malgré les épreuves et les années. Légers, sympathiques – parfaitement vides. Un geste amical, et elle les abandonna à leur conversation.

De l'autre côté, les pieds dans l'eau, Joséphin et Makine enchaînaient les sirandanes. « Je le jette, il est blanc ; il retombe, il est jaune ? Un zoeuf ! » Gabriel, pieds nus lui aussi, jouait avec eux : « C'est dans son nez qu'il a mis son intelligence ? » Les enfants réfléchirent.

« Un indice ! supplia Makine.

— Certainement pas !

— Dis-nous, Papa... »

Il posa son index sur le nez, renifla deux fois. « Le chien ! » cria Joséphin.

Près d'eux, le père Larronde discutait avec Mollinart.

« Alors c'est fini, le coprah ? Vraiment fini ?

— Terminé, oui.

— Et votre épouse ?

— Ah celle-là ! Ne le prenez pas mal, mon père, mais j'ai divorcé... »

Angèle, qui passait avec un plateau de biscuits, leva son pouce bien haut. Le curé fronça les sourcils. « Ce que Dieu a uni, on ne peut le désunir... » Marie croisa le regard de Gabriel, et l'hilarité repartit de plus belle. « Gâteau...

Tu veux ? » Elle remercia sa tante mais ne prit rien ; son estomac était déjà saturé, douloureux.

« Mais oui, mon père, demandez à Gabriel ! Je vous jure que c'est vrai ! continuait Mollinart. Gabriel ! Est-ce que Geneviève n'a pas volé l'argenterie le jour du départ ? » Il acquiesça vigoureusement. « Ah ! Vous voyez ! Admettez, mon père, que je ne pouvais pas vivre avec une voleuse... » Angèle se tenait les côtes. « Même les Américains étaient choqués » ajouta Gabriel. Marie pouffa de nouveau. « Ça, ils avaient trouvé leur maître avec ma femme... »

« Et alors ? Personne danse, là ? » Gaudry se tenait devant eux, le pichet de jus de canne dans la main. Christian le suivait, plus fidèle qu'une ombre. « Josette ! Dis à ton cabot y me lâche. Je suis fatigué avec lui. — Laisse-le, dit Josette. Il est toqué, tu vois bien. » La nuit montait doucement, concentrant la lumière dans les flammes et les étoiles. Pas de lune. « Allez ! Roulez matak ! Dansez ! » On fit chauffer les ravanes. Les premières notes embrasèrent la plage, courant sur la mer, se mêlant au ressac.

« Marie... » Gabriel enroula un bras autour de ses hanches. Elle savait qu'il sentait les arêtes de ses os et non plus sa rondeur passée, mais il ne retira pas la main. « Il faudra que je te dise quelque chose tout à l'heure. Je suis passé chez le notaire ce matin... » Son sourire l'intrigua, mais il refusa de lui en dire davantage. Quand il lui tendit son verre de jus, elle posa ses lèvres exactement là où il avait mis les siennes.

La musique s'intensifia, entraînant les chants, éveillant le sang, les muscles. Elle se plaça face au feu et commença à onduler du bassin. Gabriel lui fit face. Dansa avec elle. Chemise blanche, pantalon clair. Son élégance de grand Mauricien. Mais ses mouvements, ses pieds nus étaient ceux d'un îlois. L'évidence la saisit. Tout son corps portait à présent l'empreinte de Diego Garcia. Un oiseau des Chagos. Elle l'embrassa sous les sifflements joyeux de leurs proches. À côté d'eux, Josette s'enroulait autour de Gaudry. Angèle frappait dans ses mains. Le séga les délivrait du chagrin.

Ce fut alors que Marie le vit.

Christian, les yeux froids, fixait Josette qui dansait. Dans sa main, le marteau de Gaudry. Il ne ressemblait plus à un petit garçon. Plus du tout. Mâchoires crispées, muscles tendus, on aurait dit un fauve. Marie eut une seconde d'hésitation. Il n'allait tout de même pas... Mais Christian courait déjà vers eux. Elle hurla. Josette, Gaudry ! Gabriel tourna la tête. Arrête-le ! Il s'interposa pour protéger Josette. Leva les bras. Christ... Trop tard. Un étonnement dans le regard et le marteau percuta son front.

Gabriel s'effondra sur le sable.

Dans l'aube de Diego Garcia, quand les premiers rayons ont illuminé le port de guerre – béton, bitume –, c'est à lui que tu as pensé en premier. À Gabriel. À ton amour, Maman. Les navires vert-de-gris s'alignaient devant nous, des baraquements, des tentes, encore un camp, militaire celui-ci. Toi, tu savais qu'à la place de cette digue atroce il y avait eu une jetée en bois, celle où tu l'avais vu pour la première fois dans son costume clair. Moi, ce que je découvrais, c'était l'arrière-pays de la violence.

Les soldats nous attendaient, casquette vissée au crâne, un grand sourire aux lèvres, Hi guys ! Des touristes, je vous dis.

Ma mère, comme tous les anciens, s'est agenouillée. En larmes, elle a embrassé le sol. Ce n'était plus le sable immaculé d'autrefois, cette blancheur de lait qui brûlait les pieds. C'était la morsure du goudron – un baiser noir, mortel. La peau du tarmac, comme les écailles d'un serpent. Nous les cherchions tous, la pureté des lignes, la clarté de jadis. Le parfum de sève. À la place, une odeur lourde de Ferodo ; c'était ça, la civilisation. La mer au loin avait perdu sa transparence, des ombres gigantesques lui dévoraient le ventre. Nous étions chez nous, mais... Ce chez nous-là n'avait plus grand sens.

Comme prévu, on nous a dirigés vers l'église et le cimetière. Je te suivais lentement, Maman, et à chacun de tes pas, les portes du Temps s'ouvraient.

Là, c'était la parcelle. Et là... le calorifère. Au début je ne voyais que les bureaux de l'armée, toujours ce béton, ces parpaings brutaux, et puis, petit à petit, j'ai reconnu le garage duquel on envoyait les télégrammes, l'allée de Pointe-Marianne, la forêt de cocotiers. J'ai inventé mes souvenirs.

Hurry up !

La chapelle, plus petite que dans ma mémoire, était rongée par la végétation. La chaux desquamait la façade. À l'intérieur, quelques bancs encore, l'autel, le crucifix pendu à son crochet. Tes pieds nus ont retrouvé la fraîcheur de la dalle, alors j'ai fait comme toi, je me suis déchaussé, enraciné dans le sol, et je t'ai pris la main. Les larmes montaient. Les voix des îlois, l'accent de notre joie perdue, gâchée. J'entendais des chants qui n'existaient pas, personne ne chantait, et je les entendais pourtant. « *Moi j'avais sept ans... Moi j'avais sept ans dans Chagos...* » Ma sœur avait de nouveau un visage. Des yeux vifs, frangés de longs cils, elle me tendait un bonbon de riz en riant. Comment avais-je pu oublier ce rire-là ? Viens, petit Jo', viens. Je suis sorti, terrassé.

Les soldats étaient toujours là.

Notre plus grand choc nous attendait quelques mètres plus loin. Le cimetière. Les tombes, cassées. Étouffées par les mauvaises herbes. Plus de repères, des pierres bouffées par l'érosion, des canettes de bière, des mégots. Je ne reconnaissais rien. Quelqu'un a crié. Plus loin, trois jolies stèles impeccables, blanches, ornées de drapeaux britanniques.

Monty, Timmy, Lucky,
1993-2002
BIOT Police Dogs

Les chiens de l'armée. Enterrés proprement. Des cris de colère se sont élevés. Les soldats, tout à coup moins sympathiques, nous ont fait signe de nous calmer. Oui, ils prenaient soin de leurs bêtes, ils n'avaient pas le droit ? Les chiens non plus n'étaient pas tous logés à la même enseigne.

Tu as tourné les talons, Maman. Tu les as laissés.

Tu cherchais autre chose. Tu cherchais. Au milieu des ronces, sous des morceaux de bois blanc éparpillés, sans doute les restes de la croix, tu as retrouvé la tombe. Le basalte était fendu en deux. J'ai glissé mon bras sous le tien, je me suis penché et alors… Oh, Maman ! Nos sanglots mêlés.

Ici repose Thérèse Ladouceur
Mère de Josette et Marie-Pierre Ladouceur
Grand-mère de Suzanne et Joséphin
Enfants éternels de Diego Garcia.

Tu étais là, Papa, ta cigarette à la main, ton élégance folle. Ta mort n'y changeait rien, tu étais là, avec nous, tu nous ouvrais un chemin.

La justice ne vient pas des lois ni des États. Elle vient seulement des hommes, parfois.

Août 1975

Je pourrais te dire qu'il t'aimait, qu'il voulait ton bonheur, qu'il s'était senti être le jour où il t'avait tenu dans ses bras, te dire qu'il cherchait à comprendre pourquoi, le mauvais sort, les mauvais choix, pourquoi rien n'est simple dans la vie. Je pourrais te décrire ses traits, sa silhouette sur la jetée de Diego Garcia, son regard perdu, sa maladresse. Je pourrais maudire le destin, Dieu, Satan et ses sbires, le mal qu'ils nous font, accuser un homme bon que la misère a rendu fou, cracher sur la jalousie, le malheur qui revient, qui s'acharne. Je pourrais pleurer, me planter un couteau dans le cœur, je pourrais plonger, laisser la mer m'emporter, oublier Suzanne, oublier tout le reste. Je peux faire mieux, pourtant. Reprendre son courage, son amour et sa colère pour te les donner, mon fils. Continuer. Enfermer ma douleur dans une boîte et la brûler. Te regarder toi, mon espoir. Ma foi. Me battre encore. Avec les autres. Avec tous les autres. Et vivre.

*

Sur la table, les documents du notaire s'entassaient dans une pochette, avec des mots compliqués, des numéros, des injonctions ; Mollinart l'aiderait, il le lui avait promis. Une enveloppe attira son attention. À l'intérieur se trouvait une simple feuille de couleur crème, pliée en deux. Marie l'ouvrit.

Au milieu de la page, tracé de la main de Gabriel, un nom.

Joséphin, Diego Neymorin

Quelque chose en elle s'allégea. Regarde, mon ange. Sa promesse.

Joséphin, torse nu, inclina la tête. Alors seulement elle le remarqua, sidérée.

À l'arrière de la nuque, à moitié caché par les cheveux, son fils avait un grain de beauté en forme de nuage.

Épilogue

La Haye, enfin. Un ciel parfaitement rose s'enroule autour du palais de la Paix ; pas le moindre nuage, pas le moindre voile de brume. Je me suis levé tôt après une nuit sans sommeil. Trop nerveux. « This case is a winning case » m'a répété notre avocat hier. L'issue du procès ne fait selon lui aucun doute : les Chagos gagneront. Il suffit d'un cri de victoire de ce genre, « this case is a winning case », pour que tout mon corps se glace. J'ai enfilé mon costume, ma cravate, épinglé notre drapeau chagossien au revers de la veste. Orange comme le ciel sous lequel nous avons quitté de force Diego ; noir comme la détresse ; turquoise comme le lagon. Dans ma poche, la porcelaine mouchetée qui ne me quitte pas.

Autour de nous, des voitures commencent à arriver. Derrière les vitres fumées, les juges. Avant d'ouvrir les grilles du palais, des agents de sécurité vérifient les badges et passent des détecteurs sous les véhicules au cas où une bombe y serait cachée. Fébrile, je ne vois rien du parc ni du corridor menant à la salle du tribunal. Mais à l'intérieur, au milieu des fresques, des vitraux et de la moquette bleu et vert, le logo de l'ONU paraît éclatant. Face à moi, l'estrade. Une rangée de quatorze fauteuils vides, terrifiants, scrute la salle divisée en deux blocs. À gauche le Royaume-Uni ; à droite l'île Maurice et nous, les Chagossiens.

Soudain, une rumeur.

La Cour !

Nous nous levons. Un à un, les juges s'avancent, le visage grave. Au centre, le président Yusuf, Somalie. Il fait signe de s'asseoir. La requête débute.

Je connais par cœur les plaidoiries de nos avocats. Des heures passées avec eux à affiner, consolider, étayer notre argumentation. Je sais que les documents projetés ne laisseront personne insensible. La note confidentielle d'Harold Wilson la veille de sa rencontre secrète avec Ramgoolam, en 1965. « Faire peur à Maurice tout en lui donnant de l'espoir. » La lettre de Greenhill et ses « hommes Tarzan ». La photo de notre cimetière délabré, mise en regard de celle des tombes canines britanniques.

Il est temps que le monde nous entende. « L'Angleterre se classe parmi les plus grandes démocraties au monde ? conclut l'avocat. Fort bien. Une chance lui est donnée de le prouver aujourd'hui, en mettant fin immédiatement aux derniers vestiges du colonialisme britannique en Afrique. »

*

Après une pause d'une heure à peine, le camp adverse riposte. Sans surprise, l'accord signé légalement entre Maurice et la Couronne en 1965 est tout de suite invoqué. Je regarde le juge Yusuf ; son visage demeure impassible. J'attends le refrain sur le terrorisme. « Dans un contexte de terrorisme mondial, la base militaire de Diego Garcia présente un moyen de défense essentiel pour tout l'océan Indien… » On y est. Ce n'est pas un élément recevable ;

à peine une pression psychologique. La fin de la plaidoirie m'inquiète davantage.

« Le Royaume-Uni s'interroge enfin sur un point essentiel. » L'avocat étire sa phrase. Je n'aime pas ça. « Pourquoi l'île Maurice s'intéresse-t-elle soudain au sort des Chagossiens ? Jusqu'à 2016, la république s'est tenue *bien tranquille* à ce sujet. » Exactement ce que je craignais. Nous n'avons pas pu faire autrement que de nous rapprocher de Maurice pour défier l'Angleterre ; mais choisir un camp, c'est s'aliéner ses faiblesses. Quand l'avocat britannique évoque des « revendications expansionnistes de Maurice » sur notre archipel, je comprends tout de suite où il veut en venir. « La Cour internationale de justice n'étant pas habilitée à trancher les différends bilatéraux, le Royaume-Uni demande à la Cour de se déclarer incompétente et de s'abstenir de juger. »

*

La nuit va tomber sur La Haye. La journée de procès m'a laissé exsangue. Les plaidoiries se sont succédé à un rythme intense. Nous nous retrouvons tous dehors, à l'extérieur des grilles. La façade de brique du palais de la Paix se teinte d'or. C'est beau. Dans ma poche, je serre la porcelaine.

*

Il a fallu patienter. Des mois, jusqu'à ce lundi 25 février 2019 où mon téléphone a sonné plusieurs fois. La Cour de La Haye venait de rendre son avis consultatif. Mes mains se sont mises à trembler.

Présents : M. YUSUF, président ; MME XUE, vice-présidente ; MM. TOMKA, ABRAHAM, BENNOUNA, CANÇADO TRINDADE, MME DONOGHUE, M. GAJA, MME SEBUTINDE, MM. BHANDARI, ROBINSON, GEVORGIAN, SALAM, IWASAWA, juges ; M. COUVREUR, greffier.

... La Cour conclut que, du fait du détachement illicite de l'archipel des Chagos et de son incorporation dans une nouvelle colonie, dénommée « BIOT », le processus de décolonisation de Maurice n'a pas été validement mené à bien au moment de l'accession de ce pays à l'indépendance en 1968.
... La Cour ayant constaté que la décolonisation de Maurice ne s'est pas réalisée dans le respect du droit des peuples à l'autodétermination, le maintien de l'administration de l'archipel des Chagos par le Royaume-Uni constitue un fait illicite qui engage la responsabilité internationale de cet État.
... Dès lors, le Royaume-Uni est tenu, dans les plus brefs délais, de mettre fin à son administration de l'archipel des Chagos, ce qui permettra à Maurice d'achever la décolonisation de son territoire dans le respect du droit des peuples à l'autodétermination.

J'ai hurlé. Ce n'était pas un cri de joie, ni de soulagement, ni de victoire, ni de chagrin, ni de fierté, c'était tout ça à la fois, mêlé, fondu, un sentiment nouveau pour lequel le dictionnaire n'avait pas encore de mot. La justice avait parlé. Les Chagos devaient revenir aux Chagossiens.

En moi, une vague immense s'est mise à charrier des visages. J'ai pensé à mon père et à notre nom, à ma femme, à Pierrine, à Tatilyne et Ranjit, j'ai pensé à ma tante Josette et ma cousine Makine, j'ai pensé à Marcel, mon parrain, et à ma marraine Angèle enterrés à Grand-Gaube, j'ai pensé au rire de Suzanne, aux enfants qui naîtraient demain, à mes amis, à nos soutiens et à nos défenseurs, j'ai pensé à mon île, à cette langue de sable blanc, à la transparence de l'eau, à tous les exilés.

J'ai pensé à ma mère.

Postface

C'est une histoire que me racontait ma mère. Pas un conte pour enfants ni une fable, non, une histoire vraie, qu'elle grattait de temps en temps comme une vilaine plaie. Une tragédie insulaire. Les mères connaissent les berceuses et les sortilèges. Parfois aussi, d'une lumière dans le regard, d'une fêlure dans la voix, elles se trahissent. L'enfant devine un secret. Perçoit la colère. En grandissant, les contours se précisent, les traits s'affirment jusqu'à devenir parfaitement nets : ce secret, c'est celui d'une souffrance. D'un arrachement. Une fille ne laisse pas sa mère souffrir. Alors elle écrit.

Je ne me rappelle plus la première fois où ma mère m'a parlé des Chagos. Avais-je neuf ans, dix ans ? Qu'importe. Ma mère évoquait sa jeunesse à Maurice, le temps d'avant – avant l'Europe, avant l'exil, avant moi *–, et voilà qu'un mot lui échappait, Chagos, avec ses deux syllabes joueuses,* chat-gosse, *qu'on aurait pu lancer vers le ciel comme des osselets. Son visage s'assombrissait. Imperceptiblement, son regard s'absentait, ou plutôt se tournait vers lui-même, fouillant à l'intérieur. On avait martyrisé l'archipel ! On avait vendu de pauvres gens ! Assise dans la cuisine, je percevais le drame sans rien y comprendre.*

Ma mère est mauricienne. Ma grand-mère, mon arrière-grand-mère, mon arrière-arrière-grand-mère sont mauriciennes. L'île Maurice est mon caillou dans la chaussure, mon grain de sable. J'ouvre le dictionnaire. « Grain de sable *: action, événement minuscule qui enraye, gêne un processus.* »

*

Quelque part dans le processus, il y a une photo en noir et blanc. Carrée. Presque un timbre-poste. Tout à gauche se trouve ma mère, adolescente, avec une jupe à fleurs et un chemisier blanc. À côté d'elle, la séparant de sa sœur, ma grand-mère, dans une robe aux motifs géométriques. Devant elles posent deux petits garçons en short et chemise blanche à manches courtes, qui un jour deviendront mes oncles. Ils fixent l'objectif en souriant. Ils sont magnifiques. Derrière eux, on devine un cargo, avec le gaillard d'avant et le pont. Les deux garçons tiennent la bouée de sauvetage entre leurs mains. Dessus, très distinctement, on peut lire Sir Jules.

Ma famille compte parmi les derniers visiteurs libres des Chagos. Mon grand-père ayant été nommé aux Seychelles – un bon poste qui récompensait enfin des années de labeur et de droiture –, un grand chambardement avait agité la maison de Beau-Bassin. L'aîné de la fratrie, qui visait des études de médecine, resterait à Maurice. Mon grand-père partirait en premier préparer le terrain. Les autres embarqueraient plus tard à bord du Sir Jules, *direction Mahé. Comme il se doit, ils feraient escale aux Chagos.*

Combien de fois ma mère m'a raconté ce Noël à Diego Garcia. Une fête extraordinaire à la table de l'administrateur ! Une île échappée d'un rêve d'enfant. Des montagnes de cocos partout. La villa de la Pointe de l'Est, les banquets, les apéritifs sous la varangue, la folie des décorations – une autre photo que je garde précieusement montre ma grand-mère en train d'éclater de rire, les bras chargés de ballons qui lui mangent le visage.

J'interroge ma mère sur son passé, je prends des notes. Le personnel aux petits soins. Des serviteurs en tablier, le thé servi au lit le matin… « Les nénènes servaient et partaient » me dit-elle. Je lui demande comment elle percevait la population, comment vivaient les Chagossiens. Une seconde de silence. « Non, on ne se mêlait pas à eux. » Les visiteurs ne leur parlaient pas. Un peu plus loin, sur une page vide de toute autre citation, j'ai retranscrit ses mots : « J'étais du bon côté de la barrière. »

Et après la déportation ? Comment les Mauriciens avaient-ils accueilli les îlois ? Ma mère hésite. Elle a quitté Maurice en 1968, n'était plus sur place à ce moment-là. Mais une chose est certaine, le peuple n'était pas au courant. Les dirigeants oui, bien sûr, mais pas le peuple. Je compile les lectures, les recherches. Cela ne suffit pas. Je vais devoir enquêter pour obtenir des informations plus précises. Je sais qu'un groupe d'îlois très actif se bat depuis Maurice pour obtenir justice : le Groupe Réfugiés Chagos, mené par un certain Olivier Bancoult. Qu'ai-je à perdre ?

Je lui envoie un mail auquel, surprise, il me répond aussitôt, me proposant qu'on se retrouve pour parler : dans quelques jours, il sera de passage dans la banlieue de Londres. La rencontre est belle. Mais en sortant de mon rendez-vous, une question me hante. Comment mêler son témoignage réel aux souvenirs de ma mère, à ce que j'ai lu ici et là, à ce que m'apprennent les photos de l'époque ? Le passage du réel à la fiction me semble aussi nécessaire que problématique. Faire un roman, un pur roman, me mettre au service exclusif de la narration, et tricher parfois avec les faits et la chronologie. Je me résigne, consciente également que je ne ferai pas l'économie d'un voyage à Maurice.

*

Là-bas, dans le bureau de Pointe-aux-Sables, sorte de QG des résistants chagossiens, je retrouve Olivier Bancoult, j'ouvre des classeurs, je plonge dans les archives, je scanne des documents.

LE PROBLÈME DES ÎLOIS

Echange de coups entre policiers et

● Les Ilois attendent toujours la guérison du

QUATRE arrestations et trois blessés, tel est le bilan de l'affrontement qui a eu lieu hier en fin de matinée à La Chaussée, juste en face du haut commissariat britannique entre les membres de la "Riot Unit" de la force policière et une cinquantaine de manifestants ilois.

Après avoir manifesté devant l'hôtel du gouvernement, les manifestants ont regagné le Jardin de la Compagnie en scandant des slogans tels que "Ramgoolam soucère di sang", "Anglais volèrex" et "Sèle solition révolution".

Arrivés devant le haut commissariat britannique, les manifestants organisèrent un "sit-in" qui gêna considérablement la circulation routière à La Chaussée.

Vers midi, les membres de la "Riot Unit" tentèrent de repousser les manifestants vers le Jardin de la Compagnie. Ces derniers

J'enregistre des témoignages d'îlois encore pétris de colère. Une photo me révolte particulièrement. Trois tombes bien nettes…

Un grand procès se prépare. « Caroline, me dit Olivier Bancoult à l'issue d'une réunion de comité, si tu peux, j'aimerais que tu viennes avec nous à La Haye. Je voudrais t'associer à la délégation chagossienne. » Sa confiance est un cadeau – elle m'engage pleinement.

Nous nous retrouvons aux Pays-Bas un mois plus tard. C'est la première fois de ma vie que je pénètre dans un tribunal, et il s'agit de la Cour internationale de justice. Je suis fébrile. L'espoir est là, tempéré par la lucidité. Chaque procès gagné par les Chagossiens a été renversé ensuite par la justice britannique. Qu'adviendra-t-il de celui-ci ? L'ONU sera-t-elle écoutée ? Comme Marie, il faudrait garder la foi.

*

Petite, ma mère me racontait une histoire. Celle d'un paradis perdu aux franges d'océan, broyé un jour par les mâchoires d'un monstre.

Dans la Bible, David finit par l'emporter sur Goliath. C'est mon rêve. Naïf, sans doute. Je sais bien qu'aucun livre n'a le pouvoir de renverser le monde. Mais on a déjà vu l'opinion transformer le cours de l'histoire. Peut-être réussirai-je, par l'écriture, à faire de ma colère un peu la vôtre, tout en rendant à ma mère ce morceau d'enfance qui nous unit.

C. L.

Remerciements

Mes premiers remerciements vont à Olivier Bancoult, à Rosemond dit « Ti Frère » et à tous les Chagossiens que j'ai pu rencontrer et qui ont accepté de partager avec moi leur douloureuse histoire. Leur courage est immense.

Merci à toute l'équipe des Escales pour son accompagnement et son soutien. Merci à Véro, à Delphine, aux représentants, libraires, critiques, lecteurs, à tous ceux qui donnent une place à la littérature.

Une pensée particulière pour mes trois fées : Françoise, Claire et Charlotte…

Merci à ma mère et à ma famille mauricienne, berceau et refuge fondateurs.

Et à Marc, sans lequel je suis perdue.

Dans la même collection

Carl Aderhold
Rouge

Catherine Bardon
Les Déracinés
L'Américaine

Hervé Bel
La femme qui ment

Jérôme Chantreau
Avant que naisse la forêt
Les Enfants de ma mère

Harold Cobert
Belle-Amie

Pierre Cochez
La vie serait simple à Manneville

Vincent Engel
Le Miroir des illusions

Carine Fernandez
Mille ans après la guerre
Un jardin au désert

Dominique Fortier
La Porte du ciel
Au péril de la mer

Nicole Giroud
L'Envol du sari

Gérard Gréverand
Le Capitaine à l'heure des ponts tranquilles

Fawaz Hussain
Le Rêveur des bords du Tigre

Brice Homs
Sans compter la neige

Arthur Loustalot
Ostende 21

Cédric Morgan
Le Goût du vent sur les lèvres

Anne-Sophie Moszkowicz
N'oublie rien en chemin

Alexandre Najjar
Mimosa

Lola Nicolle
Après la fête

Diane Peylin
La Grande Roue
Même les pêcheurs ont le mal de mer

Évelyne Pisier et Caroline Laurent
Et soudain, la liberté

Claire Renaud
Nous aurons des lits pleins d'odeurs légères

Catherine Rolland
Le Cas singulier de Benjamin T.

Fabrice Tassel
Courir dans la neige

Caroline Vié
Ni tout à fait une autre

Vincent Villeminot
Fais de moi la colère

Achevé d'imprimer par
Normandie Roto Impression s.a.s.
N° d'impression : 2002119
Imprimé en France